멋있으면 다 언니

일러두기

영화·드라마·방송 프로그램명, 도서 시리즈명, 잡지사명은 겹꺾쇠(《 》),
유튜브 채널 및 메일링 서비스명은 홑꺾쇠(〈 〉), 단행본은 겹낫표(『 』),
단편 및 연재물은 홑낫표(「 」)를 사용했습니다.

멋있으면 다 언니

좋아하는 마음의 힘을 믿는
9명의 이야기

황선우 인터뷰집

김유라
김보라
이슬아
장혜영
손열음
전주연
자야
재재
이수정

이봄

프롤로그

이야기는 힘이 셉니다. 지난 상처를 치유하거나 미래에 대한 불안을 다독이며, 무엇보다 우리를 자아의 울타리 밖으로 꺼내 다른 세계로 즐거이 나아가게 만듭니다. 읽는 동안 우리는 현실과 직면할 용기를, 다르게 시도해볼 아이디어를 얻습니다. 살아 있는 대화로 구성된 생생한 삶의 이야기인 인터뷰도 그렇습니다. 질문에 답하는 누군가의 목소리를 들으며 우리는 나와 다른 사람의 태도를 배우고, 보편적인 통찰을 발견합니다. 다른 이들도 나와 닮은 실수를 한다는 것을 알게 될 때 서로에게 너그러워질 수 있고, 시스템을 바꿔볼까 궁리하기 시작합니다. 타인의 고민을 들여다보다가 내 해답을 찾습니다.

『멋있으면 다 언니』에서는 다양한 분야에서 일하며 고유한 성취를 이루어낸 인터뷰이, 나이와 상관없이 리스펙트하고 싶은 여성 인물들의 다양한 경험과 생각을 전하고자 했습니다. 세속적인 기준으로 도드라지게 성공한 사람이나 고전적 멘토의 개념에 들어맞는 인물보다는 전에 없던 방식으로 자기 길을 만들어나가고 있는 사람들에게 끌렸습니다. 빠르게 변화하는 2020년대에는 어떤 분야든 안전하게 적용할 수 있는 공식보다는 계속해서 돌아보고 새로 업데이트하며 나아가는 해법이 통하니까요.

그런 의미에서 한 사람 한 사람 '멋언니'의 목록을 채워가면서 내심 적용했던 일관된 기준은 어떤 개척가적인 면모였던 것 같습니다. 실제로 인터뷰에서 마주한 이들의 모습도 그랬습니다. 일주일에 몇 개씩 업데이트되는 유튜브 콘텐츠를 만드는 뉴미디어 크리에이터도, 수백 년 전의 음악을 연주하는 콘서트 피아니스트도, 대학에서 학생들을 가르치며 연구하는 학자나 국회의원도 '이만하면 안전하다, 이 정도면 안정을 이루었다'는 감각과는 거리가 먼 삶을 살고 있었습니다. 답 대신 계속되는 질문을 마주하면서도 하고 싶은 일에 대한 애정 또는 책임감을 동력으로 해서 나아가는 쪽에 가까웠지요.

정말 값진 이야기는 이들이 간직한 시행착오의 경험이기도 했습니다. 불안과 자기 불확신의 시기를 관통하면서 실패와 실수까지도 고스란히 겪고 고유한 삶의 무늬로 만들어낸 시간이야말로 여러 사람들에게 현실적인 참조점이 될 거라 믿습니다. 인터뷰 이후로도 여전히 저마다 다른 흔들림과 변화를 겪고 있을 이들의 이야기는 아직 완결되지 않았고 완벽한 정답일 수도 없습니다. 다만 이 아홉 명의 여성들이 세상에 내온 목소리에는 언제나 큰 몫의 용기가 함유되어 있다는 점만은 분명합니다.

저마다 작가, 영화감독, 정치인, 바리스타, 학자이거나 예술가, 회사원이기도 한 이들은 직업과 전공 분야, 살아온 세대와 개인의 역사, 일하는 태도, 성공이나 행복의 정의까지 모두 달랐습니다. 다 달라서 의미 있고, 다른 가운데 또 닮은 부분이 있어서 흥미롭기도 합니다. 아홉 명의 인터뷰이를 만나며 새삼 느낀 점은 일에도 삶에도 정답이 없다는 것입니다. 혼자 일하거나 자기만의 시스템을 만들어내서 일하는 사람이 있었고, 조직에 속해 부여받은 역할을 수행하며 함께 성장해온 사람이 있었습니다. 도전하고 경험한 뒤 다음으로 나아가는 과정이 중요한 사람이 있는 반면에 무슨 일이든 3년은 지속해봐야 한다고 믿는 이도 있었습니다. 이 일이 아니면 안된다 싶어서 끝까지 버텼던 눈물겨운 인내를 내보인 이도 만났지만 같이 일하는 사람들과 함께라면 어떤 일이라도 상관없었다는 경쾌한 태도를 드러내는 사람을 마주하기도 했습니다.

그 모두가 서로 부딪치고 부정하는 이야기는 아니라고 생각합니다. 100명의 사람에게는 100개의 방식, 100개의 이야기가 존재하니까요. 손열음 피아니스트의 말대로 '세상이 전부 초록색이면 그건 초록색이 아닌' 거겠죠. 포개지고 또 어긋나는 색깔들을 발견하면서 독자 여러분도 자신만의 다채로운 그림을 완성해가시기 바랍니다.

빛나는 시기에 알려졌다고 해서 이들이 타고난 재능이나 환경의 도움으로 단숨에 인정받은 것은 아니었습니다. 오히려 공통적으로 발견하게 되는 것은 남들에게 보이지 않는 시간 동안 쌓아온 성실함이었습니다. 그리고 이런 성실함의 맨 아래에 깔린 '좋아하는 마음의 힘'이기도 했지요. 이를 통해 멋언니들은 커리어를 꾸준히 이어가고, 중간중간 어두운 터널을 통과해낼 수 있었습니다.

유튜브 〈박막례 할머니〉 채널의 김유라 PD는 누구보다 자기가 만든 콘텐츠를 재밌어했기 때문에 계속 영상을 만들 수 있었다고 말합니다. '꾸준함 없는 재능은 힘을 잃는다'고 말한 이슬아 작가는 사실 누구보다 뛰어난 꾸준함의 재능을 가진 사람이었습니다. 전주연 바리스타는 타고난 미각이 예민하지도 않거니와 카페인 알레르기까지 있다고 합니다. 월드 바리스타 챔피언십에서 세계 1위를 차지한 이 사람에게는 커피가 아닌 돈가스 전문가가 될 뻔했던 뒷이야기가 있었습니다. 자야 작가는 10년 무명 생활을 이어가다 마지막 도전이라 생각하며 썼던 작품으로 웹소설 『에보니』를 탄생시켰고, 이수정 교수는 박사 학위를 포기하고 전업주부로 살 수도 있었지만 그만두지 않았습니다. 다만 절실한 마음으로 기회를 기다리고, 움켜쥐면서요.

멋언니들이 치열한 에너지를 발산하는 방향은 경쟁에서 어떻게 상대를 이길 것인가 하는 쪽이 아니었습니다. 어떤 방식으로 주변 사람들과 협력하며 같이 성장할 것인가, 그렇게 얻은 영향력을 어떻게 잘 나눌까 하는 쪽에 가까웠죠.

오케스트라를 만들어 실력 있는 연주자들과 균형있는 음악계를 이루고자 하는 손열음 음악감독, 제자들과 함께 성장한다고 여기며 기회가 닿을 때마다 여성의 연대를 언급하는 이수정 교수, 자신만의 독보적인 캐릭터 자체가 바로 〈문명특급〉 팀의 성과임을 강조하는 재재 PD… 김보라 감독이나 자야 작가처럼 여성 서사를 그려온 창작자들은, 자신의 삶 속에서 다른 여성들과 오랫동안 맺어온 의미 있는 관계와 애정이 이야기의 바탕에 있음을 언급했습니다. 장혜영 의원의 후원 회장인 이슬아 작가는 그를 인터뷰해서 완전히 새로운 의정보고서 『차분하고 급진적인』을 만들기도 했죠.

멋언니들은 이렇게 일의 영역 안팎에서 다른 여성들과 서로 도우며 의지하고 있었습니다. 제로섬게임이 아닌 상생의 삶 속에서 타인과 연결되어 있다는 것을 자각하고 어떻게 더불어 살아갈지를 고민합니다. "무언가를 사랑으로 하는 사람의 '성공'은 '피어남'이라는 단어가 훨씬 잘 어울리는 것 같아요." 김보라 감독의 이야기처럼 '한 사람의 피어남이 다른 이의 피어남이 되기도 하는' 순간을 이들에게서 목격합니다.

만인에게 사랑받을 수 없다는 것을 알고 근거 없는 비난에는 귀를 닫는 지혜 또한 용기를 주는 덕목이었습니다. 장혜영 의원은 '말하기 좋아하는 사람들은 그러게 두고 내 일을 하겠다'고 했고, 이수정 교수는 '할 일이 많아서 비난에 신경 쓸 시간이 없다'고 했습니다. 재재는 한발 더 나아가, '채널이 더 커지려면 악플도 좀 필요하다'고 할 정도였죠. 여성들은 종종 업무 결과부터 협업의 태도나 외모에 이르기까지 완벽할 것을 요구받고, 부드럽고 세련된 모습에서 조금이라도 벗어나면 혹독한 평가를 받습니다. 뜻한 일을 해나가는 과정에서 혹시 호의적이지 않은 반응에 기운을 잃고 있는 누군가가 있다면, 더 이름이 알려지고 더 많은 사람을 상대하며 일하는 여성들이 대처하는 방식을 참고하면 좋겠습니다.

2020년 카카오페이지에 연재했던 인터뷰를 지면으로 묶었습니다. 아래로 스크롤 하며 읽어가던 길고 긴 이야기가 종이책 한장 한장에 옮겨집니다. 짧게는 두 시간, 길게는 네 시간 이상 나눈 말들을 정리한 글 한 편은 대화의 속도보다 훨씬 빠르게 읽히겠지만 한 사람 한 사람의 삶 전체와 함께 호흡하는 기분으로 행간에 충분히 머물러보시기를 바랍니다. 그들이 어떤 마음으로 일하는지, 중요한 선택들 아래에는 어떤 가치관이 있었는지 충실히 듣고 오해 없이 전하려 애썼던 노력이 결과물에서 느껴진다면 기쁘겠습니다. 자신의 귀한 이야기를 기꺼이 나눠주신 아홉 분의 인터뷰이들께 감사드립니다.

2021년 5월
황선우

차례

프롤로그 · 004

랜찮아, 자신감이란   김유라   014
실패할 용기니까

뼛속까지 내려가서   김보라   052
만든다는 것

재능을 이기는   이슬아   098
꾸준함

저는 낙관주의자예요,   장혜영   146
제가 행동할 거니까요

예술가의 49퍼센트와   손열음   186
직업인의 100퍼센트

내 이름 뒤에 있는
사람들   전주연   232

할머니가 돼서도
좋아하는 일을 하고 싶어   자야   286

우리니까, 지금이라서
가능한 것들   재재   346

먼저 걸어가는
사람   이수정   394

에필로그 · 442

괜찮아, 자신감이란 실패할 용기니까

유튜브 〈박막례 할머니 Korea Grandma〉 PD

김유라

너무 깊게 들어가려는 생각은 시작에 방해가 돼요. 문턱을 낮추면 쉽게 시작해볼 수 있고요.

할머니와 손녀의 가계에는 공통의 기질이 흐른다. 순발력, 유머 감각, 직진하는 말투, 배우는 태도, 할까 말까 할 때 해보는 쪽으로 기우는 성향 같은 것들. 모험과 긍정의 DNA를 공유하는 이들은 카메라 앞과 뒤에서 단둘의 힘으로 구독자 131만 명인 채널을 만들어왔다.

영상 기획자, 크리에이터이자 2인 가족 기업을 이끄는 사업가이기도 한 김유라 PD를 만났다. 구글 개발자 콘퍼런스에 참가하고 CEO도 만났던 두 사람의 일상은 팬데믹 이후 꽤나 달라져 있지만 그럼에도 여전히, 뭔가 해보는 쪽으로 향한다.

괜찮아, 자신감이란 실패할 용기니까

황선우

주짓수 하시는 걸 인스타그램에서 봤어요. 많은 운동 중에
왜 주짓수를 골랐나요?

김유라

새로 알게 된 친구가 주짓수를 하더라고
요. 정말 바쁜 사람인데 브라운 벨트까지 땄다
는 거예요.

브라운이 높은 레벨인가요?

엄청 높은 거죠. 최고 등급 바로 아래 레
벨이니까요. 어떻게 땄냐고 물었더니 그냥 꾸준
히 했대요. 저는 뭔가 하나를 오랜 시간 진득하
니 해온 게 없거든요. 아주 오래 그 운동을 해온
친구가 행복하대요. 그 말에 영향을 받아서 등
록했어요.

해보니 잘 맞던가요? 친구는 오래했어도 내 성격이나 신체
조건과는 안 맞는 운동일 수 있잖아요.

네, 너무 재미있어요. 도복도 패셔너블하
고, 잘하는 분들은 눈빛이나 자세가 정말 멋있
어요. 저는 원래 주변의 영향을 잘 받는 편이에
요. 축구 좋아하는 사람이랑 함께 있으면 축구
를 하려고 하고, 음악 하는 사람이랑 놀다 보니
요즘은 음악도 배우고 있고, 영어 쓰는 친구를
만나다가 영어도 잘하고 싶어지고… 사람의 영

향을 크게 받는 편 같아요.

되도록 좋은 사람들과 시간을 보내셔야겠네요.

맞아요. 중요한 점 같아요. 앞으로 도박하는 친구랑 친해지지는 않도록 조심해야죠, 하하.

영상 콘텐츠 외에도 할머니와 함께 진행하는 일들이 있으신 걸로 알아요.

에세이 『박막례, 이대로 죽을 순 없다』(2019)는 영화화 계약이 마무리되었어요. 레시피 북 『박막례시피』(2020)에 이어서 할머니 방식으로 만든 요리 패키지를 상품화하는 것도 논의 중이에요. 유튜버로 화려한 일상을 사는 것처럼 보이지만 할머니는 평생 식당을 운영한 요리사니까요. 40년 이상 해왔던 일로 세상에 뭔가 보여주는 결과물을 내놓는다면 뜻깊은 일이 될 것 같아요.

가족 여행 영상을 찍어 올리던 작은 채널이 이렇게 멀리까지 올 거라고는 예상 못 한 사람들이 많을 거예요. '유튜브 CEO를 만나겠어.' 이런 큰 목표를 말할 때 냉소적인 반응에 부딪히며 힘 빠지진 않았나요?

잘 안 될까 봐 걱정하는 마음에도 공감해요. 하지만 저는 어렸을 때부터 목표가 하나 있으면 끝장을 봐야 하는 성격이었거든요.

예로 들 만한 에피소드가 있나요?

제가 고등학교 시절 박경림 언니의 엄청난 팬이었는데, 정말 만나보고 싶더라고요. 당시 그분이 진행하시던 라디오 프로그램 《별이 빛나는 밤에》에 사연을 써서 보내고, 전화 연결까지 되어서 말도 안 되는 성대모사를 하며 최선을 다했어요. 나중에는 결국 방송에 초대되어서 고3인데 조퇴까지 하고 스튜디오로 찾아갔어요. 직접 만나는 데 성공하고 사인도 받았죠. 그분의 출신 학교인 동덕여대 방송연예과에 진학해서 후배가 되기도 했고요. 너무 좋아하는 마음에 꼭 그분처럼 되고 싶었거든요.

박경림 님을 특히 좋아했던 이유가 뭐였어요?

너무 멋있었어요. 당시에 텔레비전에서 박경림 언니처럼 이것저것 멀티로 할 수 있는 여자 엔터테이너가 드물었거든요. 연기도 하고 개그우먼이면서 방송 MC, 라디오 DJ도 하고… 독특한 목소리로 앨범까지 냈죠. 그야말로 종합 방송인이라는 타이틀이 잘 어울리는 사람이었어요.

김유라

기존에 보기 어렵던 새로운 여성 캐릭터에 반해서 롤 모델로 삼았던 거군요.

언니의 등장이 저한테는 충격이었어요. 그렇게 다채로운 영역을 오가는 게 자유로워 보이고, 자신감 있게 멋진 커리어를 쌓는 모습이 너무 좋더라고요. 이렇게 생각한 것 같아요. '나도 저 포지션에 들어가고 싶다.'

그래서 눈에 보이는 선배의 존재가 중요한 것 같아요.

맞아요. 그리고 그때의 경험이 저에게 추진력을 준 것 같아요. 누구를 좋아하면 그 마음으로 그치는 게 아니라 다가갈 수 있는 효과적인 방법을 고민하는 식으로요. '어떻게 하면 만날 수 있지?' '뭐부터 하면 되지?'

목표를 위해 그렇게 자발적으로 노력할 수 있었던 동력은 무엇이었을까요?

자기 객관화가 잘돼 있는 것 같아요. 내가 가진 게 많지 않고, 타고난 재능이나 여건만으로는 한계가 있다는 걸 어릴 때부터 잘 알았어요. 대학 때는 방송연예과를 다녔기 때문에 주변에 키 크고 예쁜 친구들이 많았어요. 내가 남들보다 키도 작고 통통하다는 콤플렉스도 없진 않았죠. 누구도 도와주지 않는다면 스스로 열심히

괜찮아, 자신감이란 실패할 용기니까

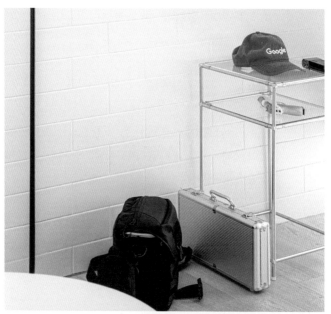

김유라

할 수밖에 없다는 걸 일찍부터 알고 실행했던 것 같아요.

내 한계를 알 수는 있다 해도 그걸 뛰어넘는 건 훨씬 어려운 문제인데요.

글쎄요, 부모님이 절대 간섭하는 스타일이 아니세요. 뭔가 하겠다고 할 때 밀어주는 편도 아니지만 '하지 마, 안 돼'라고 하지도 않았죠. 모든 걸 스스로 고민하고 결정할 수 있는 환경에서 자라다 보니 내가 갈 길에 대해 고민해볼 시간이 많았어요. 누가 어떻게 하라는 얘기를 듣기보다 그냥 내가 고민해서 결정하며 살아온 시간이 길었죠. 책임도 내가 지고.

사회에 막 진출했을 때는 어떤 커리어를 구상했어요? 저렇게 되고 싶다고 느낀 롤 모델이 있었나요?

회사 다닐 때는 남의 인생에 관심을 가질 여력이 없었어요. 일하고 집에 가서 잠만 자기에도 바빴으니까. 인생에서 제일 바쁘고 피곤했던 시기 같아요. 박경림 선배님 말고는 인생에 롤 모델이 없었네요.

회사는 어떤 업종이었어요?

연기 학원에서 학생들을 가르쳤어요. 그

전에는 모바일 앱 만드는 회사에서 마케팅 인턴도 하고, 축구 방송, 팟캐스트 진행… 되게 다양한 일을 했어요.

그중에 진짜로 나랑 맞는 일이 뭘까 고민도 했을 것 같은데요.

입시생들이랑 같이 연기하고 단편영화 찍는 게 너무 재미있었어요. 방송연예과 전공과도 연결되고요. 그런데 그 일을 평생 할 수 있겠다고 생각하면서도, 평생 하고 싶진 않았어요. 내 시간이 너무 없었거든요. 아이들의 인생을 책임져야 하는 일이잖아요, 연기로 대학을 가고 밥벌이를 하려는 애들을 가르친다는 게. '퇴근! 끝!' 이렇게 스위치가 꺼지지 않더라고요.

일은 끝나도 고민은 끝나지 않았겠네요.

네, 학생들의 삶을 어느 정도는 같이 살아 줘야 하는 느낌이었어요. 에너지가 너무 많이 소모되는 일이었죠. '아, 이거 다음에는 뭐하지?' '나는 어떡하지?' 이런 생각을 많이 했어요.

PD님은 방송연예과 전공을 살려 유튜브 크리에이터 일을 하고 있다고 할 수 있지만, 자기 전공과 하고 싶은 일이 맞지 않는 학생들도 많을 거예요. 어떤 이야기를 해주고 싶으세요?

요즘 전공대로 사는 사람이 몇이나 있을까 싶어요. 직업을 두 개, 세 개 갖는 사람도 늘어나고 있잖아요. 전공이 아닌 지식들도 계속 쌓아가며 새롭게 보충해야 하고요. 무엇보다 전공이 좀 맞지 않더라도 '너무 잘못된 선택을 했다', 이런 후회에 사로잡혀 자신을 괴롭히지 않았으면 좋겠어요. 당장 취업과 연결되지 않는 것 같아도 한번 배워둔 건 사라지지 않아요. 언젠가 다 자기 일의 바탕이 될 거예요.

구독자 131만 명의 채널을, 할머니와 만들고 있어요. 아이디어를 내고 촬영하고 편집하는 일, 채널 관리와 마케팅까지 혼자 다 하시잖아요. 어떻게 가능한가요?

혼자 하려니 힘에 부치는 건 사실이지만 어떤 일을 나눠야 할지 항상 고민이에요. 마케팅도 편집도 너무 중요하고, 촬영은 나랑 해야 할머니가 편한데… 이러다 보면 어떤 일도 남에게 맡길 수가 없더라고요.

그렇게 다 끌어안고 있다 보면 본인은 괜찮다고 생각해도 힘든 순간이 오잖아요. 번아웃이 오기도 하고.

나와 잘 맞는 사람을 뽑고 그 사람하고 채널 운영의 원칙과 노하우를 공유하는 일, 같이 맞춰가는 과정이 더 힘들 수도 있을 것 같아요. 다른 유튜브 계정에서 발생하는 작은 사고도 저한테는 너무 크게 느껴져요. 가족이랑 하는 일이니까. 누군가의 실수로 할머니에게 좋지 않은 영향이 가게 되면 너무 괴로울 거 같아요. 사실 번아웃은 이미 올 뻔한 적도 있어요.

언제였나요?

시작한 지 얼마 안 되었을 때였어요. 처음 해보는 일이라 뭘 어떻게 운영하는지를 몰랐거든요. 3일만 새 콘텐츠가 안 올라와도 사람들이 비난하는 댓글을 달았어요. 근데 다른 채널을 보면 일주일에 영상이 다섯 개씩 올라오는 거예요. 어떻게 가능한 걸까…

개인 채널이라도 팀이 크니까 그렇게 할 수 있겠죠.

팀도 크고, 크리에이터들이 젊기도 하고요. 직업적으로 몰두해서 하시는 분들이잖아요. 저희도 물론 직업으로 삼게 되었지만, 원칙은 할머니 생활방식에 유튜브가 방해되지 않아야 한다는 거거든요. 할머니는 계모임도 나가야 하고, 친구들도 만나야 하니까. 좀 무리하더라도 다른 선택을 해야 하나 싶은 고민과 '아, 구독자 100만은 꼭 이뤄보고 싶은데', 이런 목표가 압박이 되면서 갑자기 지치더라고요. 제가 쉽게 만족하는 성격은 아니거든요. 마음속에는 언제나 끝장을 봐야 되는 뭔가가 있어요.

그럴 때 일에 대한 고민을 나눌 사람도 없었겠네요.

그렇죠. 주변 방송작가 언니들이나 방송국에서 일했던 친구들한테 조언을 많이 구했어요. 하지만 유튜브는 그분들 영역이 아니니까 명쾌한 해답이 안 나왔죠.

그때 어떻게 돌파구를 찾았는지 기억나세요?

네, 처음으로 콩트 형식을 시도했어요. 내레이션도 넣고, 구성이나 편집도 다르게 해보고. 그렇게 새로운 요소를 넣으니까 다시 콘텐츠 만드는 일이 재미있어지더라고요. 비슷한 형식을 반복하면서 누구보다 저 자신이 지쳐 있었나 봐요.

스스로를 어떻게 다루어야 할지 크게 배웠네요.

네, 맞아요. 일하면서 완전히 소진되지 않는 노하우 같은 게 그때 생겼어요.

할머니께서 치매 위험이 있다는 검진 결과를 받았을 때, 같이 여행하기 위해서 퇴사했다고 알려져 있어요.

___

괜찮아, 자신감이란 실패할 용기니까

그전에도 근무 여건에 대한 고민은 계속 했어요. '언제까지 이 일을 계속할 수 있을까?' '이 정도 월급을 가지고 언제까지 먹고살 수 있을까?' 고민 하던 차에 계기가 생긴 거죠. 업무는 힘들어도 견딜 수 있어요. 하지만 같이 일하는 사람들이 힘들 때는 그 공간에 들어가는 게 스트레스가 돼요. 일하는 장소 자체가 나한테 안 좋은 에너지를 준다고 느낄 때 저는 그만두기로 결정한 것 같아요.

내 경력을 위해 3년은 채워야지, 이런 이유로 버티다 보면 사람의 어떤 부분이 상하는 것 같아요. 그러다 경력 한 줄 보다 더 큰 걸 잃기도 하고요.

쉽기만 한 일이나 회사는 없잖아요. 하지만 이 회사에 남아야 되는 핵심 가치가 다들 있을 거예요. 그게 어긋날 때는 그만두는 게 맞는 것 같아요. 제 경우 일 자체는 너무 사랑했거든요. 가족 같은 관계를 유지하며 나를 존중해준다고 생각했기 때문에 퇴근 후나 쉬는 날까지 일했는데, 내가 부속일 뿐이구나 하는 깨달음이 왔을 때 미련 없이 그만뒀던 것 같아요.

PD님은 회사를 그만둔 뒤 더 잘 맞는 일을 찾았지만 누구나 그렇게 운이 좋기는 어려워요. 비슷한 상황에서 고민

김유라

하는 퇴사 준비생들에게 어떤 이야기를 해주고 싶나요?

일의 과정을 겪는 사람도 나, 그 결과물을 만들어낼 사람도 나잖아요. 좋은 에너지와 즐거운 마음으로 만들어내는 결과와 하기 싫은데 억지로 짜낸 결과는 너무 달라요. 기왕 살면서 일에 내 시간과 노력을 쏟아야 한다면, 좋은 마음으로 진짜 푹 빠져서 잘할 수 있는 일을 찾는 게 중요해요. 그걸 경험해서 찾은 사람, 그 느낌을 알고 있는 사람은 행운인 거죠. 그리고 아직 못 찾은 사람이라면 한번쯤 모험을 해봐도 될 것 같아요. 위험을 감수할 만한 가치가 있으니까요.

시간을 좀 거슬러 가볼게요. 대학 생활은 어떻게 보내셨어요?

그때도 하나에 꽂히면 열심히 하는 성격이었어요. 1학년 때는 과대표를 맡아서 학교 생활만 열심히 했어요. 소개팅, 이런 건 한 번도 못 하고 학생회 일만 했죠. 2학년 때는… 연애를 열심히 했네요.

대학 2학년 때였다면 한창 열심히 연애할 때였겠네요.

네. 첫사랑이었어요. 원래는 장학금 받을 정도로 공부를 열심히 했는데 그 오빠를 사귀면서 학사경고를 받았어요.

괜찮아, 자신감이란 실패할 용기니까

정말 열심히 하셨나봐요, 연애를.

네, 맞아요. 그런데 학사경고 대상이 되면 담당 교수님께 반성문 같은 걸 써서 제출해야 하거든요. 이렇게 써서 냈어요. '교수님, 저에게 죄가 있다면 사랑을 한 죄밖에 없습니다.' 교수님이 할말이 없다고 하셨어요.

반성문 덕분에 학사경고가 면제되었나요?

기억이 안 나네요… 음, 그대로 학사경고는 받았었던 거 같아요. 맞아요, 그래서 아마 계절학기를 다녔을 거예요.

기억이 가물가물할 정도라면 학사경고가 그다지 큰 타격은 아니었나 봐요.

네, 저한테는 타격이 아니었어요. '아, 멋있다 나! 학사경고도 받아보고. 대학 생활에 할 수 있는 건 다 해봐야지!' 이러면서, 하하.

위기는 기회로 바꿔버리고, 좌절은 건강하게 넘겨버리는 성격 같아요. 그런 PD님에게도 부끄러운 흑역사는 없나요?

질문지를 미리 받고서 생각을 해봤거든요. 내 흑역사가 뭘까? 그런데 생각이 안 나는 거예요. 부끄러운 일 없이 살아왔을 리는 없잖아요.

괜찮아, 자신감이란 실패할 용기니까

" 기왕 살면서 일에
내 시간과 노력을
쏟아야 한다면,
좋은 마음으로 진짜
푹 빠져서 잘할 수 있는
일을 찾는 게 중요해요. "

김유라

정말 많았을 텐데 되게 빨리 까먹는 것 같아요.

하하, 멘탈이 튼튼하네요.

　　　　남자 친구랑 헤어졌을 때 방에서 막 흐어엉 울었거든요. 근데 울면서도 한편으로 이런 생각이 드는 거예요. '어, 나 지금 약간 멋있는데? 사랑에 빠져서 눈물을 이렇게 흘리다니 드라마 주인공 같군.' 그때 나 자신이 좀 이상한 사람 같았어요. 그러면서도 좋은 거예요. 이렇게 사랑에 열정을 다하는 내 모습이. 하하.

자기 삶도 하나의 콘텐츠로 바라보는 거 같아요.

　　　　그런가 봐요. 흐어엉 울면서도 '와, 《내 이름은 김삼순》의 려원 같다' 이러고… 장난이 아니라 너무 마음이 아프고 힘들었거든요. 근데도 나 자신에게 감탄하고 있더라고요. 안 좋은 기억도 이렇게 한 발 떨어져서 보는 습관이 있나 봐요.

자기연민에 매몰되지 않는 데는 유머 감각도 한몫하는 것 같아요.

　　　　저희 가족이 좀, 비극도 희극으로 바꿔버리는 사람들이에요.

할머니처럼요?

괜찮아, 자신감이란 실패할 용기니까

네, 할머니처럼. 성격인 거 같아요. 저는 진짜 어떤 코미디보다 저희 가족들 이야기가 제일 웃겨요.

지금 PD님이 한 팀을 이뤄 일하는 동료가 바로 할머니잖아요. 같이 일하는 파트너로서 박막례 할머니는 어떤 분이신가요?

사실 오늘 오전에 할머니랑 촬영이 예정되어 있었어요. 시간이 되어 전화를 했더니 여주에 가 계신 거예요. '할머니, 왜 거기 있어?' 했더니 '나물 따러 왔는디…?' 할머니는 그런 파트너예요.

하하, 맞춰드리며 일하기가 쉽지는 않겠네요.

유튜브에 나오는 모습이랑 똑같아요. '아이고 몰라 유라야, 나물 지금 따야 된다고. 누가 따 가면 어떻게 해? 나는 나물 따러 가야 한다고 시방!'

하지만 할머니만의 강점도 있잖아요. 유머 감각과 에너지가 있으시고.

할머니는 크리에이터로 타고난 사람인 것 같아요. 순발력도 좋으시고, 인생에 경험치가 많아서 세상 어떤 주제를 던져드려도 본인 방식으로 해석할 수 있어요. 할머니 입에서 안 한다는 말이 나오는 걸 들어본 적이 없어요. 제가 뭘 제안해도 거의 다 '그래, 재미있겠다 해보자', 이런 분이거든요. 긍정적인 삶의 태도가 할머니를 이런 크리에이터로 만들지 않았나 싶어요. 새로운 것에도 거리낌이 없는 분이에요.

두 분이 함께 지은 『박막례, 이대로 죽을 수 없다』를 읽어보면 할머니의 인생에는 굴곡이 참 많았어요. PD님 또래였을 때, 혹은 더 어린 시절의 할머니를 만난다면 어떤 얘기를 해주고 싶은가요?

할머니는 어렸을 때도 제 말을 들을 것 같지 않은 성격이라 '염병하네' 막 이러면서 절 무시할 것 같긴 한데, 하하! 음, 글쎄요… 그런 얘기는 해줘야 할 것 같아요. 너 나중에 정말 잘된다고. 너무 힘들게 살아오신 할머니니까, 인생의 스포일러? 지금 힘들어도 시간이 지나면 진짜 창대해진다는 걸 알려주고 싶어요.

서른 살만 되어도 아주 많은 나이인 것처럼 말하는 사람들이 있어요. PD님은 할머니와 같이 일하면서 나이 든다는 것에 대해서 다른 생각을 하게 되셨을 것 같아요.

스트레스 없이 재미있게 살아야겠다는 생각이 많이 들어요. 나이 들어도 긍정적이고, 어

랜찮아, 자신감이란 실패할 용기니까

떻게 보면 애 같은 모습도 보이는 할머니의 태도를 보면서 많은 걸 느끼죠. 할머니 세대의 연로하신 분들은 몸이 아프면 습관적으로 '아유, 내가 빨리 죽어야지', 이런 말씀 하시잖아요. 할머니는 안 그래요. '무릎 아프니까 얼른 연골주사 맞으러 가야겠다.' '더 오래 걸어 다닐 수 있게 살을 빼야겠다.' 긍정적인 말을 하고 걸음걸이나 자세도 꼿꼿하게 하려고 노력하세요. 나이듦에 대해 너무 비관하거나 자책하지도, 그걸 인정하지 않으려고 부정하지도 않는 자세? 몸과 마음을 건강하게 유지하면서 즐겁게 살 수 있으면 좋을 것 같아요.

평균수명이 점점 늘어나고, 누구나 노인으로 살아야 하는 기간이 길어지니까요.

　　　　　사람들이 나이 드는 걸 너무 싫어하지 않았으면 좋겠어요. 저는 나이 든 나를 미워하게 될까봐 되게 걱정이었거든요. 근데 할머니는 자기가 70대란 걸 부끄러워하지도 싫어하지도 않으세요. 그렇게 살고 싶어요, 저도.

요즘은 조직에서 다섯 살, 열 살만 차이가 나도 서로 부딪치잖아요. 다양한 세대 갈등을 겪고 있는 분들한테 어떤 얘기를 해주실 수 있을까요?

김유라

음, 일단 서로 다르다는 걸 인정하고 거기서 출발하면 좀 쉬워질 것 같아요. 우리가 서로 어떻게 다른지 알지 못한 채 만나다 보면 모를 수밖에 없어요. 이 사람이 나를 위해 뭘 희생하고 있는지를. 세대 차이라고 하면 너무 큰 범위의 이야기 같지만 결국 모든 것이 사람을 상세히 알아가는 과정 같아요. 이 사람이 어떤 삶을 살아왔는지, 뭘 싫어하고 뭘 좋아하는지, 지금 무엇 때문에 어렵고 어떤 고민으로 힘든지… 그런 탐구 과정이 없으면 공부 안 하고 성적 잘 받으려는 거나 마찬가지 같아요.

애정이 있는 관계라서 가능한 것 같기도 하네요. 할머니와 PD님은 인내하며 서로 알아가려는 마음, 희생하고 양보할 준비가 어느 정도는 갖추어져 있으니까요.

나이 들수록 자신을 바꾸기가 쉽지 않아요. 요즘 젊은 사람들의 기준이 무엇인지 그분들은 모르는 것도 당연하고요. 그러니까 나서서 가르쳐드려야 하는 것 같아요. 우리도 어렸을 때 공부하기 참 싫어했잖아요. 어른들한테 인사 잘해라, 먹을 때 쩝쩝 소리 내면 안 된다, 자기 그릇은 설거지통에 갖다 넣어라… 함께 살아가기 위해 꼭 필요한 기초 예절들이 있고 어른들이 억지로 가르쳐줬단 말이죠. 나이 든 분들에게도 똑같은 거 같아요. 결국에는 가르치는 사람이 기를 쓰고 일깨워줘야 되는 부분 같아요.

일하면서 유튜브의 미래에 대해서는 어떤 생각이 드세요? 유튜브가 개인 미디어의 최고점에 오래 머무는 사이 숏폼 콘텐츠인 틱톡이 어린 세대들한테 바싹 다가가고 있기도 해요.

유튜브가 더 오래갈 것 같아요. 40~50대 이상까지 포섭한 상태에서 상거래 기능이 강화되면서 강력해지겠죠. 할머니가 간장국수를 먹고 있는 콘텐츠 아래에 간장국수 구매하기 버튼이 생기는 식으로요. 플랫폼에 시간을 쓰던 사람들에게 이제 돈까지 같이 쓰게 만든다는 점에서 똑똑하고 무섭다는 생각을 했어요. 길이가 짧은 동영상 플랫폼에서는 틱톡이 강세이기는 하지만 좀더 긴 호흡의 영상을 좋아하고 거기 익숙한 사람들은 아무래도 유튜브를 계속 볼 것 같아요.

그 속에서 유튜버들은 어떻게 변해갈까요?

경쟁이 더 치열해지겠죠. 연예인들이나 인스타그램 인플루언서처럼 다른 플랫폼에서 이미 자신의 독자성을 구축한 사람들이 점점 더 활발하게 유입되기도 하고요. 무엇을 보여주건

김유라

괜찮아, 자신감이란 실패할 용기니까

자기만의 확실한 캐릭터를 잘 지켜나가야 할 것 같아요.

CJ의 크리에이터 네트워크인 채널 다이아에 소속되어 있잖아요. 계약할 때 콘텐츠의 스타일이나 업로드 주기에 대해 전적인 독립성을 요청했다고 들었는데, 대기업과 일하면서 이런 식의 협상 조건을 내미는 게 쉽지 않았을 것 같아요.

혼자도 할 수 있다는 마음이 있었어요. 뭐 안 되면 그만이라는 생각으로 던졌던 것 같고요.

원래 배포가 큰 편인가요?

그때는 CJ가 그렇게 큰 회사인 줄 몰랐거든요. 그리고 결정을 내릴 때 돈 가지고 선택하는 편이 아니긴 해요. 출발 자체가 수익보다 할머니가 좋은 경험을 하고 행복하게 해드리기 위해 시작한 채널이었으니까. 계약 조건도 할머니가 즐겁게 일할 수 있는 환경을 깨지 않는 게 우선이었어요. 그건 지금도 앞으로도 마찬가지고요.

박막례 할머니의 손녀라는 점을 제외하면 PD님의 핵심 정체성은 뭘까요?

머뭇거리지 않고 해보는 사람, 열정적인

사람이라는 게 저의 핵심 같아요. 한 가지만 깊이 잘하려고 하기보다 여러 가지를 시도하는 사람, 그리고 결국에는 그런 자산을 모아 내 일을 내 방식으로 해내는 사람.

본인의 강점이 뭐라고 생각하세요? 나의 이런 점은 믿는다는.

콘텐츠를 진짜 잘 만드는 것 같아요. 하하. 너무 훌륭하게 질 좋은 멋진 걸 만들어낸다는 뜻이 아니라, 아무것도 아닌 걸로 콘텐츠화하는 역량? 세차하면서도, 마우스가 고장났을 때도 그걸로 뭔가 찍고 있으니까요. 일을 재밌게 하는 것도 강점인 것 같고요.

오늘도 할머니와 촬영이 있다고 하셨죠? 뭘 찍으시나요?

넷플릭스 제휴 콘텐츠를 찍기로 했어요. 얼마 전 드라마 《부부의 세계》 리액션 영상에 반응이 좋았거든요. 이 경우는 저작권이 jtbc에 있어요. 조회수가 많이 나와도 수익을 jtbc에서 가져가는 거죠. 그런데 영상이 워낙 화제가 되고 나니 넷플릭스에서 비슷한 포맷으로 광고 제의가 들어온 거예요. 가끔은 이렇게 수익에 대한 고려 없이 진짜 재밌는 걸 즐기면서 만들다 보면 그 일이 또 다른 기회를 만들어오는 것 같아요.

이럴 때 맞는 길로 가고 있다는 확신을 느껴요.

PD님 인스타에서 어떤 초등학생이 보낸 편지를 봤어요. '유튜브를 하고 싶은데 뭘 찍어야 할지 모르겠어요. 어떤 게 좋은 콘텐츠인가요?' 이런 질문에는 뭐라고 답하세요?

　　　10년 뒤에도 이 콘텐츠가 인터넷에 남아 있다는 걸 염두에 두면 좋겠어요. 흐름이나 경향은 변하지만 그 속에 불변의 가치는 있잖아요. 거기에서 어긋나지 않는 영상을 찍고 싶어요. 모든 사람이 대단한 콘텐츠를 만들어낼 필요는 없지만 조회수를 높이기 위해 말초적으로 만들어서 보는 사람을 자극하는 콘텐츠, 누군가에게 상처를 주거나 공격하는 영상, 그런 건 만든 사람에게도 부끄러운 것 같아요.

빠르게 바뀌는 영상 콘텐츠를 말하면서 10년 뒤를 기준으로 이야기한다는 게 흥미롭네요.

　　　유튜브에 정말 많은 영상이 새로 올라오고 금방 잊히지만, 저는 그것들이 영원히 남는다고 생각해요. 그런 생각이 적어도 나쁜 걸 만들지 않으려는 노력의 바탕이 돼요. 더 재밌어야 한다는 생각보다 영상을 보고 불편할 사람들을 덜 만들게 조심해요.

　　　　　　　　　　　　　　김유라

PD님이 채널을 운영하는 기본 윤리라고 볼 수 있겠네요. 정교하게 기획한 상업 콘텐츠들도 반응을 못 얻는 경우가 많은데, 가볍게 출발해 큰 성공을 거둔 힘은 어디서 왔다고 생각하세요?

타이밍이죠. 타이밍이 잘 맞아떨어졌어요.

평범한 우리 할머니 세대에서 마침 유쾌하고 재미있는 캐릭터가 나와서 신선했던 걸까요?

제가 영상 다루는 일을 취미로 하고 있었다는 점도 도움이 됐어요. 애들 연기 가르치는 본업에 바빴을 때도 〈29초 영화제〉 같은 데 꾸준히 나갔어요. 그런 경험이 바탕이 되었기 때문에 유튜브 영상을 어렵지 않게 찍을 수 있었고요. 살면서 해왔던 것들이 언젠가 다 연결 돼서 돌아온다고 생각해요. 그러니 뭔가를 배우는 데 돈이나 시간을 아까워하지 않았으면 좋겠어요. 원데이 클래스에 나가도 금세 잊어버리고 말 거라 생각할 수도 있지만 그 한 번의 경험이 또 다른 기회의 문을 열어주기도 하거든요.

주짓수나 기타처럼, 늘 뭔가를 배우느라 바쁘신 것도 그런 생각이 바탕이 된 걸까요?

빨리 해보고 또 다음 걸로 넘어가고, 그런 성격이에요. 그러다 잘하게 되는 것도 있고 대

괜찮아, 자신감이란 실패할 용기니까

부분은 나중에 까맣게 잊어버리지만, 상관없어요. 어떤 단계까지 가야겠다는 목표가 너무 높으면 사람이 지레 포기하게 되는 것 같아요. 저는 거기 발만 담그는 느낌으로 만족해요. 주짓수 옷 입고 도장에서 자세 한번 잡아보는 것만으로도 행복한 거죠.

하하, 경험 수집가 같네요. 그중에 가장 만족스러웠던 경험은요?

역시 스노보드 탈 때가 제일 멋있었네요. 강사까지 했었어요. 시간이 흘러서 지금은 잘 못 타지만 그 시간동안 체득한 것들이 사라지지 않고 내 속에 있다고 생각해요. 근데 어렸을 때, 보드를 시작하기 전에는 너무 무섭고 어렵게만 느껴졌어요. 지금의 나, 그리고 '되고 싶은 나' 사이에 너무 많은 생각이 있을 때 실행에 옮기는 기간이 오래 걸리고 힘들어지는 것 같아요.

그러네요. 생각하는 대신 그냥 '하는 나' '하고 있는 나'가 되어버리면 되는데.

너무 깊게 들어가려는 생각은 늘 시작에 방해가 돼요. 반대로 문턱을 낮추면 쉽게 시작해볼 수 있고요.

김유라

목표를 낮게 잡는다고 말하지만, 할머니와 함께하는 유튜브 채널의 경우 반대 아닌가요? 정말 큰 그림을 그리고, 결국 이뤄내곤 했잖아요.

맞아요. 저에게 이 두 가지는 분리되는 것 같아요. 할머니랑 하는 건 일이고 되게 진지하게 느껴지거든요. 취미 생활과는 다르죠. 개인의 삶을 사는 나, 그리고 할머니랑 같이하는 사업가의 삶을 사는 나는 완전히 별개예요. 근데 이두 가지가 또 연결되어 있기도 해요. 결국에는 개인적인 삶을 어떤 태도로 사는지가 일에 너무 큰 영향을 미치니까요. 뭐든 하고 싶은 걸 주저없이 빨리 해보고, 안 되면 말고, 다음으로 넘어가고, 너무 어려우면 비슷하게라도 하면 돼요.

당장 결과가 보이지 않더라도 나중에 돌아온다는 말이죠.

전 그게 너무 중요한 것 같아요. 삶에는 엄청난 기회들이 있는데 사람들이 보통 놓치고 살아요. 왜 그럴 때가 있잖아요. 이번 주말에 어떤 약속이나 행사가 있는데 너무 피곤한 경우. 그런 날 가는 것과 안 가는 것이 인생에서 방향을 정하는 데 엄청난 영향을 준다고 생각해요. 가서 만난 사람이 나한테 어떤 기회를 줄지, 친구들과의 대화가 내 가치관을 어떻게 바꿀지 모르는 거거든요. 그래서 어떤 경험을 할 수 있는

김유라

기회가 있을 때 저는 무조건 하는 선택을 해요.

할까 말까 할 때는 한다, 그 점도 할머니와 비슷하시네요.

전에는 가능성을 50대 50으로 두고 고민했으면 지금은 99.9퍼센트 하는 쪽이에요. 친구들을 만나고, 사람을 통해 새로운 세계를 알게 되고 뭔가 배워두고, 그런 게 인생을 살아가는 데 중요한 것 같아요.

공모전에서 많이 떨어져봤다고 들었어요. 실패가 계속 이어질 땐 어떻게 받아들이셨어요?

너무 화가 났죠. 하하, 이렇게 재미있는데 어떻게 내 걸 안 뽑지? 이 꼰대 심사위원들! 분노와 억울함을 느꼈죠. 하지만 아랑곳하지 않고 제가 만든 결과물들을 페이스북에 올렸어요. 나중에는 친구들이 '와, 유라 너는 맨날 떨어지는데 진짜 꾸준히 나가는구나' 할 정도였어요.

계속 도전하신 이유는 한 번만이라도 당선되고 싶어서였나요?

아뇨, 그냥 만드는 게 너무 재미있어서요. 상 타는 게 목표였으면 몇 번 떨어졌을 때 포기했을 거예요. 그런데 내 아이디어를 영상으로 만드는 과정이 너무 뿌듯하고 즐거웠어요. 편집

괜찮아, 자신감이란 실패할 용기니까

까지 마치고 플레이 버튼을 눌렀을 때 상상했던 수준의 80퍼센트 정도 나오면 되게 만족스러워요. 보통은 50퍼센트 나오기도 쉽지 않거든요. 그렇게 머릿속에 있는 아이디어와 비슷하게 만들어가는 과정이 정말 뿌듯했어요.

결과물에 대한 남들의 평가와는 상관없이 본인의 자긍심이 있었던 거네요.

그렇죠. 그래서 계속할 수 있었어요. 친척 동생들 데려다가 출연시키고, 할머니도 계속 등장하고 그랬죠. 대학생 때는 돈이 없으니까 배우를 쓸 수 없잖아요.

『박막례, 이대로 죽을 순 없다』의 대만 번역본 제목은 『살아갈수록 용감해진다』였어요. PD님의 삶은 살아갈수록 어떤 것 같아요?

저도 용감해지는 것 같아요. 그런데 그 용기가 어디에서 나오는가 생각해보면, 결국 자신을 잘 알게 되는 데서 나와요. 인생은 결국 나를 공부하는 과정이라는 생각이 들어요. 내가 뭘 좋아하는지, 어떤 사람을 좋아하는지, 나를 어떻게 다뤄야 하는지, 뭘 잘하고 또 못하는지 이런 걸 계속 경험하면서 죽을 때까지 알아가는 거죠.

김유라

PD님과 얘기 나누다 보니, 자신감이란 뭘 해도 잘할 수 있다는 믿음보다 잘 못해도 괜찮으니 일단 한번 해보겠다는 용기에서 나오는 것 같아요.

어릴 때 뭐든 해보라고 말하고 싶어요. 지금 잘하고 못하고는 크게 중요한 게 아니에요. 시도해보고, 경험을 넓히고, 성취감을 느껴보기. 그게 삶에서 중요한 거의 전부 같아요.

괜찮아, 자신감이란 실패할 용기니까

인터뷰를 마치자 오전에 나물 뜯으러 가느라 촬영을 펑크냈던 박막례 할머니가 도착했다. 우리 팀을 배웅하고 나면 두 사람은 넷플릭스 드라마 《인간수업》의 리액션 영상을 찍기로 되어 있었다. 할머니에게는 함께 일하는 손녀의 존재, 손녀와 함께하는 일이 곧 세상의 새로운 것들을 받아들이는 통로일 것이다.

김유라 PD의 세계관에 자리 잡은 분류는 성공 아니면 실패가 아니다. 오직 성공과 경험만이 존재한다. 당장 뭔가를 이뤄내지 않더라도 그 경험들은 자신 안에 남아 있다가 언젠가는 도움이 되고, 그렇지 않더라도 적어도 해봤다는 뿌듯함을 갖고 미련 없이 삶의 다음 장으로 넘어갈 수 있게 도와준다. 자신감이란 그렇게 무슨 일이든 완벽하게 해낼 수 있을 거라는 믿음보다 무엇이든 새롭게 받아들이고 성장하겠다는 포용력에 가깝다.

인스타그램 계정 '@newrara(뉴라라)'. 아이디를 지을 때도 새롭다는 형용사를 넣는 김유라 PD에게 새로운 무언가에 다가가고 흡수하는 일은 거의 본능적으로 이루어지는 신진대사 같았다. 실패를 두려워하는 사람에게 실행과 도전은 너무 큰 결심이 필요하지만 경험이라는 관점으로 바라보는 이에게는 일상이 된다. 만나고 배우고 시도하는 과정 속에 자연스럽게 자신을 변화시켜가면서. 그렇게 우리가 일을 하는 동안, 일이 또 우리를 새로 만들어간다.

김유라

뼛속까지 내려가서 만든다는 것

김보라 영화《벌새》감독

나를 애써 정화한 다음에도 바닥으로
끌어내리려는 부정적인 마음이 또 찾아와요.
그럴 때는 다시 마음을 들여다보죠.

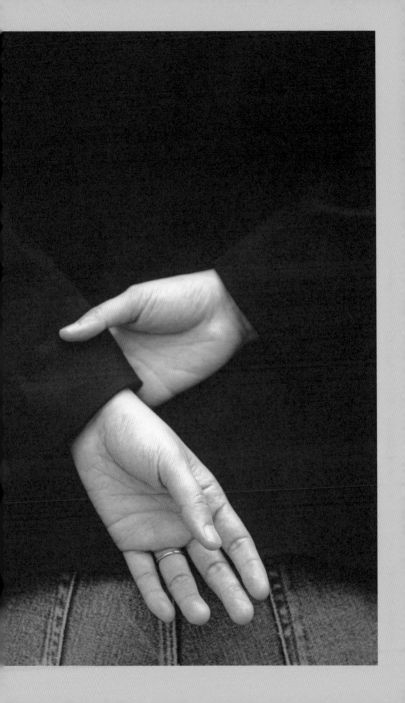

김보라 감독이 시나리오를 쓰고 연출한 첫 장편 《벌새》(2018)는 가족과 사회 속에서 한 소녀가 보내는 어떤 시절을 사려 깊고도 웅장하게 그려낸 영화다. 국내외 영화제에서 받은 수십 개의 상 이상으로 이 영화가 이뤄낸 놀라운 성취는 맑은 시선의 힘이었다. 창작자로서 지금의 자신을 형성해온 과정에 대해 김보라 감독에게 질문하면서 명상, 그리고 페미니즘이라는 답을 길게 들을 수 있었다. 이 둘은 공통적으로 참된 자신을 발견하기 위해 던지는 질문에 대한 실천이며, 있는 그대로 타인을 받아들이는 연대의 태도이기도 하다. 아픔을 진실하게 꺼내놓기 때문에 치유에 이르는 《벌새》의 에너지가 내면과 외면을 꿰뚫는 깊은 투명함에서 온다는 걸 알 수 있었다.

뼛속까지 내려가서 만든다는 것

황선우

샌프란시스코에 3개월가량 머무셨죠? 거기서 새 영화 트리트먼트를 완성하셨다는 기사를 봤어요.

김보라

완성이라고 해도 될지… 완성도는 아직 미흡하지만 페이지는 채워 왔어요. 하루에 A4 한 장 반 쓰기를 목표로 했어요. 너무 욕심내지 않고 꾸준하게 매일. 그리고 더 쓰고 싶을 때는 멈추는 게 중요하더라고요. 에너지를 완전히 쏟아버리지 않고 마음이 남아 있을 때 멈춰야 다음 날에도 에너지를 쓸 수 있어요.

시간보다 분량으로 일의 목표를 잡을 때 더 효율적인 것 같아요. 트리트먼트라고 하면 대사를 다 완성하지 않았지만 줄거리와 장면은 써놓은 시나리오 초고라고 보면 되나요?

기승전결 줄거리, 이야기 진행의 전체가 다 들어가 있어요. 중요한 대사를 써두기도 하고요. 5~10페이지 정도로 간략한 경우도 많은데 저는 30페이지 정도 썼어요.

샌프란시스코에 머무는 동안 코로나19로 외출 금지령이 내려졌던 걸로 알고 있어요.

다행히 창문이 넓은 집이어서 밖을 내다보면 갑갑하지 않았어요. 마스크 끼고 집 앞 공원을 산책하거나, 옥상에 올라가면 마음이 탁 트였고요. 일어나서 밥 해 먹고 글 쓰고, 책 읽고, 저녁에는 영화 보고, 명상하고… 그런 단순한 루틴에 따르는 생활이 좋은 면도 있었어요.

다음 영화는 어떤 방향으로 구체화되고 있나요?

SF 영화예요.《이상한 나라의 앨리스》계열의 이야기인데… 그러니까 SF 판타지에 가깝다고 할 수 있겠네요. 제목은 '검은 개들' '카펫 아래의 검은 개들' '순례자들과 카펫 아래의 개들', 이런 식으로 몇 가지를 떠올려보고 있어요.

이번에도《벌새》의 주인공 은희처럼 어린 여성이 주인공인가요?

어린 여성들도 나오긴 하는데 주인공은 아니고요. 캐릭터 설정을 아직 다 하진 않았지만 일단 주요 인물은 노년의 여성하고 30~40대 여성 그렇게 두 사람이에요.

같이 작업하고 싶은 여성 창작자를 묻는 질문에 김초엽 소설가를 언급하신 글을 봤어요. 김초엽 작가의 소설집 『우리가 빛의 속도로 갈 수 없다면』(2019)의 표제작 역시 노년 여성이 주인공인 SF잖아요.

읽으면서 나의 세계관과 닮아 있는 지점

들을 만나 신기했어요. 사실 그분 작품을 읽게 된 것도 영화 팬클럽인 벌새단 분들께 선물 받아서였거든요. 읽어보면 좋겠단 얘기를 자주 들었어요. 윤이형 작가님 책들도 제가 좋아할 것 같다고 추천을 많이 해주셨는데 읽어보니 정말 그랬어요.

감독님 영화를 좋아하는 분들의 눈에는 닮아 있는 결이 보이나 봐요.

　　　　　네. 김초엽 작가님 책에 그려진 노년 여성의 모습이 정말로 좋은 참고가 되었어요.

용감하고, 지성적이며, 고집도 있고, 누군가의 어머니로만 정의되지 않는 캐릭터들이죠. 『우리가 빛의 속도로 갈 수 없다면』에 실린 단편들은 대개 우주를 배경으로 하면서 여성들이 핵심 인물이잖아요. 읽으며 쾌감을 느꼈고 한편으로는 여자들의 모험담을 더 원하게 됐어요.

　　　　　맞아요. 제 신작도 여자 두 명이서 무언가를 찾아 모험을 떠나는 얘기예요. 지금은 모녀 관계로 써두었는데, 앞으로 어떻게 변할지는 모

인터뷰 당시 조금씩 방향을 잡아가던 중이던 김보라 감독의 차기작 장편 SF는 김초엽 작가의 소설집 『우리가 빛의 속도로 갈 수 없다면』 가운데 「스펙트럼」을 영화화하는 프로젝트로 결정되었다.

르겠어요. 시나리오 모임에서 모니터링을 받아
봤는데 모녀 관계라는 설정 때문에 두 인물의
갈등이 다소 납작하게 해석될 수도 있겠다는 생
각이 들더라고요.

한국 사회에서 종종 볼 수 있는 모녀의 애증 말씀인가요?

네, 제가 하고 싶은 건 그런 이야기는 아
니거든요. 그래서 관계 설정을 바꿀지도 모르지
만 인물의 연령대는 그대로 갈 것 같아요. 자신
감을 더 갖고 써보려고요.

신작에 대해 구상하고 계신 아이디어나 시각적 모티브
같은 게 있을까요? 나중에 영화에서 실제로 보면 반가울
만한 힌트를 미리 주신다면요.

모임을 같이하는 친구가 트리트먼트를 읽
고 나서 깊은 무의식 같은 게 건드려졌다는 평
을 해줬어요. 인간 내면에 커다란 지형을 이루
고 있는 감정들, 그러니까 사랑이라든가 죄의
식, 수치심, 두려움 같은 마음의 영역을 깊게 탐
험하는 영화가 될 거예요. 그런 감정의 지도는
모두에게 다른 모양이잖아요. 이 영화를 보는
분들에게, 어디가 될지는 모르지만 한 군데는
건드려졌으면 좋겠다는 바람이 있어요. 시각적
으로는 피나 바우쉬의 춤, 무대 미술 같은 시적

인 비주얼을 상상하고 있어요. 아주 아름다운데 어딘가 꿈에서 본 것 같은 이미지들이 나오면 좋겠어요. 어떻게 구현할지가 고민이죠.

이번에도 절대 짧은 기간 안에 완성되지는 않겠네요.

하하, 불안해요. 또 막 7년씩 걸려서 나오는 건 아니겠죠?

관객의 입장에서는 최근 1~2년 사이 여성 중심 서사들을 자주 접하면서 새로운 눈을 뜬 것 같아요. 《벌새》 같은 작가주의 영화도 있지만, 《캡틴 마블》이나 《겨울 왕국 2》를 비롯한 할리우드 상업 영화에서도 변화를 감지할 수 있었어요. 나의 이야기, 우리의 이야기를 비로소 만난 이후로는 남자들이 안일하게 만들어놓은 이야기들을 잘 못 보겠더라고요. 그러니까 여자를 소모품이나 장식품처럼 등장시키는 영화들 말이죠.

네. 저도 실감해요. 인내심이 좀 떨어지게 되죠.(웃음) 사실 저는 원래도 한국의 남성 중심적 상업 영화는 잘 안 봤어요. 어느 순간 너무 거짓인 게 느껴져서 보기가 어려웠던 시기가 있었어요. 정말 좋아하는 감독님들 작품만 찾아봤죠. 그래서 유명하고 관객이 많이 든 영화 가운데도 놓친 것들이 많아요. 한때는 나도 그런 경향을 읽어야 되는 거 아닌가?라는 생각이 들 때도 있었는데, 싫더라고요. 마음을 울리지 못하는 것들에 한정된 내 시간을 소비한다는 게.

영화계에서 그런 태도를 고수할 때 혹시 잃는 건 없나요?

요즘은 영화들이 달라지는 분위기가 느껴지기도 하고요, 제가 보고 좋아했던 영화를 만드는 분들하고 주로 만나게 되는 거 같아요. 결국은 존경할 수 있는 작품을 만드는 사람들과 연결되더라고요.

동시대 작가 중에 이 사람은 나의 동료다,라고 느끼는 사람들은 누가 있나요?

작년에 함께 개봉했던 여성 감독님들에게 내적으로 친밀감을 많이 느끼고 있어요. 이 지형에서 함께 헤쳐나가는 느낌이라서 동지애 같은 걸 느껴요. 어쩔 수 없이 여성 감독들의 경험은 아직은 다소 특수할 수밖에 없는 것 같아요. 우리들은 모두 '여성 감독으로서의 소감'을 묻는 질문을 몇십 번이고 받아요. 한 여성 기자님이 대담 때, 너무 지겨울까 봐 일부러 여성 감독의 경험에 대한 질문은 뺐다고 말해주신 적이 있어요. 그 배려가 감사했죠.

작업을 같이한 친구 중에는 《벌새》 프로듀서였던 조수아 PD, 음악감독을 했던 마티아

스턴이샤가 좋은 동료예요. 특히 조수아 PD는 단편 《리코더 시험》(2011) 때부터 저와 함께해 줬고, 정치적 지향과 예술적 지향이 잘 맞는 친구예요. 일을 하면서 느낀 게, 서로 좋아하면 일이 잘돼요. 그리고 어떤 일을 하더라도 영혼을 담아 하는 사람을 보면 믿을 수 있고 영감을 받아요.

대학원 시절에 함께 살던 스페인 친구도 떠올라요. 같은 대학원 영화과를 다닌 친구였는데 정말 어렵게 첫 장편 영화를 찍었어요. 그 영화로 칸 영화제에서 수상했을 때 정말 제 일처럼 기뻤던 기억이 있어요. 그애는 아르바이트를 하고 집에 늦게 들어와서도 거실에서 밤늦도록 영화들을 봤어요. 한국 영화도 좋아해서 김기영 감독의 영화들을 다 봤을 정도였고요. 항상 영화를 말할 때 'movie'라는 단어보다는 'cinema'라고 했던 게 기억나요. 그애를 보면서 한 사람의 피어남은 다른 이의 피어남이 되기도 한다고 느꼈어요. 영화를 사랑하는 사람이 결국은 영화를 만들어내는 것을 보면서 나도 《벌새》를 끝까지 해낼 거라 다짐하게도 되었고요. 무언가를 사랑으로 하는 사람의 '성공'은 '피어남'이라는 단어가 훨씬 잘 어울리는 것 같아요.

함께 작업한 배우 분들과는 어떤가요?

반말을 한다거나 격의 없이 지내는 사이와는 거리가 멀지만 서로 깊이 이어져 있다고 느껴요. 영화를 같이한다는 건 뜨거운 뭔가를 나누는 일이거든요. 그러면서 생긴 설명하기 힘든 연결감이 있죠. 은희 역의 박지후 배우 같은 경우는 성장을 지켜보는 게 감격스러워요. 근데 저랑 지후는 SNS 친구가 아니에요.

부담을 줄까 봐 그런 건가요?

더 좋은 관계를 위해서 거리를 두고 싶은 마음 같아요. 제가 지후한테 '우리는 SNS 친구하지 말자', 그랬더니 지후가 '할 마음 없었는데요?', 이러고 웃는 거예요. 하지만 가끔 지후 SNS 들어가서 어떻게 지내는지 몰래 봐요.(웃음) 멀리서 응원하는 그런 정도로, 우리 거리의 이 아름다움을 계속 유지하고 싶은 마음이 있어요.

제 경우에는 회사를 그만두고 나서 여성 작가들의 네트워킹이 필요하다는 걸 깨쳐가고 있어요. 같은 일에 대해서도 남녀의 보수가 차등 책정되어 있다든가, 어느 단체의 강연은 여건이 좋지 않다든가 하는 이야기들을 나누는 게 도움이 되더라고요. 프리랜서인 여성 영화인들도 약자가 되기 쉬운 입장에서 서로 공유하는 정보들이 중요할 것 같은데, 어떠세요?

맞아요. 여성 영화인들끼리 만나면, 업계에서 여성을 억압적으로 대하는 사람들의 블랙리스트를 공유하는 것도 중요해요. 성폭력 가해자들은 특히요.

같이 분노하면서 털어버리기도 하지만 또 실제로 유용한 참고 사항이 되는 것 같아요. 다른 사람에게 경고해주거나 공론화하는 계기가 되기도 하고.

맞아요. 그리고 내 능력이 부족해서, 혹은 내가 뭔가 잘못해서 벌어진 일이 아니라 여성이기 때문에 겪는 사건의 맥락을 알게 되는 순간이 있어요. 그런 걸 함께 공유했을 때 놀라우면서도 동시에 놀랍지 않은, 그런 감정을 느껴요.

한국 사회에서 여성으로 살아가고 일하는 건 그렇게 '여성이기 때문에 겪는 사건들'에 불필요한 에너지를 계속해서 쓰게 되는 일 같아요.

이건 좀 다른 얘기지만 남자들은 더 잘 타협하며 커리어를 이어가더라고요. 여성 감독님들이랑 얘기 나누다가 알게 된 게, 상업 영화 제안을 거절하는 경우들이 많았어요. 보통 여성 감독들이 좋은 데뷔작을 내놓고도 두 번째 상업 영화를 못 만든다고 알려져 있잖아요. 그것보다

김보라

뼛속까지 내려가서 만든다는 것

" 무언가를 사랑으로 "
하는 사람의 '성공'은
'피어남'이라는 단어가
훨씬 잘 어울리는 것
같아요.

는 거절하는 경우에 가깝더라고요. 상업 영화 제안이 들어왔지만 자기 영혼을 팔아서 해야 하는 일들일 때 선택하지 않는 거죠. 그걸 알고 마음에 위안이 됐어요. 안 들어오는 게 아니라 스스로 고른다는 거니까요. 정말 자기한테 맞는 거, 하고 싶은 걸 하려고 기다린다는 얘기를 듣고 다행이다 싶었어요.

하지만 여성 감독님들도 큰 상업 영화 프로젝트를 맡고, 더러 실패하더라도 계속할 수 있는 기회를 얻으면 좋지 않을까요?

결국 자기답게 사는 방식과 이어진 일 아닐까요? 저도 여성 감독님들이 큰 상업 영화들을 더 많이 하시면 좋겠어요. 저 역시도 다음 작품은 상업 영화의 규모 안에서 만들 것이고요. 다만 이제 좀 업계가 변해서 작가의 고유성이 살아 있는 대작들이 나왔으면 해요. 공장에서 만든 듯한 대작 영화를 하는 것도 나쁘다고 할 수 없지만, 그게 모두에게 똑같이 의미 있는 건 아닌 것 같아요.

참, 아까 동료 작가라고 말씀하셨을 때 떠오른 인물이 있어요. 제가 만나본 적도 없는 분인데, 작품을 읽고 받은 큰 감동만으로 감사의 편지를 쓰고 싶다고 느꼈어요.

뼛속까지 내려가서 만든다는 것

누구인가요?

윤이형 작가님요. 어떻게 연락을 해볼 수도 있겠지만, 내가 귀찮게 하는 게 아닐까 싶어서 마음을 눌렀어요. 저처럼 그분을 좋아하는 사람이 한둘이 아닐 테니까요.

좋아한다는 마음은 작가에게 표현할수록 좋을 것 같아요.

한번 용기 내서 이메일이라도 보내볼까요? 《벌새》를 본 사람들이 저한테 고맙다는 얘기를 많이 해주셨는데 마찬가지로 윤이형 작가님 책을 읽고 제가 정말 감사함을 느꼈어요. 소설 『붕대 감기』(2020)는 '여기 내 30대가 다 있네' 싶을 정도였어요. 캐릭터들이 다 나라서 너무 놀랐고, 뼛속까지 내려가서 글을 쓴 게 느껴졌어요. 사람이 살면서 진실한 작품을 만든다는 건 이런 거구나, 다시 느꼈어요.

윤이형 작가는 이상문학상의 구조적 문제에 대해 수상자로서 문제 제기를 하다가 절필 선언을 한 상태잖아요. 감독님의 마음을 표현하면 큰 힘이 될 것 같아요.

그래봐야겠어요. 올해 저의 목표는 타인에게 개입을 더 하는 거예요. 오지랖도 좀 부리고.

뼛속까지 내려가서 만든다는 것

타인에게 개입한다는 말씀을 들으니 『붕대 감기』와 연결해서 이야기할 수 있을 것 같네요. 소설에서 좋았던 건 결코 신념이 단단하거나 완성된 페미니스트라고 할 수 없지만, 자기 방식으로 주변의 다른 여성들을 도와주고 손 내미는 인물들이었어요. 현실 속의 페미니즘도, 실재하는 여성들을 미워하거나 배척하지 않는 방향으로 나아가야 한다고 생각하고요.

맞아요. 나와 지향이 다른 여성까지도 포함해서요. 《타오르는 여인의 초상》(2019)의 셀린 시아마 감독을 보며 멋있다고 느낀 일이 있어요. 배우 카트린 드뇌브가 영화계 미투 운동에 대해 실언을 했잖아요. '남성에게는 유혹할 권리가 있다', 이런 내용의 발언으로 엄청난 비판을 받는 가운데, 기자가 셀린 시아마한테 의견을 물어본 거예요. 싸움을 붙이려는 의도가 다분했죠. 거기에 대해 시아마는 언급을 거부했어요. '여자는 얼마든지 입장을 달리할 수 있다. 우리는 가부장제만 공격한다', 이런 요지의 이야기였죠. '여자의 적은 여자' 구도로 낡으려는 질문을 그렇게 피해버렸어요.

멋진 대응이네요.

한편으로는 저의 20대 때가 생각나기도 했어요. 구조에서 억압받는 처지일수록 여유가 없어지잖아요. 그럴 때 같이 억압받고 있는 사람을 공격하게 된다는 게 비극적으로 느껴져요. 저도 20대 초반부터 스스로를 페미니스트로 정체화했는데, 사람을 만날 때 항상 저 사람이 페미인지 아닌지로 구분했거든요. 페미가 아닌 거같으면…

말도 안 섰었나요?

아뇨, 코스프레를 하면서 대했어요. '아, 선보셨구나… 네, 맞아요. 역시 남자는 조건이죠!' 막 이러면서 연기를 했죠.

다른 자아를 꺼내서 건성으로 대하셨던 거네요.

나랑은 워낙 다른 세계니까 또 재미있게 듣는 부분도 있었어요. 누군가와 친해지고 싶을 때 연애 이야기를 꺼내는 사람들이 많다는 것도 그때 발견했고요.

날씨나, 어제 본 드라마 이야기처럼 소소한 대화 주제로 말이죠.

그러다 30대 초반에 어떤 깨달음이 왔어요. 그때 제 주변에는 여성주의 교지, 여성 단체, 페미니즘 커뮤니티에서 열심히 활동 중이던 친구들이 대부분이었거든요. 그런데 한 친구가 자기는 어떤 말이나 행동을 할 때 어디선가 페미니스트 고조할머니가 나타나서 말과 행동을 하나하나 지적하고 비난할 것 같다고 했어요. 그 시절 저는 사람을 만날 때 이 사람이 페미니스트인가 아닌가가 굉장히 중요했었는데요, 또 다른 페미니스트이자 퀴어인 친구는 이렇게 말하더라고요. 자기에겐 그보다 중요한 기준이 있다는 거예요. '나에게 안전하다는 느낌을 주는가.' 그때 뭔가 종이 울리는 느낌이었어요.

하하, 페미니스트 고조할머니라니, 만렙 끝판왕 페미니스트 같은 건가요?

언제나 우리를 내려다보는 시선을 의식하면서 서로를 검열하던 시절이 있었던 거죠. 지금은 저도 그 친구처럼 정치적 지향이 같지 않더라도 서로를 받아들이고 마음 편하게 해주는 사람이 진짜 중요하다고 느껴요. 그게 저한테는 관계에서 최우선 가치인 것 같아요.

엠넷에서 방영된 음악 예능 프로그램 《굿 걸: 누가 방송국을 털었나》의 슬릭과 퀸 와사비 같은 관계가 떠오르네요. 한 사람은 소수자 인권을 담은 랩을 하고 한 사람은 엉덩이를 흔드는 트월킹을 하면서도 서로 존중하며 잘 지내죠.

저는 이름을 드러내고 글을 쓰다 보니 어떤 쪽에

서는 페미니스트라고 욕을 먹는데, 또 어떤 쪽에서는 넌 진짜 페미니스트가 아니라고 욕을 먹어요. 일일이 응대하지는 않지만 욕을 먹고 있는 것만으로도 에너지가 쓰여요, 사람이니까.

그런데 여성 창작자들을 만나보면 저 말고도 대부분 다양한 이유로 악플이나 조리돌림을 당하며 위축되어본 경험이 있더라고요. 누가 가장 욕을 안 먹으며 안전하게 살아갈 수 있는가 생각해보니까, 결국 아무 발언도 하지 않고 가만히 있는 남자가 아닌가 싶어서 슬펐어요.

저 역시 너무 온건한 페미니스트라고 공격을 받기도 했어요. 저를 비롯한 친구들은 대부분 다양한 소수자와 연대하는 페미니스트인데 그것 역시 비판을 받아요. 몇 년 사이에 사회가 급속도로 바뀌었고 그러면서 어떤 진통을 겪고 있는 것 같아요. 이 흐름이 놀라우면서도 나를 반성하게 돼요. 저 역시 과거에는 어떤 면에서 자신을 혐오하는 부분들이 있었거든요. 나의 연애 관계에 대한 검열을 계속 하기도 하고, 자신에 대한 검열이 결국 또 다른 여성에 대한 검열로 이어지고요. '진짜 페미니스트'와 아닌 것의 구분은 결국 두더지잡기 게임 같아요. 때려도 때려도 계속해서 튀어나오듯이 누군가에게 나를 증명해야 하는 일이라면 끝마치기가 어렵죠.

그렇게 자신을 증명하느라 정작 일에 집중하며 써야 할 에너지를 빼앗기기도 하고요.

아녜스 바르다 감독도 자신은 한쪽에서는 너무 페미니스트라서 비난을 받고, 다른 한쪽에서는 완벽한 페미니스트가 아니라고 비판을 받았다고 하신 글을 봤어요. 여성 창작자들이 보다 안전하게 작업을 할 수 있으면 해요. 여성은 어떤 식의 '성취'만 이뤄도 기본값으로 공격을 많이 받거든요.

저는 《벌새》가 알려진 후에 '야망이 있다'는 이야기를 몇 번 들었어요. 난 사랑으로 영화를 완성한 것뿐인데 누군가에게 '야망', '야심'이라는 틀에 맞춰 해석되는 것이 낯설었어요.

일을 열심히 하는 여성은 독하다는 말도 듣잖아요. 정세랑 작가님이 『시선으로부터』(2020)에서 '기 센 여자들'이 아닌 '기세 좋은 여자들'이라는 표현을 썼는데 그 표현이 정말 상쾌하더라고요. 여성의 욕망과 일을 향한 긍정적인 단어를 더 많이 사용할 필요도 있는 것 같아요.

감독님이 페이스북에 텔레그램 N번방 사건에 대한 분노와 슬픔을 담아 글을 쓰신 게 생각나요. 영화에서도 여성주의적 관점으로 여성의 삶을 다루지만, 좀더 직접적으로도 목소리를 내주셔서 고마웠어요.

《벌새》에 대해 관객들이 해주신 말씀 중 가장 좋았던 게, 여성주의 관점이 녹아나 있다는 이야기였어요. 이를 악물고 특정한 시각을 담으려고 의도하지 않더라도 자기가 살아온 세계관이 결국 작품에 반영된다는 걸 느꼈거든요. 어떤 '이즘'을 내세워서 영화를 만들면 촌스러워진다고 생각해요. 그러니까 《벌새》를 만들면서 페미니즘 영화를 만들겠다고 목표하진 않았지만 결과물에서는 그게 드러나기도 하겠죠.

『아녜스 바르다의 말』(2020)에도 비슷한 얘기가 나와요. "비록 페미니스트 영화를 만들진 않았지만, 제가 해온 작업들의 결과로 저는 페미니스트가 되었죠."

여성 인물들을 구체적으로 그려냈다는 얘기를 듣는데, '여자를 잘 그려 보이겠어!' 막 이렇게 해서 된 게 아니거든요. 그냥 내가 여자를 사랑하니까 자연스럽게 녹아나는 거예요. 살면서 매력적인 여자들을 많이 만났고 그들을 통해 배운 것들이 많으니까요. 퀴어, 페미니즘, 자매애, 여성의 연대… 이런 것들은 제 삶에서 언제나 큰 가치였어요. 그게 영화에도 반영이 되는 거예요. 살면서 저에게 가장 중요했던 두 가지가 명상이랑 페미니즘이거든요.

뼛속까지 내려가서 만든다는 것

감독님 댁에 놀러 갔을 때, 명상과 관련된 책이 많아서 놀랐어요. 처음에 명상을 어떻게 접하게 되었나요?

고등학교 때 우연히 명상 책을 하나 읽었는데 되게 좋았어요. '어, 내가 생각한 세계가 여기 있네?' 싶었거든요. 뭔가 이 사회가 보여주는 이상적인 삶의 모습들이, 살면서 나를 행복하게 만들어주지 않으리라는 걸 본능적으로 알았던 것 같아요.

공부를 열심히 해서 좋은 대학에 가는 것도 나름의 의미가 있겠지만 뭐랄까… 자본주의 사회에서 재현되는 그런 보편적 행복의 모습이 어딘가 가짜 같았어요. 남녀 간의 연애가 묘사되는 방식, 결혼에 대한 가치관, 여성의 외모나 말투에 대한 기준, '애교'를 비롯해 행동 방식이 어떠해야 한다는 규범들… 이런 것들을 보면서 아주 어렸을 때부터 약간 이런 느낌이었어요. '웃기고 있네.'

하하, 조숙한 청소년이었네요.

본질을 찾고 싶었어요. 거짓말인 거 뻔히 알면서 왜 다들 속아 넘어간 척을 하지? 왜 저렇게 살지? 왜 똑같이 행동하지? 어째서 질문을 하지 않지? 답답했어요. 지금 생각해보면 어린아이 특유의 치기도 있었겠죠. 친구들을 만나면 자주 진실게임을 하려고 들었어요. 깊은 얘기를 간절히 하고 싶었는데 차마 못 하니까 게임의 형식을 빌리려고 했던 거 아닌가, 나중에 그런 생각이 들더라고요.

아까 누군가와 친해지려고 꺼내는 화제 중에서 연애 얘기가 있다는 언급을 했잖아요. 많은 사람들이 그렇게 사회문화적인 관습에 따라 행동하니 어릴 때는 더욱 깊은 대화까지 들어가기가 쉽지 않았던 것 같아요.

각자 타인에게 다가가는 방식이 있겠지만 저 같은 경우는 진실한 대화, 진실한 관계를 간절히 찾아 헤맸어요. 발을 동동 구르면서. 그러다 20대 초반에 여성주의 공동체 사람들을 만나면서 대화가 주는 희열을 맛보게 된 거예요. 명상을 통해서도 황홀경 같은 것을 일찍 느꼈고요.

그렇게 진실한 관계에 눈을 뜨고 나니 삶이 어떻게 달라졌나요?

맛있는 초밥을 한번 먹어보면 자잘한 군것질 같은 건 안 하게 되잖아요, 어떻게든 초밥을 다시 먹고 싶지. 그런 느낌이었어요. 삶이 되게 간단해진 것 같아요. 옷을 사는 일, 사람을 만나는 일, 여행지에 가서의 일정… 뭔가 결정하는 데 있어서 가지치기가 됐어요. 20대 때까진 쉽진 않았지만 30대 이후로는 점점 더 분명해지는 느낌이 들었죠. 뭔가를 못 가져서 불행하다기보다, 갖고 싶은 마음 없이 편안한 느낌이 더 자연스러웠어요. 근데 이 얘기를 듣고 친한 친구가 그러더라고요. '네가 돈이 없어서 쓸 줄 모르는 거 아닐까?'(웃음)

욕망에서 자유로워진 것으로 들리네요.

돈이 없으니 어쩔 수 없이 욕망이 제한된 건지도 모르지만, 저비용으로도 삶이 굉장히 윤택해지는 방법이 명상이라는 생각은 들어요. 어렸을 때 명상 센터에 가면 되게 행복했어요. 친구들 사이에서는 진지한 얘기를 꺼내면 좀 이상한 애 취급을 받기도 하잖아요. 그런데 여기서는 할머니, 할아버지들이 오시니까 자연스럽게 삶과 죽음을 얘기해요. 어린아이가 혼자 껴 있어서 귀여움을 받기도 했지만, 무엇보다 아픈 얘기, 힘든 얘기를 서로 나눌 수 있는 공동체 속에서 편안함을 느꼈어요.

명상이 창작에도 도움이 되나요? 뇌과학에서는 머리를 비우고 아무일도 하지 않는 것처럼 보이는 시간 동안 의식과 무의식이 연결되어 창의적인 아이디어들이 생겨난다고 하더라고요.

저는 사실 《벌새》가 잘되지 않았다면 이런 얘기를 자신 있게 할 수 있었을까?라는 생각은 좀 있는데…

잘됐으니까 자신 있게 말씀해주시겠어요?

하하, 네. 자신 있게 얘길 하자면…《벌새》는 아픈 거, 힘든 거 다 보여주는데 보고 나면 마음이 되게 맑아지는 느낌이었다는 얘기를 관객 분들께 많이 들었거든요. 저는 그게 제가 명상을 해서라고 생각해요. 《벌새》를 준비하는 3~4년 동안 가장 집중적으로 명상을 했거든요. 수업이나 수련도 많이 가고 공동체 활동도 하고, 스승을 만나서 에너지도 받고 심리 상담도 열심히 하고… 그런 기간에 걸쳐 이 시나리오를 썼어요. 어디에 어떤 식으로 작용했을지 과학적으로 설명할 수는 없지만 그런 과정이 당연히 녹아 있다고 생각해요.

페미니즘 영화를 만들겠다고 결심하고 접근하지 않았지만 감독님이 살아온 방식, 여성들과 맺어온 관계가 영화에 담긴 것과 비슷하겠네요. 명상의 결과, 혹은 명상적인 태도가 영화에 반영되는 식으로요.

네. 이 영화 자체가 어떤 회복, 치유가 됐으면 좋겠다는 생각을 했어요. 명상이라는 게 저는 바라봄이라고 생각하거든요. 그리고 영화의 시각적 스토리텔링 자체에도 바라봄을 넣었어요. 영화를 보신 분들이 인물과 인물들이 서로 응시하는 것들이 좋았다는 얘기를 많이 하셨는데 실제로 클로즈업의 길이를 평균보다 좀 더 길게 했어요.

명상에서 이런 말이 있어요. '아주 제대로 바라보면 사라진다.' 어둠을 빛으로 윤색하는 게 아니라 있는 그대로 다 보여주면서도 어떻게 회복을 말할 수 있을까? 그게 제일 큰 과제였어요. 다행히 아픔을 말하는 영화를 보면서도 치유받는 느낌이 들었다는 반응을 접하면서 뭔가 과제를 완수한 느낌이었어요.

명상을 오래하시면서 감독님의 마음에도 어떤 변화가 있었나요?

명상 책을 보면 항상 나오는 게 '초심자의 마음'이란 얘기예요. 시작한 지는 20년이 가깝지만 그렇다고 해서 제가 뭔가 안다고 생각하진 않거든요. 사람이 살다 보면 깊은 구렁텅이에 빠지는 시기가 있다가 또다시 올라오고 하잖아요? 저도 여전히 부정적 생각이 꼬리에 꼬리를 물곤 해요.

명상을 해도 그런 건 마찬가지인가요?

샌프란시스코에서 돌아와 자가격리를 2주 동안 했는데, 작은 집에서 혼자 조용히 지내면서 되게 행복했어요. 근데 그중에 이틀 정도는 아주 우울한 날이 있었어요. 우리가 하루를 지내면서도 아침에 꽤 기분이 좋았다가 낮에는 가라앉기도 하잖아요. 한 달을 좋게 보내도 그중의 며칠은 불안하고 두렵고 우울한 날이 있고요.

그렇네요. 마음의 날씨가 조금씩 변화하죠. 살아 있다는 건 움직이는 거니까.

맞아요. 그러니 명상을 한다고 해서 항상 고요한 상태는 아닌 거예요. 오히려 고요하기가 너무 어렵기 때문에 명상을 하는 것에 가까워요. 명상을 하면서 어떤 깨달음을 얻었다거나 어느 시점보다 더 좋아졌다는 식으로 비교하는 건 불필요해요. 그냥 늘 새로 태어나는 거라는 생각을 해요. 마음을 비우고, 어제까지의 나는 죽고 오늘 또 새로 태어나요.

정말 매일 다시 새로워질 수 있다면, 사는 게 두렵지 않을 것 같아요.

명상이 잘될 땐 나 자신을 진짜 사랑하는 느낌에 깊이 들어가는 순간이 있어요. 그럴 때

김보라

되게 행복하다고 느껴요. 살면서 나 자신이 아름다고 느끼지 못할 때도 많은데, 명상을 하면서 내가 존엄한 존재라는 걸 느끼는 거죠.

작가님은 혹시 그런 적 있지 않으세요? 채식이나 유기농 음식 먹고 나서 저녁에 막 정크푸드나 고기 같은 걸로 나를 막 더럽히고 싶은 거?(웃음)

항상 그래요, 전.(웃음)

제가 명상할 때 그게 반복돼요. 나를 애써 정화한 다음에 바닥으로 끌어내리려는 부정적인 마음이 또 찾아와요. 그럴 때는 다시 마음을 들여다보죠.

하하, 오늘 또 새로 태어나야 하는 거네요.

네, 그래도 20년을 하니까 내 마음 상태를 예민하게 알아차리게 되는 것 같아요. 상태가 안 좋을 때는 '아후, 왜 이렇게 안 좋지. 안 좋으면 안 되는데', 이렇게 쫓기는 게 아니라 그냥 '지금 내가 되게 안 좋구나' 하며 가만히 바라볼 수 있게 됐어요.

홍지수 조감독님이, 김보라 감독님은 머리부터 발끝까지 촉수가 있는 것처럼 예민하게 현장 분위기나 타인의 감정을 느낀다고 얘기한 걸 봤어요. 아까 얘기한 간소한 삶의 태도가, 민감한 자신을 여러모로 지키기 위한 것 같기도 해요.

비슷한 얘기일지 모르겠지만, 저는 넷플릭스 시리즈를 이어서 보질 못해요. 에피소드 두 개만 봐도 힘들거든요. 중고등학생 때는 거실에 나가기 싫으니까 자연스럽게 텔레비전을 안 보게 됐는데, 그러면서 영상을 선별해서 받아들이는 방법을 체득한 거 같아요. 텔레비전을 안 보던 습관이 저한테는 좋게 작용한 셈이죠. 활자 매체를 읽는 건 덜 힘들어서 20대부터는 책을 많이 읽었죠. 책은 혼자 방에 몰래 들어가서 읽을 수 있으니까.

콘텐츠 과잉의 시대에 잘 골라서 접하는 것도 미니멀리즘적인 삶의 태도라고 할 수 있겠네요.

요즘은 영상 미디어가 대중에게 넓게 열려 있으니까 더 선별해서 볼 필요가 있는 거 같아요. 제가 영상 매체를 오래 이어서 못 보는 이유가, 너무 깊게 빠져들기 때문일 거예요. 편하게 오락으로 대하기보다 진지하게, 깊게 조응하면서 보거든요. 보고 나서 우는 일도 많고요. 한 편씩 소화할 시간이 필요해요.

그런데 영화를 중간에 그만두고 글을 쓰려고 하신 적도 있다면서요. 감독님의 단편 《리코더 시험》에 대해 어떤 분이 '아, 영화는 이런 사람이 해야 하는 거다'라고 하는 말을 들었거든요. 누군가에게는 그런 평가를 받는 분이 영화가 자기 길이 아니라고 느낀 적도 있었다니 아이러니했어요.

음. 솔직히 말하면 《리코더 시험》 이전에 만들었던 단편들은 결과가… 하하, 퀄리티가 높지 않아요. 김혜리 기자님이 영화를 보고 이렇게 질문했을 정도예요. '엄청난 도약이 있었는데 무슨 일이 있으셨어요, 그간에?'(웃음)

하하, 무슨 일이 있었을까요?

시간이 흐르며 여러 가지 경험이 응축되었겠죠. 대학을 막 졸업한 20대 때는 자신의 재능에 대한 확신이 없었어요. 그땐 글 쓰는 게 좋았고 그래서 서울예대 문창과에 다시 진학했어요. 한 학기를 다녔는데, 수업도, 같이 공부한 친구들도 되게 좋았어요. 그때 합평 모임 하던 친구들이 지금은 많이 등단해서 반가웠어요.

그리고 감독님도 영화로 장편 데뷔를 하셨네요. 한 학기 만에 다시 영화로 돌아간 건 어떤 이유였나요?

제가 소설이나 시보다 영화를 더 좋아한

다는 걸 깨달았어요. 더 잘하고 싶다는 욕망도 분명해졌어요. 어떤 사람을 가장 부러워하는가에서 그 사람의 욕망이 보인다고 하잖아요. 저는 글을 잘 쓰는 사람에게 감탄하고 사랑하지만, 영화 잘 만드는 사람이 제일 부럽더라고요. 그걸 명확히 깨닫고 대학원에 가게 됐어요. 다시 영화 전공으로.

재능과 꾸준함에 대한 여러 얘기들이 있잖아요. 재능이 있어도 좋아해야 꾸준히 할 수 있는 것 같은데, 감독님은 좋아하는 걸 하기로 정하신 거네요.

좋아하기도 하고 또 잘하는 축이었던 거 같기도 해요. 그리고 대학원 때 쌓은 경험이 크게 작용했어요. 선생님들이 제 작품들을 좋아해 줬고 안전한 환경에서 공부할 수 있었던 게 도약의 길이 됐던 거 같아요. 그런데 영화감독 중에는 영화 학교 수업을 싫어하는 사람들도 있어요.

학교보다 현장에서 배운다고 생각하는 사람들도 많죠.

네. 현장을 중시하는 사람들은 영화 이론 수업 같은 걸 이른바 '먹물'이라 여기기도 해요. 근데 저는 수업에서 정말 많이 배웠어요. 그러니까 딱 하나뿐인 정답이 없고 사람마다 다 생각이 다르죠. 20대 초중반 이후부터 알고 배운 페미니즘이 숙성되어온 시간, 오래 해온 명상, 유학을 하며 얻은 경험, 이 모든 게 합쳐져서 가장 솔직하게 만든 단편이 《리코더 시험》이었어요. 그때부터 영화의 만듦새에 대해서 고민을 많이 했어요. 영화에 있어서 장인 정신이라는 것에 대해 생각했고, 웰메이드로 만드는 게 나에게 중요하다는 걸 느꼈죠. 가치관과 만듦새가 혼연일체 되는 창작의 경험 같은 데 가 닿았어요. 내가 말하고자 하는 바와 시각적 스토리텔링이 딱 맞았을 때 되게 마음이 후련한 거예요. 그런 맥락에서 《리코더 시험》이 《벌새》보다는 만듦새가 더 좋다고 느껴요.

장편의 경우 연출하면서 훨씬 변수가 많아질 것 같아요.

네. 《리코더 시험》은 제가 완전히 통제할 수 있는 느낌이었고, 해볼 수 있는 모든 것들을 다 해봐서 아쉬운 부분이 없어요. 《벌새》에 대해서는, 이제 다음 영화는 이 부분을 더 잘해야겠다 하는 아쉬움이 보이죠. 그런데 작가님도 문장이 생각한 대로 딱 잘 나왔을 때 속이 후련한 느낌 있지 않으세요? 영화를 만들면서, 구상한 편집점 같은 게 완벽하게 맞아 들어갔을 때, 어떤 쾌감이 느껴져요.

영화의 규모가 크건 작건 간에 앞으로도

저에게는 영화의 예술적 웅장함 같은 것이 중요할 거 같아요. 단순히 스타일이 아니라 말하고자 하는 바와 아름다운 만듦새를 어떻게 세련되게 연결할 것인가, 그 부분을 깊이 탐구해보고 싶은 마음이 있어요.

연기라는 건 정말 미묘하고 섬세한 예술이잖아요. 운동 경기 감독이나 무용 연출가와 다르게 영화감독은 내가 할 수 없고 해 보일 수 없는 퍼포먼스까지도 배우에게서 이끌어내야 하는 것 같아요. 그럴 때 현장에서는 어떤 방식으로 소통이 이루어지나요?

미리 친해놓는 게 정말 중요한 것 같아요. 은희랑은 6개월 넘게 만나면서 같이 시간을 보냈어요. 한강 놀러 가서 산책하고, 삼겹살 먹고, 카페 가서 커피랑 주스 마시고… 또 이것저것 얘기를 많이 나눴어요.

아이폰 동기화라는 게 있잖아요. 나랑 이 사람이 충분한 대화를 통해 동기화 상태에 이르면, 촬영 현장에서는 질문으로 충분해지는 것 같아요. 나의 정답을 전달하는 게 아니라, 이 사람 스스로 질문에 더 깊이 들어가보게 하는 거죠. 같은 장면에서 같은 대사를 말해도 상대에게서 사랑한다는 말을 듣고 싶을 때랑 방에서 나갔으면 좋겠다고 생각할 때 표현이 달라지잖아요.

김보라

인물이 지금 원하는 게 무엇일지 구체적으로 물어봐요.

예술가로서의 영화 감독, 장인의 면모에 대해서도 말씀해 주셨지만 상업 영화를 할 땐 사업가 기질도 필요할 것 같아요. 감독님에게 있는 비즈니스적 역량이라면 어떤 부분일까요?

일을 크게 벌이는 걸 두려워하지는 않아요. 내성적인 면이 있지만 지도자가 되거나 수장의 자리를 맡는 것도 어려워하지 않고요. 그리고 사업의 성공에 있어 매력적으로 보이는 게 중요한 거 같거든요. 단순히 얄팍하게 사람의 마음을 끄는 게 아니라, 내가 좋아하는 걸 남한테도 좋아하게 만들 수 있다는 자신감이 있어요. 지금 쓰고 있는 시나리오도 조금 새로운 SF 판타지지만, 사람들이 좋아하는 그 단계로 나는 밀고 나갈 수 있을 거 같다는 예감을 하고 있어요.

아주 훌륭한 설명이고 멋진 역량인 거 같아요.

이래 놓고 몇 년 후에 영혼을 팔아 이상한 상업 영화를 내놓으면 안 되는데 말이죠, 하하!

김하나 작가와 제가 함께 진행했던 《벌새》 GV에서 감독님이 하셨던 얘기가 생각나요. 작업하는 동안 힘들어서 포기하고 싶은 순간이 많았는데, 영화가 완성되고 나서 이렇게 사랑받을 줄 미리 알았더라면 그 시간이 조금 덜 외로웠을 것 같다고 하셨죠. 영화감독이든 혹은 다른 예술가든, 지금 각자의 무언가를 만들어가는 과정 속에 있느라 외로운 사람들이 많을 거예요. 먼저 한 발 빠져나온 사람으로서 어떤 얘기를 해주고 싶으세요?

사람마다 경험이 너무 다르니까 제가 감히 어떤 이야기를 할 수 있을까 조심스럽기도 해요. 하지만 한 가지는 꼭 말해주고 싶어요. 첫 작품을 준비하면서 두려움이나 수치심, 자기 불확신을 느끼고 있다면 정상이라고요.

저 역시도 완전히 길을 잃었던 날들이 있었거든요. 너무 어두웠던 날들이. 어떨 때는 내가 뭘 하고 있는지도 모를 만큼 두려웠어요. 한편으로 놀란 건, 이런 경험을 먼저 겪었던 사람들은 왜 얘기를 안 해줬을까 하는 점이었어요. 친한 친구들과 서로 힘들다는 얘기는 하지만 이게 공적인 언어로 정리되지는 않잖아요.

가장 캄캄할 때 어떤 것들이 빛이 되었나요?

친구들과 함께 만들었던 명상 모임이 저를 살렸어요. 나머지 세 명도 다 예술 하는 친구들이어서 자기 작품을 준비 중이었는데, 그 과정에서 느끼는 감정들을 깊이 대화하며 나눴거

김보라

든요. 어떻게든 그런 모임을 만들 수 있는 환경이 된다면 다행이겠죠.

사적으로 이미 가까운 친구들끼리는 그런 형식을 만들어본다는 게 조금 쑥스러운 일이기도 해요.

그럴 수도 있어요. 그런데 우리 한번 이런 모임 해볼래? 제가 제안을 했을 때는 다들 너무 반가워하더라고요.

그런 대화가 절실했군요, 모두에게.

이번 시나리오 모임도 다들 이런 걸 너무 기다렸다며 반가워했어요. 그러면서 똑같이 이렇게 얘기하는 거예요. '감독님은 너무 바쁠 줄 알았어요!' 아, 다들 서로 비슷한 마음이고, 누군가 먼저 손을 내밀어주기를 기다린다는 생각을 했었어요.

타인의 삶에 더 개입해야겠다는 마음의 계기가 되었겠네요.

네. 앞으로도 그런 오지랖은 많이 떨려고 해요. 명상 모임이 정말 저를 살렸거든요. 내가 두렵다는 걸 입 밖에 내어 말하는 일 자체가 치유가 됐고, 친구들에게 공감과 지지를 받는다는 게 정신적으로 나를 지탱해줬어요.

우리는 당연히 혼자라고 느끼지만 자신을

덜 고립되게 만들 수도 있어요. 도움을 받거나 같이 연대할 수 있는 사람들을 곁에 두면서요. 창작 과정에서는 두려움이 느껴지는 게 너무 당연하다는 얘기를 하고 싶어요.

명상 외에는 창작자로서 감독님을 지탱해주는 부분이랄까, 빛을 밝혀주는 부분은 무엇이 있을까요?

먹고 잠자고 운동하는 평범한 일상의 규칙을 지키는 게 창작하는 사람에게 진짜 중요한 거 같아요. 저 같은 경우는 《벌새》 준비할 때 몸이 근육질이었거든요, 하하. 지금은 솜방망이가 됐지만.

세계 각 도시를 도는 영화제와 빽빽한 국내 GV 일정 때도 체력으로 버틴다고 하셨던 게 기억나요. 영화 준비하는 기간에 운동을 열심히 하셨다고.

한 3년을 발레도 하고 요가도 하고 되게 건강했어요. 그렇게 해야 나를 지킬 수 있더라고요. 프리랜서로서 규칙적 일과를 만들고 평범한 일상을 잘 사는 게 진짜 중요하다는 걸 느꼈거든요. 그 기간을 항상 잘 보냈다고 할 수는 없지만, 그래도 견딜 수 있었던 이유는 일상을 단단하게 다졌기 때문인 것 같아요.

그리고 시간이 날 때 인생의 미해결 과제

김보라

를 수행해보는 것도 추천해요. 영화 준비하는 기간에는 뭔가 엎어져서 다시 기다려야 한다거나 해서 시간이 남을 때가 많거든요. 그럴 때 불안해하는 대신 미뤄놨던 심리적 과제들을 붙들고 해결해보면 되게 좋아요. 제 경우에는 가족들과 가까워지는 일이었어요.

일상을 지켜가는 게 너무 중요한데 또 한편, 요즘은 새로운 일상의 발명을 지켜보게 되는 시기이기도 한 거 같아요. 코로나 시대 이후의 영화 산업은 어떻게 달라질까요?

모든 분야가 그렇지만 직격으로 영향을 받고 있어요. 영화는 만드는 과정에서나 상영할 때나 아주 많은 인원이 다 같이 모이는 일이니까요. 영화에는 어떤 계기를 잘 만나는 게 중요한데, 올해 개봉했어야 하는 작품들이 시기를 놓치고 있어요. 극장들은 너무 힘들고, 영화제들은 온라인으로 대체되고 있죠. 주변에 촬영이 중단된 감독님들도 계셔서 정말 안타까워요. 이게 모두에게 큰 상실일 거라는 생각을 해요. 자본이 한정되어 있으니 앞으로는 신인 감독이 데뷔하기가 더 어려워질 수도 있겠다는 생각도 들어요.

예산이 부족할수록 검증된 사람들과 일을 하려고 할 테죠.
어느 분야건 이제 막 일을 시작하려는 초년생들에게 타
격이 큰 것 같아서 안타까워요.

시간이 빨리 지나갔으면 좋겠어요. 이 상
황이 영원하진 않을 거라 믿고 싶어요. 단순하
게 말하자면, 지구가 사람들에게 경고하는 것
같기도 하잖아요. 지금의 위기를 제대로 넘긴다
면 결국 백신 접종 이후 감염자가 서서히 줄어
들지 않을까하는 희망을 가져봐요.

우리나라의 90년대가 떠오르기도 해요. 성장 위주 부실
공사의 결과물인 성수대교나 삼풍백화점이 무너지곤 하
던… 지금은 눈에 보이지 않지만 환경 파괴의 결과가 팬
데믹으로 돌아오는 것 같고요.

타인은 타인, 나는 나라고 늘 착각하며 살
잖아요. 하지만 코로나 시대에 자각하게 되었어
요. 우리 모두가 진짜 숨을 공유하며 살아간다
는 걸.

너무 밀접하게 연결되어 있기 때문에 서로를 해할 수도
또 구할 수도 있어요.

요즘 마음먹었던 것 중의 하나는, 그날 하
루 어떤 에너지를 전파하는지 좀더 자각하자라
는 생각이에요. 오늘 내가 예민하거나 뭔가에

김보라

화가 나 있다면 한 공간에 있는 사람들도 다 영향을 받으니까요. 마을버스 운전기사님이 화내면 승객들이 다들 움츠러들잖아요. 내 숨을 잘 쉬어서 적어도 다른 사람 숨에 방해는 되지 말자는 마음이 들어요. 우리는 모두 연결되어 있으니까요.

나무가 일렁이는 풍경을 오래 바라본 뒤에는 초록빛 잔상이 눈에 어른대는 것처럼, 김보라 감독을 만나고 돌아와 한참 동안 그와 나누었던 이야기들의 여운에 잠겨 있었다.

무엇으로 창작을 준비하는가, 일하는 사람으로서 자신을 어떤 상태로 유지하는가 하는 이야기는 곧 어떻게 마음을 비우고 무엇으로 채우며 살아가는지에 대한 이야기이기도 했다. 당연히 밀려오는 두려움을 서로 고백하는 대화, 진실에 가닿으려는 노력, 다른 사람의 고통에 감응하고 공감과 지지를 표현하는 일, 부드럽게 개입하여 내미는 손⋯

그런 생각과 자세를 유지하고 살아갈 수만 있다면 우리가 같은 숨을 공유하는 공기는 얼마나 맑아질 수 있을까? 연결된 우리 모두가 매일 새롭게 다시 태어난다면, 그게 바로 세상을 바꾸는 일이라고도 할 수 있지 않을까? 아름답고 용감한 영화를 만드는 과정은, 아름답고 용감하게 살아가려는 노력과 닿아 있었다.

재능을 이기는 꾸준함

이슬아 〈일간 이슬아〉 작가

**저는 재능이란 말에
관심이 없어요.**

이슬아 작가의 책을 열면 프로필에 한문으로 된 이름 그리고 '1992~'라는 출생연도가 적혀 있다. 다녔던 학교나 속했던 회사의 이름에 기대지 않겠다는 선언이고, 본능적으로 '간지'가 뭔지 아는 선택이다. 구구절절 자신을 설명하는 일은 멋지기 어려우니까. 프로필에 적히지 않았지만 우리가 아는 이슬아도 있다. 한 달에 만원을 내면 주 5일 글을 써서 메일로 보내주는 구독 서비스 〈일간 이슬아〉의 발행인, 또한 작가이자 표지 모델, 헤엄 출판사 대표, 아침마다 일어나면 물구나무를 서고 종종 달리기를 하는 생활 체육인.

나와 망원동 이웃이던 이슬아 작가는 동네에서 한번 만나자는 약속을 미처 실행하기 전에 파주로 이사를 해버렸다. 출판사에 책 짐이 점점 많아져 식구들과 살림을 합쳤다고 했다. 우리는 아버지 상웅 씨가 만들어준 책장 앞에 앉아, 어머니 복희 씨가 만들어준 김치전을 나눠 먹었다. 이슬아 작가는 넓은 공간뿐 아니라 가족의 넓은 품도 함께 누리는 것 같았다. 사무실이자 집인 그곳은 애정이라는 중력에 이끌려 머무는 사람들 곁에서 일하고 회복하는 시스템을 구축해놓은 이슬아 중심의 작은 태양계였다.

재능을 이기는 꾸준함

파주로 오는 길에 점점 많아지는 초록을 봤어요. 이사하고 나서 심심하진 않나요?

심심한데, 심심하려고 온 거라 괜찮아요. 출판사를 시작하면서 넓은 집이 필요해졌거든요. 재고 도서나 포장 박스 같은 걸 다 보관해야 하니까. 계속 서울에 살면서 집과 집 사이가 너무 붙어 있는 환경이 갑갑하기도 했고, 제발 월세를 안 내고 싶다, 나무가 많은 데로 가고 싶다 하다가 여기 오게 됐어요.

파주에 오기로 결정한 후에 김영하 작가님에게 '작가는 도심 속에 살아야 된다'는 이야기를 들었다면서요?

네, 이사 오기 전날 그 얘기를 듣고 생각했죠. '정말 그럴까? 그렇다면 정말 불길한 일이군!' 하하! 파주에 오고 나서 일이 좀 더 바빠져서, 지금은 이사 오길 잘했다는 생각이 들긴 해요.

친구들과 부담 없이 만난다거나, 오가며 재밌는 사람들과 알게 되는 일은 줄었겠네요.

그렇긴 하죠. 근데 많은 사람들을 만난다고 많은 글을 쓰는 건 아니더라고요. 오히려 너무 많은 말을 해서 소진되는 시기에는 글이 잘 안 써져요. 혼자 오래 있다가 일주일에 한 번 정도 누군가를 만나고, 그게 무슨 일이었는지 생각하는 시간이 있어야 되는 거 같아요. 최근엔 여기서 초등학생들을 위한 글쓰기 수업을 조그맣게 하고 있어요. 코로나 때문에 학교에 못 가는 아이들이 많거든요.

오늘 인터뷰 전에는 온라인 글쓰기 수업이 있었다고 들었어요. 온라인 말고 대면 수업도 하나요?

네, 각각 하나씩 있어요. 아이들과 보내는 시간은 분주하고 왁자지껄하지만… 가끔 20대 작가들 만나면 물어봐요. 요즘 재미있는 일 많냐고, 혹시 어디서 막 내가 모르는 파티 같은 거 열리지 않냐고.(웃음)

하하, 서울도 별거 없을 거예요. 오늘 수업에서는 글감이 무엇이었나요?

'유년기에 중요한 영향을 미쳤던 한 사람'이었어요. 아이들은 계속 '나'밖에 없는 글을 써 오거든요. "근데 너는 어떻게 네가 되었는데?"라고 물어보는 질문이죠. 자기 자신만 이야기의 주인공으로 삼다가 갑자기 '아, 이 사람 나한테 중요했는데 어떤 장면 때문에 중요했지?'라고 생각해보면서 조금씩 넓어지게 돼요.

재능을 이기는 꾸준함

아이들이니까, 거의 가족에 대해 썼을까요?

　　　　놀랍게도 가족이 한 명도 없어요. 형제자매의 친구, 수영 강사, 우리 집에 놀러온 낯선 사람, 왠지 친해질 것도 같은데 안 그랬던 친구들이었어요.

으음. 귀엽다.

　　　　귀엽고 어려워요.

글쓰기 수업에 대한 글을 경향신문에 연재하고 있잖아요. 읽어보면 가르치면서 보람도 있겠다 싶지만 참 힘들 듯해요.

　　　　아이들은 집중하지 못하고 계속 무슨 소리를 내요. 누군가 나와서 한 시간 동안 쓴 것에 대해 얘기할 때도 잘 안 듣고요. 어떻게 다른 사람 이야기를 듣게 만들지, 여러 가지 방법을 써보고 있어요.

내 글을 쓰는 것과 아이들에게 글쓰기를 가르치는 것, 그리고 이 글을 묶어서 출판하는 것. 다 너무 다른 일이잖아요. 어떻게 여러 가지 역할을 동시에 하세요?

　　　　듣고 보니 그러네요.(웃음) 일단 아이들을 가르치면서는 체면이 구겨질 때가 많아요. 애들은 엄청 예리하고 툭하면 막 허를 찔러요. 제가 하는 말이 아까 한 얘기랑 다르면 바로 놀리고. 무슨 작가랄지 출판사 대표, 그런 권위가 아무 소용이 없단 말이에요. 그냥 저 선생님 말 틀렸다, 이상한 옷 입었다, 그런 걸로 판단하는데 그래서 계급장 떼고 싸우는 느낌도 들어요.(웃음) 동물적이고 직관적으로 기싸움을 해가는 재미가 있죠. 역시 제일 편안하고 좋은 건 그냥 글 쓰는 일만 할 때예요. 출판 일은 작가인 제가 글을 써서 책도 많이 팔고 돈도 많이 남기고 싶어서 시작했는데… 하하, 사실 출판사 대표나 편집자의 정체성은 진짜 조금밖에 없는 것 같아요.

이슬아라는 사람의 정체성에서 헤엄출판사 대표의 지분이 꽤 클 거 같았는데 아니군요.

음, 제가 그 정체성이 컸다면 지금 이미 다음 책을 기획하고 있을 거 같은데…

어, 준비 중인 다음 책 없어요?

없어요.(웃음)

없구나.

하려면 할 수도 있어요. 적어놓은 아이디어들은 많은데, 막상 시작하는 일은 다 제 책밖에 없네요.

출판사를 기왕에 만들었으면 계속 뭔가 책을 내야 할 것
같은데 계획이 없단 말을 들으니까 또 신선하네요.

괜찮아요, 이미 책을 꽤 팔았기 때문에.
(웃음) 그리고 너무 좋은 아이디어가 있고 또 마
침 시간도 넉넉하면 모르겠는데, 지금 하고 있
는 일만으로도 바쁘기도 해요. 지금은 책 잘 만
드는 출판사와 전문 편집자들께서 해주시는 제
안에 따라가고 싶어요. 적어도 올해는 다른 출
판사랑 계획된 책들을 쓸 거예요.

어린이들 글쓰기 수업에 대한 칼럼을 묶어 내는 책이 하
나 있죠?

네. 그리고 《아무튼》 시리즈로 『아무튼 노
래』, 그렇게 두 권이 올해 나올 것 같아요. 내년
에는 서간집 하나를 쓸 것 같은데… 계약서에 도
장을 안 찍었으니 아직 모르는 일이죠.(웃음)°

〈일간 이슬아〉를 2018년부터 하고 있죠? 청탁받아서 쓰
는 게 아니라 스스로 독자를 모으고, 자발적인 마감을 정
해가며 쓴다는 게 너무 놀라워요.

글쓰기 수업의 경험을 담은 이슬아 작가의 연재 칼럼은 인터뷰 이후에 『부지
런한 사랑』(2020)으로 묶여 나왔으며, 『아무튼 노래』는 아직 출간 전이다.
이후 이슬아는 응급의학과 전문의 남궁인과 함께 『우리 사이엔 오해가 있다』
를 주간 문학동네에 연재했다.

이슬아

저도 혼자서는 못 해요. 하지만 돈을 받는 순간 혼자인 게 아닌 거잖아요. 마감이 없으면 절대 한 글자도 안 써요.(웃음) 근데 너무 많은 마감을 하다 보니까 내성 같은 게 생겨요. 전에는 메일 발송하기 다섯 시간 전부터는 긴장이 됐거든요? 근데 이젠 세 시간 전까지도 긴장이 안 될 때도 있는 거예요.

진짜요? 자정에 발송인데 그럼 밤 9시부터 쓸 때도 있어요?

10시부터 쓸 때도 있어요.

글 한 편을 되게 빨리 쓰는 거네요.

그런 편인 거 같지만, 늦을 때도 좀 많잖아요. 12시 15분, 어떨 땐 40분, 어떨 땐 1시 20분에 보내기도 해요. 그래서 이제는 구독자 안내문에 공지해두죠. "컨디션에 따라, 혹은 천재지변뿐 아니라 인재지변을 만났을 때 늦을 수 있습니다." 이렇게요.(웃음)

첫 시즌에는 안 그랬잖아요. 발송이 5분 늦었다고 사과하고.

그땐 처음이라 모르는 게 많았어요. 독자와의 관계 설정도 서로 길들고 길들이기 나름인

이슬아

데 필요이상으로 너무 저자세였어요.

필자를 보호해주는 편집자나 출판사의 역할까지 작가 스
스로 한 거니까요.

맞아요. 근데 갈수록 그 관계가 변하는 것
같아요. 지금은 제가 불친절하진 않지만 그렇다
고 굽실대지도 않거든요. 옛날에 들었던 종류의
비난은 거의 없어요.

'왜 오늘 글이 늦었나요?' 이런 항의 메일이요?

네. 이제는 무례한 반응이 별로 안 와요.

〈일간 이슬아〉로 학자금 대출을 다 갚았을 때 같이 기뻐
했던 사람이 많았어요. 구독 모델을 처음 시도할 때 독자
가 얼마나 모일 거라는 계산이 있었나요?

그때 인스타 팔로워가 3000명 정도였는
데, 구독자는 쉰 명 정도 상상했어요. 넷플릭스
나 왓챠에서는 7000원에서 1만 4000원 사이 금
액으로 세상의 온갖 영화를 볼 수 있는데 이것
은 만원을 내도 고작 나의 글 스무 편을 보는 거
잖아요. 그러니까 사실 시장성이 크진 않다고 봤
어요. 다만 궁금하거나 심심한 사람들이 구독할
수는 있다고 생각했고요. 대체로 제가 쓰는 글을
검색만 하면 다 읽을 수 있는 때였기 때문에 독

자들이 굳이 돈을 낼까 싶었죠. 그리고 그전에 구독 모델 성공 사례를 본 적이 없기도 했고요. 많이 잡아도 100명 이하로 예상했어요. 그래서 좀 충격을 받았죠.

구독자가 예상보다 많아서요?

네. 포스터 이미지 공유도 많이 됐고.

철마다 본인이 커버 모델로 등장하는 포스터를 찍잖아요. 덕분에 이슬아 하면 떠오르는 이미지들이 있어요.

"와, 저 사람 진짜 자기애 강하다." 누가 이렇게 말해도 할말이 없어요. 제목도 자기 이름, 표지도 막 자기 사진이고 글도 다 자기 거잖아요.(웃음) 어떻게 보면 그냥 내가 나이기 때문에, 그게 편안하기 때문에 할 수 있는 일인 거 같기도 해요.

자기 자신인 게 편안해진 시기는 언제부터였어요?

10대 내내는 어색했어요. 내가 나인 게 너무 싫고, 내 몸도 너무 싫고. 되게 안 친한 친구처럼 나를 대했어요. 용기가 안 나서 영상이나 사진에 찍힌 내 모습을 잘 못 보겠다, 싶은 거 있잖아요. 그런 감정이 격렬했는데, 약간의 과도기를 지나고 나서는 편안해졌어요. 보이는 내

이슬아

이미지에 대해, 혹은 적극적으로 그 이미지를 기획해서 글을 쓰는 것에 대해서.

제 경우는 그런 시기가 운동을 시작했을 때와 맞물려요. 몸의 외양보다 기능이나 활력을 더 중요하게 인식하게 되면서요.

운동과 어떤 연관이 있는 것도 같아요. 저도 달리기를 진짜 오랫동안 맨날 했거든요. 힘이 나는 게 좋아서 체중이랑 상관없이 몸을 자주 움직였어요. 몸을 쓰면서 나랑 친해지고 너그러워지는 과정이 있었어요. 그러다 보니 거울로 나를 보는 것도 괜찮아지더라고요. 근데 시즌 1 포스터는 진짜 아무 생각 없이 찍었어요. 엄마가 그냥 망원동 길에서 아이폰으로 찍은 사진을 썼거든요.

이제는 어머니의 아이폰 사진이 아니라 동시대 젊은 사진가들을 섭외해 찍은 사진을 쓰잖아요. 류한경, 박현성, 황예지 작가 같은. 일종의 아트디렉터 역할을 하고 있는 건데, 대체로 어떤 사진가들을 주목하고 또 선택하나요?

인스타그램에서 누가 요즘 무슨 작업 하나 열심히 찾아보는 시기가 있어요. 근데 대체로는 이미 유명한 사람 말고, 잘하는데 아직 사람들이 잘 모르는 사람이 궁금해서 찾아보는 편이에요.

재능을 이기는 꾸준함

작가님의 시각적인 감각을 형성하는 데 어디서 영향을 받
았나요?

딱 떠올라서 말하면 좋겠지만, 제 미감에
대해서 깊이 생각해본 적이 없어요. 모아놓고 나
니까 일관성이 보이지만요. 일단 사진도 영상도
돈이 별로 안 드는 방식으로 하고 있어요(웃음).
그리고, 딱 봤을 때 무슨 말을 하고 싶은지 모르
겠다 싶은 이미지 디렉팅은 잘 하지 않는 것 같
아요. 그러니까 우리 엄마, 아빠가 보고 이해를
못 하는 건 별로 없죠. 글도 비슷한 거 같고. 아마
저의 미감은 지금까지 봐온 것들의 조합 더하기
저의 '쪼' 같은 거겠죠? 만약에 돈을 많이 쓸 수
있으면 그 쪼를 벗어볼 기회도 생길 거 같은데,
아직은 제작비를 크게 안 들이니까 하던 대로 하
고 있는 것 같아요. 나중에 대자본과 만나면 무
엇을 할 수 있을지 생각하고도 있어요.(웃음)

〈일간 이슬아〉에서는 친구 작가들의 글을 번갈아 소개하
는 코너가 있잖아요. 헤엄출판사에서도 동료들의 책을 더
내려는 계획이 있지는 않나요?

좋은 편집자는 드러나지 않는 경우가 많
아요. 자기를 잘 숨기면서도 책 곳곳에 스며서
작가를 돋보이게 하기 때문에 출판이 멋진 일인
거 같아요. 지금 제 일을 이렇게 왕성하게 하는

시기에 친구, 동료 작가의 글 작업을 병행하기가 어렵더라고요. 언젠가는 그 일도 아주 잘하고 싶지만 지금은 아닌 것 같아요. 친구한테 실례인 것 같아서.

본인 책은 어때요? 앞으로도 인터뷰, 수필, 픽션 같은 장르별로 묶어서 나오게 될까요?

인터뷰는 따로 묶는 게 좋을 거 같은데. 수필이나 나머지는 고민하고 있어요. 좀 더 열심히 쓴다면 픽션을 잘 묶어보고 싶기도 한데, 한 가지 책만 나와야 된다면 역시 인터뷰일 거예요.

그건 왜 그럴까요? 작가님이 지금 가장 좋아하는 일이라서?

네. 그리고 수필집이 변주된 동어반복으로 느껴져서이기도 해요. 굳이 힘을 들여서 내야 된다면 내가 본 새로운 사람들 이야기면 좋겠어요. "여러분, 제 얘기를 들으세요"가 아니고 "여러분, 여기 좀 보세요! 이 사람 좀 보세요!" 하고 소리치고 싶어서. 그게 더 절실한 이야기 같아요.

이슬아의 인터뷰는 '마이크가 되는 일' 같아요. '이 사람들' 그러니까 작가님이 세상에 더 알리고 싶은 인터뷰이들 앞으로 다가서서 이야기를 듣고, 그들의 목소리를 더 크게 증폭하는 작업이라고 할까요. 김한민 작가님을 통해서는 채식이나 동물권, 정혜윤 PD님을 통해서는 세월호를 비롯한 참사 유족들의 문제, 김원영 변호사님과는 장애나 신체에 대한 이야기를 살피는 식으로요.

맞아요. 저는 지금처럼 질문을 받는 것보다 제가 물어보고 듣는 입장일 때가 편해요.

〈일간 이슬아〉 2020년 봄호에서는 새소년 황소윤 씨와 이대 목동병원 응급실 청소노동자 이순덕 님을 인터뷰했잖요. 한 호 안에서 결이 많이 다른 인물들을 선택한다는 인상을 받았는데 인터뷰이를 선정하는 기준이 무엇일까요?

원래 이번 초여름호 연재에서도 모두가 좋아하는 유명인 한 분, 그리고 잘 알려지지 않은 노동자 한 분의 비율을 계속 유지하려고 했어요. 시장성과 사회적 가치, 둘 다 챙긴다고 할까요. 근데 이번 호에는 만나고 싶은 유명인이 없었어요. 내가 그 사람의 콘텐츠를 보는 건 좋지만 인터뷰를 제대로 준비해서 모셔올 만큼 이 사람이 궁금한가? 안 궁금한데 궁금한 척하고 물어보기는 너무 싫은 거예요. 그래서 그냥 지금 내가 존경하는 두 사람을 만나자고 마음먹었어요. 땅과 텃밭과 재배하는 작물들에 대한 이야기를 하고 싶어서 농사꾼 두 분을 만났어요.

땅과 작물에 대한 관심이나 농사짓는 분들에 대한 존경심
은 어떤 맥락에서 생겨났나요?

바이러스가 창궐하는 시대에 식량에 대해
서 새삼 생각하게 되는 거 같아요. 먹을거리는
너무 중요한데, 우리는 계속 땅을 잊어버리고
살기 쉬워요. 야만적으로 대규모 공장식 축산을
해가며 고기를 먹는 시대에 건강하고 실하게 채
소를 키우며 살아온 분들의 삶에 대해서 듣고
싶었어요.

이제 작가님 자신이 힘 있는 매체가 되었잖아요. 유력한 사
람을 섭외하기도 쉬워졌을 텐데 또 누구를 만나고 싶나요?

SNS를 아예 안 하는 분을 만나고 싶다는
생각이 있어요.

알려지지 않은 사람이라서요? 아니면 세상과 다른 방식
으로 관계를 맺는 사람이라서?

너무 많이 말하거나 또 너무 많이 듣지 않
는 사람이 그립기 때문이에요. 저는 반대의 경
우라서요. 저의 가장 친한 친구들도, 제가 존경
하는 작가님들도 거의 생계형으로 SNS를 하고
계시죠. SNS를 할 때랑 안 할 때랑은 일이 들어
오는 정도가 진짜 다를 거예요. 하지만 더 그리
운 쪽은 SNS에 자아의 조각을 남기지 않는 분들

인 것 같아요. 그런 분들을 찾아가서 이야기를 나누고 싶어요. 말을 적게 듣고 적게 하고 있는 사람의 이야기를요.

작가님이 만나는 인물들 가운데 자기 삶을 해석하고 의미를 부여할 수 있는 언어를 가진 사람도 있지만, 그 반대인 분들도 있잖아요. 드러내지 않으며 자기 일을 해온 분들에게서 그걸 끄집어내기가 힘들지는 않나요?

이순덕 님이 저는 그랬어요. '아니, 세상에 어떻게 그렇게 하셨어요?'라고 물으면 '그냥 한 거지 뭐', 이런 답이 돌아와요.

운동선수들을 인터뷰해보면 그렇더라고요. 대단한 걸 하고 있는데 전혀 포장하지 않아요.

김연아 선수도 그러잖아요. "연습할 때 무슨 생각을 해, 그냥 하는 거지, 뭐."(웃음)

맞아요. 저 정말로 김연아 선수 인터뷰를 한 적 있는데 그런 느낌이었어요. 말을 너무 담백하게 해서.

이 사람이 한 놀라운 일을 당사자의 말로는 다 담을 수 없을 때가 있어요. 그럴 땐 제가 말을 더 하거나 다른 대답에서 힌트를 얻어야 해요. 하지만 어떻게 질문을 해봐도 이순덕 님이 대답하시는 화법을 바꿀 수가 없는 거예요.

청소 일을 열심히 하면서도 퇴근 이후에는 노인들을 위해 봉사를 다니는데, 그런 착한 이야기를 사람들이 안 믿을 것 같은 거예요. 감동 없는 이야기가 될까 봐 너무 걱정이 됐어요.

일하는 과정에서 필연적으로 생기는 그런 고민을 나눌 동료가 없을 텐데 어떻게 해요? 혼자 일하면서 그런 부분이 어렵진 않나요?

혼자라서 어려울 때도 있지만 편한 경우가 훨씬 많았어요. 진짜 모르겠다 싶을 때에는 애인한테 많이 물어봐요. 애인의 미감과 직관을 신뢰하거든요. 항상 좋은 쪽으로 결정할 수 있게 도와줬어요. 이순덕 여사님 인터뷰 할 때는 정혜윤 PD님한테 전화를 했어요. '나 이런 분을 인터뷰했는데 사람들이 안 믿을 거 같아요. 동화 같은 이야기라서.' 그랬더니 최대한 그분이 직장에서 하는 일 얘기만 집중해서 쓰라고 하시더라고요. 퇴근 후 이야기는 진짜 짧게 쓰라고.

수술실에서 어떤 폐기물이 나오고 어떤 도구로 청소를 하는지, 그런 상세한 사항들에 충분한 분량을 할애한 글이 이런 고민을 거쳐서 나왔군요.

네, 그런 이야기를 하는 그 사람의 태도에서 전달되는 무언가가 있어요.

지금은 혼자 너무 잘 해나가고 있는 작가님이지만 처음에는 어딘가 조직에 속해서 일을 해야겠다는 생각은 없었나요?

그러기엔 대학을 별로 안 유명한 데를 나와가지고 취직이 쉽지 않았을 것 같아요.(웃음) 20대 초반에는 잡지사 《페이퍼》에 3년 있었어요. 음, 되게 많은 걸 배우고 사람들도 좋았지만 회사라는 게 너무 비효율적이라고 느껴졌어요. 특히 매일매일 가장 붐비는 시간대에 지하철을 타야 하고 퇴근도 그렇게 한다는 일이 아침저녁으로 사람들을 미워하게 만드는 것 같았어요.

인류애가 소진되죠. 출퇴근만으로도.

평화는 내 마음에 달린 문제라고 법륜 스님처럼 말할 수도 있겠지만, 물리적으로 너무 빡빡한 상황에 처하면 사람이 팍팍해지기 쉽잖아요. 그래서 출퇴근 시간에 특히 다른 일이 하고 싶다는 생각을 했어요. 그리고 밥을 왜 매일 다 같이 먹어야 하는지, 메뉴를 함께 상의해야 하는지 모르겠더라고요. 밥을 먹는 건 저한테 휴식이거든요. 좋아하는 책 보면서 아니면 진짜 내 속도로 내가 원하는 음식을 먹고 싶었어요.

회사에서 배운 건 뭐였나요?

이슬아

재능을 이기는 꾸준함

이슬아

하나부터 열까지 모르는 것 투성이라. 메일 쓰는 일부터 배웠어요. 스무 살 때인데 뭘 해가면 무조건 혼났어요.(웃음) 아, 난 하나도 맞는 게 없구나, 다 틀리는구나…(웃음)

출퇴근이나 밥 먹는 일이 힘들었다면 매일 쉽지 않았다는 이야기인데, 그런 편 치고는 오래 다녔네요. 3년이나 다녔으니까요.

네, 뭐든지 3년은 해야 되지 않나? 그런 생각이 있어요. 〈일간 이슬아〉도 3년은 해보려고요. 연애도 계속 3년 이상 했고요. 왕성하고 문란한 연애를 하고 싶은데 생각보다 의리가 너무 많아가지고.(웃음) 제가 살짝 지루한 사람이 아닌가 그런 생각도 하고요. 프리랜서가 된 다음부터는 거래처 사람들한테 많이 배웠어요. 반면교사가 많이 있거든요. 와, 이렇게 메일이 오면 진짜 싫구나. 이렇게 메일 받으니까 상대방도 좋고 나도 좋구나. 그런 걸 배웠죠. 아무튼 회사에서 다 같이 밥 먹기도 힘들고, 출신 대학도 명문이 아니고 스펙도 없으니 프리랜서만이 답이라고 생각했어요. 근데 점을 보러 가면 자꾸 지금이라도 회사 들어가라고 해요.

그래요? 사주에 회사가 잘 맞는대요?

그런가 봐요. 사주 본 적 있으세요?

가끔 봐요. 주변에서 명리학 공부해서 봐주시는 분들도
가끔 있고요.

저는 무속신앙 좋아해서 큰 결정을 앞뒀
을 때는 꼭 찾아가는 편이에요. 저희 증조할머
니가 큰무당이셨거든요.

근데 찾아는 가지만 말은 안 듣는 거네요. 회사 들어가라
는데 안 들어가고 있으니까.

좋은 말만 들어요.(웃음) 사실은 점쟁이가
하는 말을 믿어서 간다기보다 그 직업인의 모습
자체가 너무 재미있어요. 가만히 앉아가지고 사
람들 인생에 감 놔라 배 놔라 한다는 게… 궁금증
이 생겨요. 제 얘기도 물어보지만, 그런 건 어떻
게 하시냐고 그분 직업에 대해 많이 물어보죠.

회사에 들어가는 대신 스스로 회사를 만들었잖아요. 운명
을 만들었다고도 볼 수 있지 않나요?

그런 거 같아요. 근데 중간에 회사를 더
키울 수 있는 시점이 왔었어요. 헤엄출판사가
많이 바빠져서 규모를 늘리는 결정을 할 수도
있었거든요.

직원을 더 뽑는 식으로요?

네. 일이 많아지니까 직원을 뽑고, 그 인력을 유지하기 위해 새로운 책을 또 기획해서 계속 회사를 굴려나가는 거죠. 그렇게 할 지 말지 결정할 시기가 왔는데 규모가 커지는 게 너무 싫은 거예요.

보통은 회사를 키워나가는 것을 성장이라고 생각할 텐데 규모가 커지는 게 왜 싫으셨을까요.

음, 뭔가 가벼워지지가 않잖아요. 예를 들어서 제가 갑자기 다 그만두고 영월에 가서 살아야겠다는 마음이 들었을 때 규모가 큰 회사라면 정리하기가 복잡해지니까요. 그리고 누군가에게 월급을 준다는 게 막중한 책임이기도 하고요. 지금은 진짜 딱 엄마랑 저, 2인 모녀 기업이 편안하고 좋아요. 돈을 훨씬 덜 벌더라도 계속 이 체제로 가자고 다짐했습니다.°

회사의 유일한 직원이 어머니시죠? 그리고 뮤지션인 동생 찬희 씨랑은 공연이나 북토크를 같이 다녀요. 가족이랑 일하면 어떤지 궁금해요.

2021년 5월 기준 혜엄 출판사는 이슬아 작가의 아버지인 이상웅 씨를 영입하여 3인 기업이 되었다.

재능을 이기는 꾸준함

가족이랑 궁합이 좋은 편이라 재미있게 일하는 편이에요. 특히 찬희는 저랑 참 다르면서도 닮은 사람이라 함께 음악을 만들고 공연을 하다가 애틋하고 행복할 때가 있어요. 정말 드물게 큰 싸움을 할 때도 있는데요, 그래도 화해를 잘 합니다. 사과를 해야 할 때는 사과를 하고요. 사랑하는 사람한테는 사과할 기회도 줘야 하니까요.

어머니랑 일하는 게 더 어렵지 않아요? 저는 모르는 사람들 앞에선 한껏 똑똑한 척하고 다니는데 엄마 앞에선 뭔가 퇴행하는 느낌이 들거든요.

저도 그렇긴 해요. 지금도 엄마가 부침개 부치고 계시고 전 아무것도 안 하잖아요.(웃음) 엄마 앞에서는 바보 같아지는 동시에 잘난 척은 제일 많이 하는 것 같아요. 엄마가 봐주니까 그럴 수 있겠죠. 사실 엄청 행운이라고 생각해요. 저한테 제일 너그러운 사람이랑 일을 하는 거니까요. 아빠한테 서로의 험담을 늘어놓지만 서로 제일 사랑하니까 할 수 있는 거겠죠.

본인에게 최적화된 업무 환경을 꾸려가는 것 같아요. 무리해서 회사를 키우지 않고 또 큰 회사에 내가 종속되지도 않아서 지속가능한 시스템을 만들었고, 가족과 함께 살고 일하면서 곁에서 지원을 받기도 하고요.

그러게요. 지금 이대로가 좋은 거 같아요. 근데 책이란 건 수명이 있잖아요. 점점 판매량이 줄어서 유효기한이 얼마 남지 않는다고 생각하면 걱정도 되죠. 책이 너무 적게 팔리면 출판사 운영이 무색해지는데, 인기는 식기 마련이니까요. 더이상 출판사를 지속할 수 없어지면 그때 뭐 할지 둘이 맨날 얘기 해요. 엄마는 원래 기사식당에 취업하려고 했거든요. 저도 작가로서 망했을 때 할 수 있는 일을 계속 생각해요. 요즘엔 요가 지도자 과정을 진지하게 고려해보고 있고…

몸 쓰는 일을 하고 싶다는 생각은 계속 하고 계셨어요? 춤도 오래 배운 걸로 알고 있어요.

제일 동경했던 게 춤인데, 일찍 시작하지 않았고 재능도 뛰어난 편이 아니라서 잘하지는 못해요. 근데 요가는 재능이 없어도 마음만 급하지 않게 다스리면 따라와 주기도 하더라고요. 이렇게 소규모로 사람들을 초대해서 맞이하고 일정 시간 동안 서비스를 제공한 다음 잘 배웅해드리면서 수고비를 받는 성격의 일이면 좋겠어요.

설명을 듣고 보니 점 보는 일도 비슷한 것 같네요.(웃음)

아, 명리학도 사실 관심이 많아요. 하지만

겁나는 직업이죠. 말을 많이 하면 실수가 많아지니까. 뭔가 작가로 망하고 재기할 용기가 없어지면 일단 요가 지도사 하고 있을게요, 하하.

일간 연재를 한다는 건 빡빡한 리듬 속에 자기 몸과 마음을 집어넣는 일이잖아요. 누가 시키지 않는데도 스스로 그런 일을 한다는 점에서 진짜 성실한 사람으로 느껴져요. 그런데 왜인지 작가님은 오해를 많이 받는 것 같아요. 되게 자유분방한 영혼일 것이라고 얘기하는 사람들도 있잖아요.

저 완전 범생이죠. 자유분방하다는 말 들을 때 제일 부끄러워요. 내가 뭘 했다고, 정말 자유분방한 사람들한테 실례다, 하하.

자유분방과는 거리가 먼 규칙성과 근면함이 보이는걸요. 해외에 나가서도 연재를 쉬지 않았잖아요.

그러게요, 오히려 되게 지루하고 재미없는 편인데. 대안학교 다닐 때도 새벽에 제일 먼저 일어나서 샤워하고 애들 깨우는 기상 도우미였어요. 암튼, 일간 마감을 지키려고 노력하지만 그래도 너무 저항감이 들 때는 확 안 쓰기도 해요. 욕을 많이 먹고 '음, 잘 잤다' 하고서 다음날 쓰죠.

길게 보면 그렇게 해야 지속할 수 있을 거예요. 사람이 하는 일이니까.

맞아요. 너그러움을 배워가는 거 같아요. 근데 너그러운 목소리는 잘 안 들려요. 누군가를 응원하는 사람들은 조용하고, 너그럽지 않은 사람들은 큰 소리를 내죠. 제 글을 읽어주시는 분들도 그럴 거라 미루어 짐작하면서 계속 용기를 내야 해요.

독자들의 피드백에 직접 노출되는 시대예요. 너그럽지 않은 큰 소리들도 있을 텐데, 그 속에서 자신을 어떻게 지키세요?

검색을 맨날 하는 편인데 너무 많이 하다 보니까 피드백에 이골이 났다고 할까요. 오히려 하나하나의 평에 무게를 안 두게 됐어요. 칭찬도 그렇게 안 기쁘고 비판도 그다지 안 슬프게 되었다고 할까요? 요즘에는 블로그에서 '이슬아 질린다' 이런 악평을 발견하면 '공감해요' 버튼을 누르고 나와요.(웃음)

아, 진짜? 대인배네요.

사실 저도 제가 좀 질리는 구석도 있고.(웃음) 누가 볼 거라고 생각 안 하고 쓰는 글이 참 많잖아요. 특히 작가가 볼 거라고 생각 안 하니까 그렇게 쓸 수 있겠죠. 인터넷 세계에서 글을 한 번 올리는 일, 공유한다는 일에 아주 커다란 책임

66 누군가를 응원하는 사람들은 **99**
조용하고, 너그럽지 않은
사람들은 큰 소리를 내죠.
제 글을 읽어주시는 분들도
그럴 거라 미루어 짐작하면서
계속 용기를 내야 해요.

이슬아

이 있다는 걸 많은 이들이 잊고 있는 것 같아요. 그래서 포스팅에 진짜 신중해야 되는데 대부분 너무 가볍게 아무 말을 하고 있어요.

쉽게 말하고 상처를 주기가 너무 쉬워졌죠.

그래서 그걸 항상 알려드리고 싶어요. '당신이 이슬아에 대해 지겹다고 쓴 거 이슬아가 봤어' 이렇게. 아이들이랑 글쓰기 수업 할 때도 RT나 공유하기 버튼 누르기 전에 세 번 생각하라고 꼭 말해요. 내가 어딘가에서 들은 이야기를 광장에 나가서 마이크를 대고 소리치는 것과 똑같다고.

어른들도 새겨야 할 이야기 같네요. 〈일간 이슬아〉 초여름호에서 「최전선의 소모험」을 재미있게 읽었어요. 결국 가고 싶은 글쓰기의 방향은 소설인가요?

그렇다고 지금은 생각하고 있어요. 근데 아직 너무 미숙하고 에세이보다 훨씬 느리게 써요. 익숙한 도구가 아니니까. 일단 좀 못 미치는 상태로 잘 마무리하고 싶어요. 그러면 '음, 역시 미숙했군'이라고 생각한 뒤에 빨리 다음 걸 하는 거죠. 뭔가 더 나은 이야기를 지금도 쓰고 싶은데 그걸 잘 쓰려면 죽이 되든 밥이 되든 이걸 써봐야 된다,는 벽에 부딪혀요. 이걸 완성을 해봐야 다음에 할 때 나아지는 거 같으니까. 그냥 용기 내서 시작을 해요.

차곡차곡 쌓아서 어느 정도 채워지고 완성된 후에야 세상에 보여주려는 사람들이 있다면, 작가님은 그 과정을 다 공유하는 사람으로 보여요.

저도 못 쓴 글은 공유하기 싫은데, 글은 써야만 늘잖아요, 근데 쓸 때는 마감이 코앞이고.(웃음) 잘 못하는 과정까지 다 마감에 포함되어야 하니까 천천히 성장하는 과정을 마감과 함께 들킨다는 느낌이에요. 지금까지도 그렇게 자라온 거 같고.

저는 그게 2020년대다운 성장법으로 느껴져요. 옛날 박완서 선생님 시대에는 삶을 살면서 차곡차곡 쌓아가다가 40세에 짠 하고 등단해서 경지에 오른 글을 계속 쓰셨을지도 모르죠. 하지만 이슬아 작가의 90년대생다운 어떤 부분이 바로 그 과정을 생생하게 보여주는 면 같거든요.

아, 근데 진짜로 박완서 선생님처럼 쓸 수 있으면 얼마나 좋을까요.(웃음) 물론 제가 똑같은 세월을 살아도 아마 그분처럼은 못쓰겠죠. 저는 지금 미완성인 면을 보여주면서도 돈을 벌 수 있다는 게 행운이라는 생각이 들어요.

일간 연재는 3년을 채울 생각이라고 했으니 올해가 마지막인가요?

내년엔 어떻게 할지 모르겠어요. 첫해에는 연재 중에 응급실도 가고 그랬는데 올해는 좀 가뿐하게 하게 됐어요. 상처를 덜 받게 되어서 그런 거 같기도 하고.

상처를 덜 받게 된 이유는 독자들의 피드백이 달라져서인가요? 아니면 작가님이 대하는 방식이 바뀌어서인가요?

후자가 달라져서 전자도 바뀐 거 같아요. 이전에는 콜센터 직원 분께 그러는 것처럼 짜증 내는 독자 분들이 되게 많았거든요. 본인 실수로 메일이 안 간 경우도 굉장히 많은데 묻지도 따지지도 않고 '돈 냈는데 왜 서비스를 못 받냐' 이거예요. 그런 사람들한테는 저도 친절을 빼고 건조하게 답을 해요. '이러이러해서 못 받으셨고 그건 당신이 이렇게 썼기 때문입니다', 이런 식으로요.

말하자면 선을 긋는 거군요.

네, 그 사이에 독촉을 받으면 이렇게 답해요. '제가 늦어질 수 있다고 적어놨을 텐데요? 못 보셨을까요?'(웃음) 공지사항에서 그 부분을 캡처해서 첨부하면 그분들도 미안하다고 사과해요. 그럼 저도 미안해져서 '아닙니다. 제가 과로로 예민했습니다. 좋은 하루 되세요', 이렇게 답하며 서로 원만하게 마무리가 되죠. 그런데 이렇게 선을 그을 줄 몰랐던 20대 중반까지는 너무 저자세로 말하는 습관이 있었어요. '너무 감사합니다, 지면을 주셔서 너무 감사합니다!' 이 말을 진짜 많이 했어요.

어렸을 때는 불필요한 사과도 많이 하게 되잖아요. 잘못한 일이 없는데 죄송해하기도 하고요.

네. 일할 기회를 주신 데 감사는 할 수 있지만 '너무'라는 말을 남발했던 거 같아요. 어차피 나도 내 노동력을 주는데. 그래서 언젠가부터는 지나치게 고개 숙이지 말자고 다짐을 했어요.

여자들은 예의 바르고 공손해야 한다는 걸 어릴 때부터 주입받다 보니 필요 이상으로 저자세를 취하는 경우가 많아요. 상대방은 그 점 때문에 함부로 대하기도 하고요.

맞아요. 그런 기억이 오래가요. 2014년쯤, 그러니까 데뷔한 지 얼마 안 돼서 내 글을 올릴 공간이 없을 때에는 선배 만화 작가들이 있는 회식 자리에 종종 갔어요. 저를 소개하고 얼굴도 익혀서 연재 지면을 얻고 싶어서요. 그때는 페미니즘 리부트 이전이라 저도 정치적으로 올바르지 않은 만화를 그릴 때였어요. 물론 정치적으로 올바른 것만으로 좋은 작품이 될 수는 없다고 생각하지만요. 윤리의 기준이 매해, 매달 빠르게 재정립되어왔으니, 작가들의 과거 작품들은 모두 크고 작게 윤리적이지 않은 면이 있을 수도 있다고 생각해요. 요즘처럼 논의가 빠르게 진행되는 시대에는 특히 더 그렇겠죠. 저는 5년 전 제가 그린 만화를 보면 창피해서 화들짝 놀라요.

작가님에게 그런 작품이 있었어요?

다시 내보이고 싶지 않은 만화라서… 보셨다는 분들을 강연 때 만나면 부탁해요. 제가 그때 페미니즘의 '표'도 모를 때 그린 작품이니 제발 이해해달라고요. 그때는 일을 받기 위해서 선배 작가들에게 눈도장도 찍고 호감도 얻고 싶었던 것 같아요. 선배 작가분들 회식 자리 가면 주로 남자 분들이 많았어요. 그런 곳에 가기 전에는 "예쁘게 입고 와" 같은 조언을 듣곤 했어요. 실제로 신경 써서 입고 갔죠. 왜냐면 예쁘게 보이고 싶었거든요. 가서는 제 작품 얘기도 했지만 얼굴이나 몸에 대한 평가도 많이 들었어요. 예쁘다, 못생겼다, 골반이 어떻다, 허벅지가 좋다 등등… 당시에는 그런 게 좋기도 하고 싫기도 했는데 시간이 지날수록 약간 굴욕적인 느낌으로 남더라고요. 저도 누군가에게 그런 실례를 종종 저지르며 살았을 텐데 후회가 돼요.

맞아요, 그런 일들을 누구나 겪어요. 당시에는 분위기를 깨지 않으려고 좋게 넘기기도 하고요.

그래서 돈을 많이 벌고 싶었어요. 쓸데없는 말 안 들으면서 일하고 싶어서요. 돈이 별로 없으면 싫은 사람이 주는 일을 받아야 하고, 싫은 사람이랑 미팅을 해야 되니까. 돈이 많으면 굳이 낮은 자세로 말할 필요도 없으니까. 그래서 이런 개인 프로젝트에 대한 갈망이 컸어요. 〈일간 이슬아〉에 대한 아이디어가 생겼을 때 바로 시작해볼 수 있었던 데는 이런 배경이 있었어요.

싫은 사람이랑 일하지 않을 자유는 좋은 의미에서 사치 같은데, 스스로 그런 여유로운 환경을 구축했네요. 대신에 작가님의 글을 좋아해주는 구독자들을 향해 글을 쓰면서 일하고 있으니까요. 〈일간 이슬아〉 구독자들을 생각하면 떠오르는 느낌이 있나요? 어떤 독자를 상정하며 쓰는지 궁금해요.

잘 모르겠어요. 물론 〈일간 이슬아〉 역시 20~30대 여성 독자들이 제일 많아요. 출판계의 주요 소비자들이 그분들이니까. 하지만 연령대는 10대부터 60대까지 고르게 분포되어 있어요. 그리고 모르는 사람을 상상하고 쓰면 더 어렵더라고요. 근데 제가 여기 거실에서 써서 보내면 저쪽 방에서 엄마랑 아빠가 바로 읽거든요.(웃음) 결국 저 분들을 상상하면서 쓰는 거 같아요.

두 분은 메일을 받으면 바로 읽으세요?

초조한 마음으로 읽어주기를 기다리는 거죠.(웃음) '이쯤이면 웃을 때가 되었는데 왜 웃음소리가 들리지 않지?' '오늘 이야기는 참 서글픈데 내가 원하는 대목에서 저분들이 서글퍼했나?' '안 서글펐다면, 뭔가 어긋났다면 내가 무엇에 실패했나?' 물리적으로 제일 가까운 독자니까. 저분들 생각을 많이 하면서 써요.

가장 가까운 독자인 부모님은 읽고서 바로 반응하기도 하나요?

'재밌다~' 아니면 '근데 그건 좀 황당하던데?' 이럴 때도 있는데 대체로 용기 나는 말을 많이 해주세요. 그리고 저희 글쓰기 선생님도 생각해요. 그분의 필명은 '어딘'이에요. 제가 글쓰기 선생님을 사랑하지만 선생님 앞에서 수시로 작아지기도 하거든요. 언제나 긴장하게 하는 분이라서, 어딘이 어떻게 볼지 계속 생각하다

보면 한 글자도 못 쓰는 때도 있어요. 어딘 마음에 너무 들고 싶어서.

글쓰기 선생님을 생각하면 어렵고 가족을 생각하면 쉬워지는 거네요.

　　　　네. 선생님은 절대 못쓴 글을 잘 썼다고 하지 않거든요. 그래서 선생님 보시기에 좋았으면… 하고 생각하죠. 그런데 결국 그들 모두를 다 잊어야 쓸 수 있어요.

글쓰기와 출판사 업무에 집중하기 위해서 에너지를 덜 빼앗겨야겠다 생각하는 일은 무엇이 있을까요?

　　　　이메일 답장. 안 그러세요? 이메일 답장 할 거 되게 많으실 텐데 다 안 미루고 하시는 편이세요?

저는 밤에 몰아서 쓰고 아침으로 예약을 걸어놔요. 그때그때 바로 하면 진짜 하루 종일 쓰게 되니까요. 예약을 거는 이유는, 밤에 바로 보내면 받는 분이 업무 시간 외에 확인하면서 피곤할 수도 있잖아요. 상대방이 출근해서 아침 일찍 보낸 메일을 열어보면 제가 부지런해 보일 거 같고요. 그걸 좀 노려요.

　　　　아, 예약을 하는 세심함. 나도 이제 배워야겠다. 중요한 팁이네요.

그리고 거절 메일일수록 빨리 써요. 저 말고 다른 사람 섭
외할 시간을 줘야 하니까.

맞아요. 그래서 저는 요즘 전화로 해결하
는 경우가 많아요. 전화번호 남겨주시면 문자로
잠깐 통화 괜찮으시냐고 한 다음에 '이러이러해
서 못 합니다. 정말 죄송합니다', 그렇게 말하죠.

이메일 답장도 그렇지만 세금 신고 서류 같은 걸 챙기다
보면 울고 싶어져요. 너무 어려워서 그리고 지금 하는 일
이 고마워지죠.(웃음)

저는 시키면 우는 일이 있어요. 산수, 그리
고 삼행시.(웃음) 진짜 싫어요. 그렇습니다.

자기가 울지 않고 할 수 있는 일을 일찍 찾는 것도 참 중
요하죠. 뭘 좋아하는지 발견했다면 이 역시 운이 좋은 일
이고요.

맞아요. 근데 좋아하는 일이 진짜 없을 수
도 있잖아요. 그래서 저는 맨날 10대들이 '전 좋
아하는 일이 없어요' '하고 싶은 일이 없어요', 그
렇게 말할 때 '맞아 그럴 수도 있지'라는 말밖에
해줄 수가 없어요. 그래도 뭔가 노력해보고 싶
은 게 하나쯤 있을 때 훨씬 덜 막막하다는 걸 알
지만요.

재능을 이기는 꾸준함

작가님에게는 노력해보고 싶은 한 가지가 글쓰기였나요?

계속 책 읽기가 좋았고, 글을 잘 쓰고 싶게 만드는 사람들이 주위에 있었기 때문에 이렇게 됐어요. 글을 잘 쓰고는 싶었는데 계속 고민이 많았어요. 왜냐면 아까 말했던 글쓰기 선생님이 '이대로는 안 돼'라는 말을 종종 하셨거든요. 17살부터 24살까지 수업에 다녔는데 선생님한테 무식하다는 소리 진짜 많이 듣고, 맨날 공부해야 한다고 많이 혼났죠.

혼나면서 점점 나아졌나요? 작가님이 이 일에 뛰어나다는 걸 어떻게 발견했어요?

저보다 훨씬 잘 쓰는 친구들이 많았어요. 저는 빠지지 않고 꼬박꼬박 써 가는 사람이었고요. 아무도 안 써 오면 모임 진행이 안 되는데, 누구든 한 명이라도 써 와서 모임을 굴려야 한다는 책임감이 저에게 가장 많았던 것 같아요.

각자 써 온 글로 합평을 하는데 정말 빛나는 언어로 합평을 하는 애들이 있었어요. 평론가처럼 탁월하게 말하는. 그런데 저는 얘 글이 어떻게 안 좋은지 말하기가 너무 어려운 거예요. 그 언어가 저한테 없었어요. 공부가 부족했죠. 글도 그렇고 합평도 그렇게 잘하지는 않는 채로 그저 꾸준하기만 했어요. 그렇지만 많이

재능을 이기는 꾸준함

쓰니까 타율이 점점 높아지고요.

정말 잘 쓸 수 있는 사람이라도 꾸준함이 없다면 그 기술로 먹고살 수가 없잖아요. 자기를 알려서 보여주기도 어렵고.

그때는 성실함이 제일 중요한지 몰랐어요. 그런 친구들이 있었어요. 너무 우아해 보이고, 부러웠어요. 실패하는 모습을 잘 안 보여주니까.

그 친구들은 지금 뭐하나요?

글을 계속 쓰는 친구도 있고 쓰지 않는 친구도 있어요. 그중 일부는 글쓰기를 본업으로 삼기 시작했고요. 사실 글쓰기를 업으로 삼기가 정말 힘들잖아요. 운도 조금 따라줘야 하고요. 이제 서른 가까워지면서 그 사실을 알게 된 것 같아요. 못 쓴 자기 글을 꾸준히 견딜 줄 아는 애가 작가로 사는구나.

가르치는 사람으로서도 학생들의 빛나는 재능을 종종 목격할 텐데요.

저는 재능이란 말에 관심이 없어요. 글쓰기가 재능이랑은 별 상관이 없다고 생각하기 때문이에요. 글쓰기 수업에서 초등학생, 중학생, 고등학생을 다 가르치는데 물론 어떤 아이의 글은 너무 찬란해요. 이건 정말 재능의 영역이라고 생각할 수밖에 없어요. 왜냐면 과정을 제가 보는데, 정말 별 노력을 안 하고 그냥 막 쓰거든요. 그렇게 초반부터 타고난 아이들이 있어요. 하지만 그것만으로는 충분하지 않아요. '난 어렸을 때 선생님한테 칭찬을 몇 번 받았어', 고작 이런 말이나 할 수 있겠죠. 꾸준히 쓰지 않는다면 재능이 아무 소용이 없어요.

아이에게도 그런 얘기를 해주나요?

따로 불러서 얘기해요. 다른 애들 앞에서 재능을 얘기하면 안 되니까. "다음 주 수업에 네가 써 올 글이 기대되고 가장 먼저 읽고 싶어. 널 안 만나도 뭘 썼을까 궁금할 정도야. 하지만 계속 하지 않으면 다 사라지고 마는 것 같아. 꾸준히 했으면 좋겠어." 편애하는 걸 들키면 글을 잘 못 써도 저를 좋아하는 애가 상처받잖아요.

작가님은 재능도 있고 꾸준히 쓰는 사람이네요.

재능이라면 한글을 빨리 뗐다는 거? 10대 때 애들이랑 글쓰기 모임을 하면서는, 재능이 없다는 생각을 더 많이 했어요. 글 써서 칭찬받은 적도 있지만 격찬은 아니었던 것 같아요. 사실 다른 일을 그다지 특출나게 잘하지 못해서 글쓰기를 계속했어요. 만약 어렸을 때 노래로 격하게 친찬을 받았다면 노래를 했겠죠. 춤도 잘 추고 싶어서 잊어버릴 때마다 한번씩 배우러 갔는데 갈 때마다 꾸준하게 정말 소질이 없다는 걸 확인하게 되더라고요.

하하, 춤에 재능 없음을 꾸준하게 발견했군요.

근데 그게 속이 시원했어요. 제대로 못하고 바보같고 그런 게. 그냥 열심히 따라 했죠. 20대가 되면서는 재능이 있거나 없거나 하는 게 별로 상관없다고 생각하게 됐어요. 어쩌다 운이 좋은 날에는 제가 써 간 글을 읽다가 사람들이 웃는 거예요. 그게 너무 좋았어요. 한 다섯 번에 한 번 그런 글을 쓸 수 있었는데, 매번 그렇게 만들고 싶다고 생각했죠.

작가님 글에는 '다시 태어난다'는 표현이 자주 등장해요. 어떨 때 다시 태어난다고 느끼나요?

나쁜 생각 그만뒀을 때요. 계속 별로 좋지 않은 생각을 하다가 이제 이렇게 생각 안 하기로 결심하게 됐을 때, 그리고 제가 생각지도 못한 방향으로 말하거나 쓰는 정말 탁월한 사람을 만났을 때, 그래서 머리를 한 방 얻어맞은 것 같을 때. 저 사람이 말하는 대로 살아야겠다고 생

이슬아

각할 때 다시 태어난다고 느껴요.

자신의 내면과 외면에서 다 오는 감각이네요.

요가를 한 시간 마치면 사바 아사나라는 동작을 하잖아요. 잠자듯이 누워 있는 송장 자세예요. 말하자면 죽음을 연습하는 거죠. 죽었다가 다시 깨어나는 느낌으로, 부활하는 느낌으로 일어나요. 죽지 않았고 육체가 남아 있으면 그 육체를 잘 단련해야죠. 좋은 정신은 좋은 몸에 깃드니까. 아, 이건 만화 《강철의 연금술사》에서 나온 대사인데.(웃음) 제가 요즘 《강철의 연금술사》에 심취해 있어서 보면서 맨날 울어요.

목표한 것처럼 〈일간 이슬아〉를 3년 채우고 졸업한다면, 그후에는 어떤 새로운 방식으로 일을 해나가고 싶으세요?

부디 제가 픽션을 잘 썼으면 좋겠어요. 그래서 지금부터 연습하고 있는데 진짜 첫 걸음마 떼는 거 같아요. 지금까지 쌓아온 커리어랑 아무 상관 없이 처음부터 시작하는 느낌이라 진짜 막막하고 또 창피하고 그러더라고요.

다시 태어나야 하는 거네요.

이슬아 작가는 몸을 단련하고 마음을 보살피면서 왕성하게 글을 써낸다. 분명 눈에 띄는 성과를 빚어온 사람이지만 글쓰기와 재능의 상관관계에 대해 물었을 때 더는 그런 것에 관심이 없어졌다고 했다. 재능만으로 결코 충분하지 않다는 게 글쓰기의 본질이라는 점이, 그가 오래 쓰고 또 가르치면서 도달한 냉정한 진실이자 담백한 희망으로도 보였다.

매일 출근길 지하철을 타고 컴퓨터 앞에 앉거나 물건을 판매하거나 각자의 도구를 붙들고서 몰입할 때, 우리는 가진 재능을 떠올릴 틈 없이 그저 자기 일을 한다. 성실하게 일하는 시간을 보내본 사람이라면 또한 안다. 꾸준함이야말로 타고난 재능과 다르게 후천적으로 선택하고 노력해서 갈고 닦는 미덕임을. 생활인이 평범한 하루하루를 영위하며 가닿을 수 있는 아름다운 경지이자 자랑스러운 성취임을.

'못 쓴 자기 글을 견딜 줄 아는 애가 작가로 사는구나' 이슬아 작가는 겸손하게 말했지만, 자신을 견딘다는 그 마음속에 아주 큰 씩씩함이 들어 있다. 재능 있는 사람은 빛나지만 굳센 사람만이 그늘 속에서도 계속 기회를 일구어나간다. 직업인으로서의 우리를 더 나은 사람이 되게 만드는 신비는 매일의 반복 속에 있다. 꾸준히 일하며 우리는 꾸준히 다시 태어난다.

저는 낙관주의자예요, 제가 행동할 거니까요

21대 국회의원 장혜영

**그럼에도 불구하고
한번 해보지 뭐,
그래도 내일은 다르지 않을까?**

장혜영 의원은 2019년 가을 정치를 시작하면서 이렇게 말했다. "뭔가 해달라고 외치는 데 너무 지쳐서, 이제 직접 해보려고 합니다."

다큐멘터리 영화 《어른이 되면》(2018)의 감독이자 〈생각 많은 둘째언니〉 채널의 유튜버였던 그는 영상으로 현실을 보여주면서 사람들의 의식을 바꿔오다가, 직접 법과 제도를 만드는 일에 뛰어들었다. 발달장애를 가진 동생 장혜정 씨를 시설에서 데리고 나와 함께 살아가는 과정을 알려온 선명한 목소리는 사회 속에서 쉽게 지워지는 약한 존재들을 대변했다. 장애를, 개인의 불운이 아닌 구조적 불평등의 문제로 접근해야 한다는 것을 일깨우며 드러냈다.

인터뷰를 위해 도착한 의원회관 앞에는 비슷한 모양의 검은색 승합차가 계속 들어와 섰다. 검은 양복을 입은 사람들이 모여들어 역시 검은 양복을 입은 사람을 향해 연신 고개를 숙였다. 90퍼센트는 남성, 다수가 50대 이상으로 보이는 풍경에서 국회 구성원의 나이와 성비가 바로 느껴졌다. 권력과 권위의 상징 같은 이 공간 속에서 장혜영 의원은 이질적인 존재다. 초선의 낯선 얼굴, 젊은 여자이기 때문이기도 하지만 그게 전부는 아니다. "국회의원은 짐을 들거나 뛰어다니지 않아요. 그런데 저는 둘 다 하거든요."

저는 낙관주의자예요, 제가 행동할 거니까요

지난번 만났을 때는 감독님이었는데 이제 의원님이네요. 장애인인 동생 혜정 씨를 세상 속으로 안내하는 방식, 자기 삶과 정치를 연결해내는 활동들을 보며 국회에 가도 충분히 잘하겠다 생각했는데 그게 현실이 되었어요.

장혜영

그러게요. 그때만 하더라도 새로운 영화를 찍을까 생각하고 있었는데, 그사이 이렇게 장혜영 의원실에 앉아서 인터뷰하고 있을 줄은 몰랐죠.

다큐멘터리 《어른이 되면》 말고 또 다른 영화를 만들 계획이 있었나요?

네. 극영화를 해볼까 생각했어요. 발달장애인이 나오는 극영화는 늘 비장애인이 장애인 연기를 하잖아요. 정말 장애인이 장애인으로 나오는 영화를 찍어볼까 구상중이었어요.

처음 정계 출사표를 던질 때, 너무 지쳐서 정치를 하려고 한다는 말이 인상적이었어요. 장애인 당사자와 가족이 겪는 어려움을 해결하기 위해 24시간 활동 지원 제도가 필요하다는 목소리를 꾸준히 내오셨죠.

개인적인 좌절을 해결하기 위해 필요에 의해서 움직이다 보니 여기까지 왔다는 생각도 들어요. 오늘로(2020년 7월 1일) 장애등급제 단계적 폐지가 시작된 지 딱 1주년이거든요. 진정성이 느껴지지 않는 개혁이었고 과정이라는 면에서도 훨씬 더 후퇴했어요.

저는 창작자이자 시민의 한 사람으로서 목소리를 내고 정치적인 의사 표명을 하면 뭔가 더 나아질 것으로 기대했거든요. 여기저기 부딪치며 쉽지 않다는 것을 느끼던 중 정의당 심상정 대표님께서 제안을 해왔고… 그러면서 어떻게 여기까지 오게 되었네요.

5월 말부터 의원 임기를 시작해서 딱 한 달 되던 날 차별금지법 발의를 했어요. 국회에서의 첫 한 달은 어땠나요?

국회는 굉장히 인간적인 곳이에요. 좋은 의미로도, 나쁜 의미로도요. 인간이 아주 위대한 면도 있지만, 욕망으로 인해서 다른 사람을 도구적으로 대하기도 하잖아요. 두 가지의 인간적인 측면이 다 있는 곳이 국회라는 생각이 들었어요. 또 한편으로는 속도가 아주 느리다는 걸 느꼈어요. 사회가 변하는 속도에 훨씬 못 미쳐서 따라가는 것 같아요.

사람들과 문화가 먼저 변하면 상업 영역이 빠르게 이를 반영해나가고, 그 뒤를 법 제도나 교육 같은 분야가 따라오는 것 같아요.

저는 낙관주의자예요, 제가 행동할 거니까요

사실은 정치가 선두에 나서야 하는데, 그죠? 늘 어떤 미래를 예측하고 대비하는 것도 정치의 중요한 덕목이자 기본인데. 그러기보다는 사람들이 변화시켜놓으면 더이상 미룰 수 없을 때까지 미뤘다가 마지못해 바뀌는 식이구나, 그런 생각이 들었어요.

의원님은 이전에 주로 젊은 사람들과 함께 문화계에서 일하셨잖아요. 가장 속도가 빠른 영역에 속해 있다가 느린 곳으로 이동한 셈 아닌가요?(웃음)

그러게요. 반말하지 말라는 이야기부터 시작해야 될 줄은 몰랐어요.(웃음)

카메라가 꺼지면 반말하는 의원들이 많다는 걸 뉴스로 알게 됐어요. 동료 국회의원이라도 나이 어린 여성에게는 그렇게 대한다는 게 화나기도 하고요. 그래도 위축되지 않고 앞에서 존댓말을 써달라고 부탁했다는 게 놀라웠어요.

반말하지 말라고 분명하게 요청하는 행동도 하나의 정치 행위라고 생각해요. 기사가 나가고 나서 이런 얘기도 들었어요. 그 사람이 눈앞에서는 사과를 할지 몰라도 길게 볼 때 관계가 나빠질 수 있다고요. 그냥 문법이 다르다는 생각을 많이 했어요.

저는 낙관주의자예요, 제가 행동할 거니까요

그러고 보면 의원님은 이제 막 정치계의 문법, 국회의 문법을 익혀가는 시기일 것 같네요.

이전에 다른 분야 사람들과 함께 일할 때는, 회의를 하자고 하면 진짜 회의를 했어요. 자기 생각을 솔직하게 이야기하고 의견 차이가 있으면 조율하는 거죠. 그런데 국회에서 일어나는 많은 일들은 이미 답이 정해져 있기도 해요. 토론회라는 이름을 달고 있어도 토론이 될 거라는 생각을 하지 않는 사람들도 있는 것 같아요.

기획재정위원회에서 추경(추가경정예산)에 대한 설명이 불충분하다며 자리를 박차고 나오신 것도 그런 비슷한 상황인가요?

요약해서 쉽게 말씀드리자면 이런 거예요. 정부가 어떻게 세금을 쓰겠다고 짜놓은 계획을 심의하고 의결하는 것도 국회의 주된 기능 중 하나잖아요? 그런데 예산 내용에 대해 문서만 가지고는 알 수 없는 부분이 많거든요. 그래서 설명을 요청했는데 들을 수 없었어요. 국회의 역할을 존중하는 자세가 아닌 거죠. 제가 설명을 못 받았다는 것은 국민이 설명을 못 받은 것과 마찬가지예요.

그렇죠, 국민을 대신해 일하는 사람이 국회의원이니까요.

국민을 대표해서 입법기관의 일원으로 그 회의에 참석하는 것인데 충분한 정보 없이 형식적으로 통과시키는 역할에 그친다면, 국민이 그만큼 알권리를 누리지 못하는 거죠. 거기에 공식적으로 문제를 제기하는 '의사 진행 발언'을 한 다음 퇴장한 거였어요.

기재위의 역할과 위상에 대해 의원님 뉴스를 보면서 더 관심을 갖게 됐어요.

300명의 국회의원이 다 똑같은 일을 하는 건 아니고, 각자 상임위원회에 속해서 활동해요. 기획재정위원회는 말 그대로 재정이나 조세를 담당하는 거죠. 추경은, 원래 1년에 쓰는 예산이 있는데 추가로 예산을 더 마련해서 쓴다는 것이고요.

올해 코로나 때문에 추경이 엄청 많지 않나요?

네, 맞아요. 벌써 세 번째 추경이에요. 1년 동안 쓰려고 계획한 예산 외에 추경을 해야 할 정도로 긴급한 사안인가, 지금 당장 이 돈을 쓰지 않으면 안 되는가를 잘 따져봐야 하는데 그런 부분을 명확하게 들여다볼 시간조차 없이 그냥 넘어간 거죠. 피 같은 세금이잖아요. 책임 있게 집행되어야 하는데 아쉬움이 많이 남아요.

저는 낙관주의자예요, 제가 행동할 거니까요

커피를 달고 사시는 것 같아요. 하루에 몇 잔이나 드시나요?

하하, 최소 여섯 잔은 마시는 것 같아요.

공식 일과는 대략 몇 시에 시작해서 몇 시에 끝나요?

아침 7시쯤 시작해서 자정쯤 끝나요. 초반에는 하루에 3~4시간도 못 잤는데 이렇게는 버틸 수 없겠다 싶어서 일정을 조율하고 있어요. 요즘은 오전에 필요한 일들을 몰아서 하는데, 7시 반부터 수업을 시작할 때도 있어요.

수업을 받는다고요?

국회의원들도 세상 돌아가는 걸 알아야 지금 어떤 제도가 필요한지 판단하고 법을 만들잖아요. 의원실, 혹은 당 차원에서 같이 팀을 꾸려 공부하기도 하고, 같은 상임위원회 소속이나 관심사가 맞는 의원들끼리 해당 분야 전문가를 모셔서 공부하기도 해요.

저는 기재위 소속이니까 예산에 관련된 내용이라든가 기본소득, 전 국민 고용보험 같은 것도 공부하고요. 당에서 집중하는 기후 정책 수립에 필요한 지식도 전문가를 모셔서 배워요. 그런데 남들이 일하는 시간에는 저희도 일을 해야 하기 때문에 업무 전후로 시간을 내어 공부하는 거죠.

예로 들어주신 기후 위기도 정말 심각한 문제 같아요. 의원님이 공부하신 내용을 좀 나눠주실 수 있나요?

무서운 점은… 현재 우리가 마주하는 여러 기후 재난의 원인이 지금 배출하는 탄소가 아니라는 거예요. 이미 20년, 30년 전에 배출한 탄소죠.

이미 닥쳐온 기후변화의 속도를 돌이키기엔 늦었다는 이야기들도 있더라고요. 하지만 손놓고 있어서는 안 되겠죠.

그럼요. 핵심은 '지금까지 해오던 대로 해서는 폭망한다'는 점을 직시하는 것이에요. 그레타 툰베리가 하는 해시태그 캠페인 이름이 '#FACE'잖아요. 우리가 기후 위기에 대처하기 위해 해야 하는 일은 명확해요. 10년 안에 지금 배출하는 탄소의 양을 절반으로 줄이고, 2050년에는 영(0)으로 만드는 일. 이렇게 하기 위해서는 전 사회적 역량을 동원해서 탄소 기반 경제를 탈탄소 경제로 급격히 전환해야 해요. 이걸 '그린뉴딜'이라고 불러요.

경제 성장을 바라보는 새로운 틀이 필요할 것 같아요. 20세기에 번영을 이뤄낸 고효율의 방식이 지금의 기후 위기를 초래했고, 그렇게 지속할 수는 없으니까요.

　　　　　'경제의 적정 규모'를 새롭게 받아들이면서 동시에 이에 따르는 큰 충격을 감당하겠다는 결단이 필요해요. 우리가 생존하기 위해서는 이제 더이상 미룰 수 없는 정책이기도 하고요. 정의당에서는 그린뉴딜 특별법의 입법을 지난 21대 총선 때부터 꾸준히 준비해왔는데 이제 곧 국회에서 발의될 거예요.

국회의원에 대해서 새로 알게 된 게 있네요. 공부를 하는 직업이라는 점.

　　　　　그럼요.(웃음) 그리고 공부를 하기 정말 좋은 직업이에요.

그렇겠네요, 엄청난 엘리트 전문가들이 와서 과외를 해줄 테니까요. 아이러니하게 느껴져요. 의원님은 연세대를 다니다 그만뒀잖아요. 물론 자퇴가 공부를 그만두겠다는 선언은 아니었지만, 대학을 떠나서도 배움은 계속된다는 것을 몸소 보여주고 있네요.

　　　　　맞아요. 공부는 정말 평생 해야 하는 거구나, 많이 느끼고 있어요. 세상이 빨리 변하게 된 만큼 소화해야 하는 정보의 양이 폭발적으로 증가했다는 생각이 들어요.

대학을 그만둘 때는 어떤 마음이었나요?

　　　　대학이 단지 졸업장의 문제, 자격의 문제라고 생각했거든요. 그런데 돌이켜 생각해보면 그렇게 단순한 것이 아니었음을 새삼 느껴요. 한국 사회에서는 학벌 자체가 무형의 가치를 가진 상징이자 네트워크였던 거죠. 저는 지금 대학교 졸업장이 필요한 일은 하지 못해요. 그럼에도 불구하고 저의 학벌이 갖는 상징은 역으로 확대되어버렸어요. 그래서 어떤 의미에서 이 자퇴는 실패예요.

세상이 의원님의 자퇴에 주목한 것조차 좋은 학교에 다녔기 때문이니까요.

　　　　맞아요. 제 의도와 달리 역효과가 난 것 같아요. 그런 의미에서 차별금지법에 학력 차별도 포함된다는 사실을 강조하고 싶습니다.(웃음)

자연스럽게 포괄적 차별금지법에 관한 이야기로 넘어가볼까요. 21대 국회에서는 의원님이 가장 먼저 대표 발의한 법안이라는 점에서 중요하게 힘을 쏟고 계신 이슈라고 볼 수 있겠죠. 어떤 내용인지 설명해주세요.

　　　　아주 간단하게 설명하자면 두 가지의 곱셈이라고 보시면 돼요. 하나는 차별금지 사유예요. 성별, 장애, 나이, 성적 지향, 교육 수준 등의 스물세 가지 요소가 여기 들어가요. 또 하나는 차별 영역인데요. 고용, 교육, 재화와 용역의 이용, 행정서비스 이렇게 사람이 살아감에 있어서 반드시 누려야 하는 네 가지 영역이죠. 누구든 이 스물세 가지 이유로, 네 가지 영역에서 차별받아서는 안 된다는 것이 차별금지법의 내용입니다.

차별금지법에 대한 오해도 많이 퍼져 있는 것 같아요. '차별하는 사람들을 처벌하는 법'이라는 식으로 말이죠.

처벌 조항은 포함되지 않아요. 다만 당하는 사람들은 차별이라고 느껴왔음에도 아직 명확하게 규정되지 않았던 행위들을 '차별로 인식하게 만들기 위한' 법이라고 보시면 좋겠어요. 모두가 평등하게 살아가는 존엄한 사회, 안전한 사회를 만들기 위한 법안입니다.

이 법안에서 소수자들의 권리가 서로 부딪친다고 보는 사람들도 있는데요.

인권의 문제는 한정된 영역을 조각으로 나눠서 몫을 두고 다투는 파이가 아니에요. 오히려 모두의 권리가 지켜질 때 함께 확장되는 빅뱅 같은 개념이죠. 우주 공간이 넓어지는 것처럼요. 하나의 공동체 안에서 살아가는 많은 사람들은 모두 다를 수밖에 없어요. 부모, 출신 지역, 교육 정도, 신체 조건… 그런데 봉건사회의 신분제도 안에서는 더 귀한 사람과 덜 귀한 사람이 있었죠.

근대 시민사회 이전은 말하자면 '합법적인 차별의 시대'였다고도 할 수 있겠네요.

어떤 사람들은 무시하고 학대하고 심지어 죽여도 죄가 아니기도 했고요. 그런 끔찍한 역사를 지나와서 이제는 그러지 말자고 약속하는 게 인권의 선언이고 민주주의의 태동이란 말이죠.

그렇게 모든 사람이 평등하다는 약속을 해두었지만 실제로는 어때요? 잘 지켜지지 않죠. 상대적으로 더 많은 힘을 가진 다수의 사람이 약한 사람, 소수인 사람들을 멸시하고 괴롭히기 때문에 그러지 말자는, 어떤 종류의 보안이 필요해요. 이런 보안으로서 차별금지법이 필요하다고 하는 것입니다.

요즘은 어떤 단일한 채널보다는 유튜브나 SNS에서 뉴스 콘텐츠를 소비해요. 퍼 가기 쉽게 영상을 만든다든가 인스타그램 크기의 이미지로 카드 뉴스를 배포한다든가, 그런 선전 활동의 필요성도 느끼시나요?

제가 정의당에서 혁신위원장을 맡고 있기

도 한데, 말씀하신 부분이 굉장히 중요한 혁신이라는 생각이 들어요. 예를 들면 큰 당의 오프라인 집회를 조직한다, 이런 것들은 기존 정당에서 잘해왔지만 지금의 10, 20대는 디지털 콘텐츠로 소통하잖아요. 기본적으로 그들에게는 검색되지 않는 것은 존재하지 않고, 온라인에서 퍼다 나를 수 있는 것이 곧 존재하는 것이죠. 그런데 국회의 다수는 이러한 미디어 환경 변화를 피부로 느끼지 못하고 있어요.

기성 정치단체에서는 새로운 방식의 소통에 대한 공감대가 부족하겠네요.

맞아요. 그래서 먼저 이 체계를 바꾼 뒤에 그 작업을 하면 늦을 것 같아요. 당장 할 수 있는 것을 모두 해야죠. 저는 창작을 하면서 먹고살았던 사람이니까 영상이든 뭐든 제가 직접 만드는 게 제일 빠르긴 해요.(웃음)

의원님이 직접 하려면, 아침 일정이 6시에 시작되겠는걸요?

급하면 뭐라도 해야죠. 왜냐하면 모두가 이 법을 그러한 마음으로 지지하고 있는 거니까. 최근에 법안 발의를 준비하고 있다는 이야기가 알려지면서 많은 분이 응원해주고 계시고,

같이 적극적으로 목소리를 내주셔서 굉장히 감사했어요.

차별금지법에 대해서 의도적으로 잘못된 정보를 확산하는 사람들은 정말 열과 성을 다해서 정성껏 하시거든요. 그 이상의 정성으로 정확한 정보를 알리고 사람들을 만나는 노력을 해야겠죠.

반대하는 사람들에게서 문자 메시지가 쏟아지고, 사무실 업무가 마비될 정도로 전화가 온다는 이야기를 들었어요. 이 법안을 지지하는 사람들이 후원금 외에 힘을 보탤 수 있는 가장 확실한 방법은 무엇일까요?

저는 확실히 대한민국을 움직이는 것이 입소문이라고 생각해요. 나의 가장 가까운 사람의 생각과 의견에 우리는 늘 영향을 받거든요. 바로 내 곁에 있는 사람과 이 문제에 대해 이야기를 하는 것, 그렇게 해서 여론을 형성하는 것이 정말 중요해요.

둘째는 말씀해주신 것처럼 콘텐츠라는 생각이 들어요. 조용히 응원하는 것이 아니라 티나게 여기저기서 자신의 목소리로 알려주시면 큰 도움이 될 것 같아요. 물론 그러기 위해서는 원천 콘텐츠를 잘 공급해드려야겠죠.

저는 낙관주의자예요, 제가 행동할 거니까요

유명인들의 힘을 활용해보면 어떨까요? 의원님의 지지자들은 문화계에서 일하는 분들이 많잖아요. 후원회장인 이슬아 작가님처럼, 한 사람 한 사람 주변에 영향력이 큰 인물들이고요. 그들을 모아서 후원의 밤 같은 걸 온라인으로 열어도 재밌겠네요.

　　　　자유로운 문화예술의 영역에 계신 분들에게는 먼저 말 걸기가 조심스러운 측면이 있기도 해요. 정치인 혹은 정당과 함께 무언가를 한다는 게 부담이 된다는 것을 아니까요. 하지만 요즘엔 확실히 새로운 가능성을 생각하게 돼요. 차별금지법을 계기로 문화예술과 정치를 어떻게 접목해 세상을 변화시키는 새로운 전략을 만들 수 있을지…

이슬아 후원회장님이 뭔가 보여주지 않을까요?(웃음) 『멋있으면 다 언니』에서는 두 분의 관계를 전혀 모르고 각각 인터뷰 섭외를 진행했는데, 후원회장이 되었다는 발표를 보고 깜짝 놀랐어요. 두 분의 인연이 어떻게 시작되었는지 궁금해요.

　　　　상당히 이전으로 거슬러 올라가요. 이슬아 작가님이 10대, 그리고 제가 대학생이었을 때 글 쓰는 모임에서 처음 만났어요. 제가 글쓰기 코칭 역할을 했는데, 프로젝트가 끝나고 나서 따로 보지는 않았고요. 그러다 시간이 흘러

66 고립에 익숙해지다 보면
혼자서 해내야 한다는 생각이
강해지지만, 사람들은 의외로
함께 문제를 해결하자고
나서는 사람들을 좋아해요. 99

저는 낙관주의자예요, 제가 행동할 거니까요

저는 《어른이 되면》의 감독이, 이슬아 작가님은 〈일간 이슬아〉의 발행인이 되어 있었죠. 다시 만나게 된 곳은 시상식장이었어요. 잡지 《페이퍼》에서 '십만원 문화상'이라고 각 분야에서 그해 잘했던 사람들에게 10만 원씩 용돈을 주는 행사가 있거든요. 올해의 유튜버 장혜영, 올해의 작가 이슬아가 상금을 받으러 갔다가 만나게 됐죠. 연락처를 교환했는데 이미 서로의 휴대전화에 저장돼 있더라고요.(웃음) 그렇게 다시 만나 반갑게 친구로 지냈어요.

후원회장 직에는 어떤 점에서 이슬아 작가가 어울린다고 생각하셨나요?

후원회를 구성해야 하는데 회장을 누구로 모실까 고민이 되었어요. 뻔하지 않은, 새로운 세대와 가장 잘 호흡하는 사람이었으면 좋겠다고 생각했어요. 정치에서 새로운 가능성을 보여주고 싶었고요. 정치를 자기 영역이라고 느끼지 않는 사람들에게 '사실 정치는 당신의 일입니다'라고 직접 말하지 않아도, 존재 자체로 그리 느껴지게 할 수 있는 사람이었으면 좋겠다고 생각했어요. 그런 분이 이슬아 작가님이었죠. 너무 감사하게도 흔쾌히 수락을 해주시더라고요.

저는 낙관주의자예요, 제가 행동할 거니까요

처음에 제안했을 때는 반응이 어땠어요?

음, 한 3초쯤 고민한 다음에 "할게요!" 그러셔서 진짜 완전 방방 뛰었죠. 그런데 이 소식이 공표되고 나서 이슬아 작가님이 들었던 말이 재미있었어요. "내가 아는 최고의 흙수저 조합이다!"(웃음) 가장 돈 없고 빽 없는 애들끼리 정치를 하고 후원회를 한다는 점에서 새로운 지평을 열었다는 평가를 받았대요.[•]

하하, 웃프네요. 하지만 기성 정치인들과 다르게 새로운 감성으로 다가갈 수 있을 것 같아요. 크라우드 펀딩하듯이 다수에게서 소액 후원을 이끌어내는 방식처럼요.

맞아요. 10~20대 분들이 신기하다는 말씀을 많이 하셨어요. 장혜영과 이슬아, 이 조합을 매개로 정치라는 걸 좀 다르게 봐주셨으면 좋겠어요. 까만 양복 입은 아저씨들만의, 완전 먼 세계의 사람들 이야기는 아니라는 걸요. 그런데 이슬아 후원회장님에게도 후원회가 생겼다고 해요.

2020년 연말, 장혜영 의원은 의정 활동 첫 해를 돌아보는 의정보고서를 펴내면서 후원회장 이슬아 작가와의 대담을 실었다. 기존의 딱딱한 성과 결산식 보고서에서 탈피해 쉬운 언어로 소통하며 '갖고 싶은 정치 굿즈, 읽게 되는 보고서'라는 반향을 일으킨 이 간행물의 제목은 『차분하고 급진적인』이었다.

저는 낙관주의자예요, 제가 행동할 거니까요

그건 무슨 이야기인가요?

이슬아 작가의 글쓰기 선생님인 어딘 님이 헤엄출판사로 난을 보내셨나 봐요. '흙수저를 후원하는 흙수저니까, 이 사람을 지원하는 후원회장도 있어야 하지 않을까?' 하면서… '국회의원 장혜영 후원회장 이슬아의 후원회장 어딘' 리본에 궁서체로 이렇게 적어서요.

하하, 좋네요. 두 분의 최강 흙수저 조합을 기대하겠습니다. 의원실에 들어와본 건 처음인데, 밖에 보좌진들이 일하고 계시더라고요. 총 열 명 맞나요?

그쵸. 저 포함해서 열 명.

보좌팀은 국회의원 본인 재량으로 구성할 수 있는 건가요?

당별로 조금씩 다른데 일단 직급 체계는 국회에서 주어지는 기준이 있어요. 그리고 정의당 자체 규정도 있고요. 그 테두리 안에서 저는 원하는 분들을 다 모셨죠.

아무래도 초선 의원이시니까 국회에서 오래 일해온 보좌진의 도움을 받고 싶은 마음도 있으셨을 것 같아요.

그렇죠. 하지만 골고루 팀을 꾸렸어요. 다른 의원실에서 일해보셨던 분도 계시고, 또 한

번도 해보지 않으셨던 분도 계시고. 저희 의원실의 특징은 무엇보다 평균 연령이 30대 초반으로 가장 낮다는 거예요. 또 하나, 진보정당 역사상 첫 여성 정무수석을 배출한 의원실이라는 점도 자랑스러워요.

그건 왜죠? 정무수석이 여성인 경우가 별로 없나요?

별로 없죠. 왜냐하면 정무수석이 주로 하는 일은 다른 정무수석을 만나는 거거든요. 국회는 절대적으로 중년 남성의 비율이 높잖아요. 일을 해본 사람에게 또 기회가 주어지다 보니까 계속 중년 남성 풀 안에서 인력이 가동되는 거죠. 의도적으로 이 연쇄를 끊지 않으면 답습되기 십상이에요.

그래서 새로운 사람에게 기회를 주는 게 중요하겠네요. 의원실 연령이 낮다는 점도 의미있게 들리고요. 팀을 이끄는 리더로서 장혜영은 어떻게 하려고 하세요?

음, 저는 확실히 다큐멘터리 만들 때도 혼자서 뭘 하는데 훨씬 익숙했던 사람인 것 같아요.

유튜브 촬영하고 편집하듯이 말인가요?

그러니까요. '그냥 내가 하지 뭐', 이런 거 있잖아요. 하하, 성격이 급한 거죠. 그런데 국회

일은 정말 팀플레이로 돌아가거든요. 의원실 안에서, 당 안에서, 그리고 크게 보자면 국회 전체에서의 팀플레이. 그러니까 제가 극복해야 하는 부분 중 하나예요. 혼자 해치우는 게 아니라 새로운 리더십을 스스로 만들어야 한다고 느껴요.

꽉 짜인 상명하복식 지도력도 때로 가치 있지만, 저는 좀더 자발성을 믿는 타입이에요. 서로의 역할을 명확하게 한 상태에서 신뢰를 구축할 수 있다면 자연스럽게 자발성을 발휘할 수 있다고 생각하는 쪽이죠. 하지만 이건 어디까지 이끄는 사람의 생각이고, 함께 일하는 분들의 생각은 다를 수 있습니다.(웃음)

그 부분에 대해서는 가장 젊은 인턴 분들의 이야기도 들어봐야 할 것 같네요.(웃음) 아까 정치의 문법에 대해 얘기 나눴지만, 정치권은 일의 내용뿐 아니라 일하는 방식에 대해서도 이래라저래라 말이 많은 곳 같아요. 법안 발의에 필요한 의원 열 명을 모으기 위해 친전을 써서 돌렸다는 이야기를 들었거든요. 근데 이것에 대해서도 '직접 만나야지 무슨 소리냐' 하는 말들이 있더라고요.

네, 그렇죠. 일단 '친전'이라는 단어가 익숙하지 않으실 거라고 생각하는데 쉽게 편지라고 보시면 돼요. 의원이 의원 이름으로 다른 의원에게 보내는 편지요.

친전은 이메일로 쓰나요?

아뇨, 보통은 프린트를 해요.

요즘 같은 시대에 종이 낭비네요. 반환경적이고요.

네, 맞아요. 이건 디지털도 아니고 아날로 그도 아니죠.(웃음) 붓글씨나 손편지도 아닌데 직접 썼다는 걸 강조하니까… 단순한 공문 수준이 아니라 적어도 의원이 의원에게 직접 보내는 거라 그만큼의 무게감을 가지는 문서라는 의미겠죠. 그런데 여태 저희 의원실에서 받은 친전도 의원님이 직접 가지고 오셨던 적은 단 한 번도 없어요. 그렇게 하기가 물리적으로 불가능하기 때문이죠. 대부분 의원이 작성을 하고, 의원실의 비서, 보좌진들이 돌려요. 의원이 300개의 의원실에 직접 방문하며 친전을 전달하지 않았다고 비난하는 말을 들으며, 삼보일배 퍼포먼스라도 하길 바라는 것일까 싶었어요.

일의 본질이 아니라 일하는 방식에서 사소한 꼬투리를 잡는 건 어디서나 벌어지는 일 같아요.

사실 그런 걸 일일이 신경 쓰기 시작하면 끝이 없으니까. 말하고 싶은 사람들은 말하게 두고 나는 할 일을 하자, 이렇게 생각을 해요. 어떤 사람은 겨우 열 명밖에 못 모았다고 비웃어요.

저는 낙관주의자예요, 제가 행동할 거니까요

하지만 지난번 국회 때는 그 열 명이 없어서 발의도 못했거든요. 이번 국회가 시작된 지 한 달째 되는 날 열 명을 모아 발의했다는 것은 명백한 성과예요. 그런 이야기들에 휘둘리지 않고 무엇이 필요한지 보면서 앞으로 나아가는 게 중요하다고 생각해요.

의원님이 발의하신 차별금지법 제정에 대한 투표는 언제 부쳐지나요?

이번 국회가 일을 어떻게 하느냐에 달려 있어요. 이렇게 법안이 발의되고 나면 소관 상임위원회에서 논의가 통과되어야 하거든요. 본회의는 마지막 단계예요. 앞으로 4년의 시간이 주어져 있는 거죠. 이전 국회에서는 4년 안에 처리가 안 되었지만 이번에는 통과가 될 거예요.

통과될 거라고 확신하시는 근거가 있을까요?

가짜 뉴스를 유포하는 사람들이 많은데, 그런 방법이 통한다고 학습하도록 두면 안 된다는 기류가 국회 안에서 느껴져요. 이 법을 발의하기 위해서는 최소 열 명이 필요한데 제가 물론 열 명한테만 연락하진 않았을 거잖아요. 2배수, 3배수의 의원들에게 직접 전화해서 간곡하게 호소할 때 단 한 분도 이 법에 반대하거나 불

필요하다고 말하는 분은 없었어요. 오히려 다 취지에 정말 공감하고 반드시 만들어져야 한다고 생각하지만 다른 종류의 불안과 걱정이 있으신 거죠.

지역구 유권자들의 여론을 생각하는 걸까요?

그렇기도 하고, 어떤 당에 소속되어 있기 때문에 개인의 입장을 드러내기 어렵다고 생각하는 사람들도 있는 것 같아요. 힘이 못 돼줘서 미안하다는 말을 하는 분도 가끔 있고요.

정치인들의 노련한 화법일 수도 있잖아요. 에둘러서 외교적으로 말하는 거요.

그렇기도 하지만 온도라는 게 느껴져요. 당장 거절의 답이 오는 게 아니라 2~3일 있다가 미안하다든가, 생각할 시간이 더 필요하다든가 하는 것에서요. 이미 차별금지법이 필요하다는 사회적 합의가 존재해요. 국가인권위원회나 한국여성정책연구원의 여론조사에서 열 명 중 아홉 명은 부당한 차별을 법으로 금지해야 한다는 것에 긍정적인 의사를 밝혔거든요.

참여정부 때부터 준비되었던 법안이니 정말 오래된 안이기도 하죠. 그렇다면 이번 21대 국회를 지켜보겠습니다.

저는 낙관주의자예요, 제가 행동할 거니까요

당연히 저는 이번에 제정될 수 있을 것으로 생각합니다. 그렇지 않으면 이 후폭풍을 감당할 수 없을걸요.(웃음)

확고하시네요.

이번 코로나 정국을 거치면서 알게 되었잖아요. 차별과 혐오는 방역에 도움이 되지 않는다는 것. 우리가 살아가야 할 세상은 다양성이 증폭된 사회라고 생각해요. 합리성에 의해서 유지되는.

맞아요. 어떤 정치적 지향을 가진 사람이라도, 질병관리본부의 지침에는 이의를 제기할 수 없을 거예요.《벌새》의 김보라 감독님은 이렇게 표현하시더라고요. '코로나 시대에 우리가 진짜 숨을 공유하며 살아간다는 걸 자각하게 되었다'고요.

우리 사회 구성원 모두가 안전하지 않으면 어떤 방식으로든지 나 또한 안전해지지 않는다는 경험을 하고 있죠.

U2 내한 공연에서의 성평등 영상 메시지가 생각나네요. "우리 모두가 평등해질 때까지는 우리 중 누구도 평등하지 않다." 차별금지법과도 이어지는 이야기 같아요.

네, 팬데믹은 모두에게 시련이지만 우리

가 인권에 대해 배울 수 있는 큰 계기이기도 하다고 저는 생각해요.

여성 이슈에 대해서도 의원님에게 거는 기대가 큽니다. 성범죄나 여성 혐오 폭력에 대한 불충분한 처벌, 위계에 의한 추행 사건들, 고용에서의 구조적 성차별이 이어지는 것을 보면서 여성들은 이 나라의 권력이 작동하는 방식에 대해 종종 절망하게 돼요. 입법부나 사법부가 과연 우리의 분노와 좌절에 귀기울이나? 완전히 무시당하는 것 같을 때도 많고요.

국회 내에서 여성들의 존엄과 안전을 보장해야 한다는 공감대는 보편적으로 퍼져 있다고 생각해요. 제가 책임연구위원을 맡고 있는 '여성아동인권포럼'에서 디지털 성폭력 근절을 위한 21대 국회의 입법 과제에 관한 토론회를 열기도 했고, 다크웹 범죄자 손정우에 대한 대책을 논의하기도 했죠. 포럼 대표 의원이신 권인숙 의원께서도 함께해주신 포괄적 차별금지법, 류호정 의원이 발의한, 비동의 강간죄를 도입하는 형법 개정안 같은 입법 노력을 국회에서도 하고 있어요. 피해자를 최우선으로 고려하는 관점의 변화가 서서히 일어나고 있다고 봐요.

장혜영

실질적인 변화를 만들어주시면 좋겠어요. 까만 양복 입은 남자들이 다수인 국회의 보수성을 짐작하지만 여성을 대변해서 일하는 구성원들이 혁신을 일으켜주실 때라고 생각해요.

네. 이번 국회는 처음으로 여성이 국회부의장(김상희 의원)으로 활약하는 국회이기도 해요. 보좌진들을 포함한 국회 여성 노동자들이 만든 '국회페미'라는 모임에서도 다양한 방식으로 목소리를 내고 있고요. 물론 여전히 이러한 움직임을 폄하하는 목소리도 있지만, 국회 안에서 노력하는 사람들이 있고, 분명 변화하고 있다고 말씀드리고 싶어요.

장혜영이라는 사람의 여러 가지 기질과 역량 중에서 정치인으로서의 강점은 무엇일까요?

의외로 낙천적인 부분이라고 생각해요. 살면서 좋은 일도 있었지만 힘들거나 나쁜 일도 많았어요. 그럼에도 불구하고 '한번 해보지 뭐, 그래도 내일은 다르지 않을까?' 이런 마음을 가져요. 딱히 근거가 있어서는 아닌데 그럼에도 긍정적인 태도를 갖는 사람이라는 점? 뜬구름 잡는 얘기는 아니에요. 왜냐하면 나는 행동할 거니까, 최소한 나는 다른 내일을 맞이하기 위해 내가 할 수 있는 일을 할 거니까 뭐라도 달라질 거라고 믿어요. 그런 성격은 정치하기에 좋은 점인 것 같아요.

긍정의 태도에도 불구하고 업무 강도가 높아서 지치긴 할 것 같아요. 그럴 때 몸과 마음의 관리를 어떻게 해내고 계세요?

음, 버티는 거죠.

벌써 버티기가 시작되면 안 되는 시기 아닌가요? 의원 임기가 겨우 한 달 지났고, 4년이나 남아 있는데.

제가 버틴 지는 꽤 오래되었어요. 정치 시작하면서 이미 지쳐 있는 상태였다고 공표했는데 그게 사실이거든요. 그렇지만 정치가 아닌 다른 뭔가를 하더라도 지쳤을 것 같아요. 에너지가 고갈되었다기보다 다른 사람한테 해달라고 하는 것에 지쳤다는 의미이고 그래서 직접 하고 있으니까요.

정치란 당연히 모든 사람들에게 칭찬받는 일이 되기는 불가능해요. 그러니 저에게 있는 선택지는 지치냐 안 지치냐의 문제가 아니에요. 지칠 거냐 포기할 거냐의 문제죠. 포기할 수는 없으니 지친 상태지만 계속 가는 거예요.

에너지를 채워줄 수 있는 것들을 가까이하시면서 나아갔
으면 좋겠다는 생각이 드네요.

내가 하고자 하는 일의 가치를 알고 있는
사람들을 만날 때, 어떤 방식으로든 그런 사람
들이 함께한다는 것을 느낄 때 피로가 다 녹는
느낌이 들어요. 헛된 일을 하지 않았구나,라는
걸 확인하죠. 정치는 결국 함께 행복해지자는
일이에요. 완전히 초자연적인 힘을 통해서가 아
니라, 마음을 모아 우리가 같이 잘 살기 위해서
규칙을 바꾸자는 일이죠. 그 일에 담긴 뜻을 함
께 나누는 사람들을 만나는 것이 기쁘고, 저에
게 힘이 돼요.

의원님에게서는 말의 힘이 느껴져요. 그럼에도 정치적 견
해가 다른 누군가와 대화할 때, 설득의 과정이 어렵지는
않나요?

여러 가지 방법을 써봐요. 설득이 안 되는
사람들도 있고요. 그런데 때로는 완전히 설득
하지 않아도 괜찮다고 봐요. 우리는 서로가 다
른 채로 대화가 끝나면 찝찝해하는 경향이 있
어요. 옳고 그름을 가려야 대화가 끝날 수 있다
고 생각하는 거죠. 근데 너의 생각을 내가 생각
하는 것과 완전히 같게 만들지 않아도, 상당히
다른 부분이 남아 있더라도, 어떤 부분에서는

공통분모를 가지게 되는 게 민주적인 의사소통이에요. 이런 태도를 기르는 연습이 훨씬 많이 필요하죠.

맞아요. 이분법적인 사고를 하는 사람들을 너무 많이 봐요. 적 아니면 내 편으로 세상을 구분하죠.

'너 내 편이야, 아니야?' 이렇게 되어서는 많은 문제가 해결될 수 없거든요. 실질적으로는 훨씬 더 촘촘한 대답들이 존재하는데 말이죠.

다양한 사람들이 서로 존중하고 도우며 촘촘한 행복을 모색할 수 있는 세상이 되면 좋겠네요.

인간은 서로가 없이는 살 수 없는 약한 존재들이니까요.

마지막 질문을 드릴게요. 의원님이 1년 전만 해도 그랬던 것처럼, 혼자 애써보지만 잘 해결되지 않는 개인적 좌절 속에 있는 사람들에게 어떤 얘기를 해주고 싶으세요?

일단 멈춰 서서 호흡을 가다듬고, 자기 마음을 잘 들여다보면 좋겠어요. 마주한 문제를 해결하기 위해 지금 무엇과 가장 절실하게 연결되기를 원하는지를 먼저 파악하면 좋겠어요. 그 다음에는 안간힘을 써서 어떻게든 방법을 찾아 실천하는 거죠. 친구나 다른 사람, 어떤 성격의 기회든 말이에요. 돌파구를 원한다면 새로운 연결이 필요해요. 우리 삶의 수많은 문제들은 대개 혼자서 해결할 수 있는 것보다 그렇지 않은 것이 많으니까요. 고립에 익숙해지다 보면 혼자서 해내야 한다는 생각이 강해지지만, 사람들은 의외로 함께 문제를 해결하자고 나서는 사람들을 좋아해요. 왜냐하면 우리는 비슷한 문제들로 고통받고 있으니까요. 그리고 용기를 내어 어려움에 도전하는 사람들은 멋있잖아요.

제 주변의 그런 얼굴들이 떠오르네요.

아주 단순하게 말하자면, 나를 평가하거나 훈계를 늘어놓는 사람보다는 나를 믿고 지지해 줄 사람에게 솔직하게 고민을 털어놓고 도움을 요청하시면 좋겠어요. 아무도 없는 것처럼 느껴질 수도 있지만, 분명 누군가가 있을 거예요.

더 나은 내일은 어떻게 만들어질까? 장혜영 의원의 말을 빌리자면, 현실의 절망에서 멈추지 않고 자신이 할 수 있는 일을 하며 행동하는 사람들 덕분에 가능하다. 지치지 않아서가 아니라 포기할 수 없기에 해나가는 사람들의 끈질긴 낙관이 뭔가를 바꿔내고야 만다.

인터뷰 이후 정의당 김종철 전 대표에 의한 성추행 사건이 벌어졌을 때, 장혜영 의원은 자신이 피해자임을 밝히고 당내에서의 적합한 수습 절차를 요구했다. '인간으로서의 존엄을 회복하고 일상으로 돌아가기 위한' 대응이었으며, 공동체를 위한 공론화 조치였다. 괴물 같은 가해자가 따로 있는 것이 아니라 '동료 시민을 동등하게 존엄한 존재로 대하는 데 실패하는 순간 누구라도 성폭력 가해자가 될 수 있다'는 것을 자신이 속한 조직과 우리 사회에 일깨웠다.

용기 내어 행동해온 사람들의 존재가 있기에 우리는 나아진 오늘을 산다. 그래서 국회의원 장혜영을 응원하게 되는 것이다. 그가 누구보다 또 다른 내일에 대한 낙관을 포기하지 않고 실천하는 사람이기에. 차분하고 꼼꼼하게, 급진적으로 일하는 이런 국회의원이 우리에게는 더 많이 필요하다.

장혜영

예술가의 49퍼센트와 직업인의 100퍼센트

손열음 피아니스트

저는 다양하게 다른 게 좋아요.
모두가 다 다른 색을 가지고 있는 게
아름답다고 생각해요.

매니저가 말하는 손열음의 직함은 '감독님'이었다. 그는 3년째 평창대관령음악제의 예술감독으로 살고 있다. 코로나로 전 세계 음악 페스티벌이 취소되는 가운데, 평창에서는 예정대로 음악제가 개막되었다.

2020년 7월 25일에 평창 페스티벌 오케스트라(PFO)의 첫 공연이 열렸다. 무대 바닥에는 관객들이 띄엄띄엄 편안하게 앉고, 오케스트라는 거꾸로 객석에 자리를 잡은 채 베토벤 교향곡 6번 〈전원〉을 연주했다. 이 공연의 기획자로서 프로그램을 구성하고 아티스트를 섭외하고 프로그램 북에 글을 쓴 손열음은, 이제껏 해본 적이 없었을 정도로 최선을 다했다고 말했다.

피아니스트일 때 그는 49퍼센트를 준비한다. 의도한 대로 정확한 결과가 나오지 않는 것이 예술이기에 사람의 노력 뒤에 여백이 존재함을 받아들인다. 하지만 어떤 종류의 일에는 100퍼센트를 목표로 삼고 달린다. 스스로 통제할 수 있는 일, 다른 이들과 함께 만들어가는 일에는 나태할 수 없기 때문이다. 최선의 의미는 그렇게 달라진다.

예술가의 49퍼센트와 직업인의 100퍼센트

황선우

원래 평창에서 만나기로 했다가 일정이 바뀌어서 서울에서 뵙네요. 올해는 음악제 준비하면서 코로나 때문에 변수가 많았을 것 같아요.

손열음

그렇죠. 오직 변수만 있었죠.

준비하면서 어떤 점이 가장 어려웠나요?

(한숨) 있던 계획이 변경되는 것은 괜찮아요. 그런데 어떻게 결정될지 모르는 상태가 이어지는 게 가장 힘들었어요. 예를 들면 오기로 한 아티스트가 못 오게 되면 거기에 대처를 하잖아요. 그런데 아예 가능한지 여부를 모르고, 그걸 언제 알 수 있을지조차 몰랐어요. 상황이 계속 유동적이라는 점이 제일 어려웠어요.

다행히 공연 자체는 취소되지 않았네요. 음악제 일정을 확정해서 공개하던 날 인스타그램에 쓰신 문구가 인상적이었어요. '태어나서 처음으로 이렇게까지 최선을 다해봤다'고.

네. 이 정도로 뭔가를 열심히 해봤던 적이 없던 것 같아요. 저는 열심히 사는 편은 아니거든요. 제 음악을 할 때도 그렇고 개인적으로도 그냥 좋아서, 재미있어서 하죠. 이렇게까지 목표의식을 가지고 달린 적은 없었던 것 같아요.(웃음)

어떻게까지 하고 나면 최선을 다했다고 말할 수 있어요?

모든 가능성을 상정해 만전을 기하고, 플랜 B를 수십 개 만들고, 아티스트에 대해서도 챙길 수 있는 한 다 챙기고요. 더이상 할 수 있는 일은 없겠다는 생각이 들 때까지 한 것 같아요.

음악제 예술감독 일은 연주자와는 다른 역량을 요구할 것 같아요.

네, 많이 달라요. 그래서 그동안 몰랐던 저를 많이 봤어요. 제가 이렇게 열심히 할 수 있는 사람인지 몰랐어요. 평생 나태하고 게으른 사람인 줄 알았거든요.

자기 분야로 한국에서 손꼽히는 사람인데, 열심히 사는 편이 아니라고 말하는 건 지나친 겸손 아닌가요?

왜냐하면 저는 전혀 활동적이지 않아요. 어떤 일이 있을 때 발로 뛰거나 이런 스타일이 아니거든요. 그냥 좀 흐르는 대로 살아요. 그런데 이 일은 근원적으로 나를 위해서 하는 게 아니라서 나태할 수가 없었어요.

나태할 수 없게 만드는 원동력은, 그렇다면 책임감인가요?

그런 것 같아요. 최근 며칠 사이에 든 생각인데, 제가 만약에 독일이나 영국 같은 나라

예술가의 49퍼센트와 직업인의 100퍼센트

에서 태어나고 자랐으면 음악제 예술감독 일을 굳이 안 했을 거예요.

유럽 국가들은 이미 클래식 음악을 즐기는 기반이 탄탄하기 때문일까요? 〈BBC 프롬스〉처럼 100년 넘은 행사도 있고.

네. 그들은 이미 다양한 음악 축제가 있고, 기획도 할 거 다 해봤어요. 관객들이 취사선택을 할 수 있도록 문화 인프라가 잘 갖춰져 있죠. 굳이 내가 아니라도 괜찮아요.

하지만 이 나라에서는 이게 꼭 필요한 일이라는 생각이 들었어요. 관객뿐만 아니라 음악가들을 위해서도요. 그런 식으로 사회적 가치를 생각할 때 대충 할 수가 없는 것 같아요.

음악제 예술감독 맡은 지는 3년째죠?

네, 2018년도부터 했으니까요.

그전에 첼리스트 정명화, 바이올리니스트 정경화 선생님 자매가 예술감독을 하실 때 열음 씨는 부예술감독이었어요. 연배가 훨씬 높은 선생님들이 하시던 역할을 제안받았을 때는 어땠어요? 내가 해낼 수 있을까 하는 부담감이 생기지는 않았나요?

먼저 부예술감독을 해보라고 하셨을 적에

되게 놀랐어요. 사실 단적으로 말하자면 저랑 연관이 없는 분들이었거든요.

그래요? 그전부터 예뻐해주시던 것 아닌가요?

물론 그랬지만 제가 선생님들 제자는 아니니까요. 한국예술종합학교 다닐 때 레슨도 들어가긴 했지만 인간적으로 잘 알거나 가깝진 않았어요. 그래서 후임 자리에 저를 생각해주시고 좋게 봐주셨다는 거 자체에 되게 놀랐어요.

열음 씨의 어떤 면을 보고 후계자로 점찍으셨을까요?

그러게요.(웃음) 한두 번 그냥 지나가는 얘기처럼 언급하실 때 아마 제가 말귀를 잘 알아듣는다고 생각하신 것 같아요. 뭔가 이야기하면 못 알아듣고 이러지는 않으니까. 그런 거 아닐까요?

선배로서 열음 씨의 영민함을 아끼셨을 것 같아요. 또 이렇게까지 열심히 할 수 있는 잠재력을 알아보신 것은 아닐까요?

그건 아닌 것 같아요. 근면한 모습을 보여드린 적이 없었거든요. 제가 진짜 연주자로서는 그렇게 살지 않아서… 아마 제가 알지 못하는 다른 뭔가를 보신 것 같아요.

예술가의 49퍼센트와 직업인의 100퍼센트

제안을 받아들이고 해나가보니 어떻던가요?

지금도 그렇지만 초반에는 더 힘들었어요. 제 본래 직업이 있잖아요. 직업이라는 말을 가져다 붙이기도 조금 그러네요. 성격이 다르니까… 피아노를 치는 건 저한테는 일을 넘어서 삶 전체의 이유거든요. 그런데 음악제 감독 일은 사실 그런 종류가 아니라서요.

조금 거칠게 말하자면, 해도 되고 안 해도 되는 일이죠.

네, 완전히 제 선택이에요. 피아노를 치는 것은 그렇지 않거든요. 내가 피아노를 선택한 게 아니라 피아노가 나를 선택했다고 생각해요. 그런데 이건 제가 자유롭게 결정해서 하는 일이기 때문에 그만두고 싶다는 유혹이 자주 찾아오죠. '아, 하기 싫다.'(웃음) 힘들 때는 '굳이 내가 이걸 왜 하고 있지?' 이런 생각을 한 적도 있어요.

하기 싫은 사람치고는 평생 안 해본 최선을 다하고 있잖아요.(웃음)

그러니까요! 막상 하니까 그렇게 돼요. 그런데 연주는 달라요. 양면적인 데가 있어서, 내려놓아야 붙잡을 수 있는 작업이라고 생각하거든요. 내가 원하는 대로 절대 안 되기 때문이에요. 아무리 이렇게 의도했어도 전혀 다른 결과가 나올 수가 있어요. 49퍼센트까지 준비하지만 나머지는 맡겨야 하죠. 그런데 예술감독 일은 제가 통제할 수 있는 영역이 더 많아요.

5년 전 〈모던 타임즈〉 앨범 발매와 리사이틀을 앞두고 저랑 인터뷰했을 때 열음 씨가 글쓰기에 대해서 그렇게 이야기했어요. 글쓰기는 통제가 된다고.

네, 셋 중 글쓰기가 가장 통제가 잘되는 일 같아요. 사람들이 어떻게 받아들이는가는 다른 문제긴 해도 내가 노력한 만큼 결과물이 나오니까요. 음악제 일도 그런 식으로 통제가 가능하기 때문에 열심히 할 수밖에 없어요. 만약 49퍼센트밖에 안 한다면 그건 방만한 거죠.

관객 입장에서는 코로나 사태로 공연이 많이 취소되어서 아쉬워요. 가끔 듣는 연주들이 더 귀하게 위로해주는 느낌을 받기도 하고요. 연주자로서는 어떠세요? 계획했던 순회 연주 일정이 대부분 틀어졌잖아요.

올해를 유럽에서 한 단계 도약하는 계기로 삼고 열심히 준비해왔는데 이렇게 되었죠. 사실 연주가 취소되는 것은 받아들일 수 있었어요. 원래 삶에서 내 뜻대로 되는 건 많지 않으니까요. 내가 생각하는 것과 신의 생각은 다른가 보다 하는 생각을 했어요.

예술가의 49퍼센트와 직업인의 100퍼센트

우울하지는 않았나요?

우울했는데, 이유가 좀 단순했어요. 열심히 준비해온 게 취소돼서가 아니라, 연주를 못 하니까요. 저는 평소에 친구를 만나거나 모임에 가거나 이런 일이 별로 없거든요. 그런데 연주까지 없으니까 말을 못 하고 있는 느낌이 들었어요.

하지만 사람이 말을 못 하고 가만히 있어야 할 때의 그런 갑갑함을 느낄 뿐 나의 계획이 어긋났다, 내 꿈이 좌절되었다… 이런 생각에서 우울에 빠진 것은 아니었어요. 지금 이 힘든 상황이 저에게만 벌어지는 것도 아니니까요.

연주를 못 하는 상황이 말을 못 하는 것처럼 느껴진다면, 열음 씨한테는 평소 피아노 연주가 언어이자 소통인가 봐요.

네. 피아노가 나의 목소리이기도 하고, 무대에 서는 일에는 발산이라는 의미도, 이완이라는 의미도 다 있는 것 같아요.

평소에 많이 움직이지 않는다고 했는데 그게 다 에너지를 무대에서 쏟았기 때문이군요.

맞아요. 그렇다는 것을 저도 이번에 팬데믹을 경험하면서 처음으로 느꼈어요.

코로나라는 시련이 자신을 발견하게 만들기도 하네요.
저마다 시련을 겪고 있을 관객들이 평창에 와서 뭘 얻어
갔으면 하나요?

올해는 베토벤 탄생 250주년이에요. 그
래서 베토벤 음악들로 공연을 기획하게 되었죠.
저도 프로그램 북을 만들면서 베토벤은 어떻게
살았을까 하는 생각을 새삼 많이 해봤어요. 우
리가 인생에 한두 번 경험하기도 어려운 시련을
평생 매년 겪은 사람이거든요. 그럼에도 불구하
고 이런 음악들을 남겨준 데 고맙다는 생각을
많이 했어요. 저처럼 다른 분들도 음악 자체로
위로를 받고, 음악가의 정신을 통해 희망을 품
을 수 있으면 좋겠어요.

베토벤은 잘 알려진 청력 문제 외에도 성장기의 환경, 가족
관계, 사랑, 다 힘들었다고 하죠. 베토벤의 음악이 특히
널리 사랑받는 특별한 점은 뭘까요?

'절대음악'이라는 개념이 있거든요. 딱히
뭘 상징하거나 묘사하는 게 아니라 음악 자체의
추상성으로 완성되는 것을 말해요.
베토벤의 음악도 그렇게 분류되는데 저는
이번에 음악을 하나씩 분석하고 또 글을 쓰면서
과연 그런가 하는 의문이 들었어요. 베토벤이야
말로 메시지를 담은 음악가, 메시지를 말하는

사람 아니었나, 그런 생각이 들었어요. 정신적이고 숭고한 그의 음악이 관객들에게 직접 이야기를 건넬 수 있을 거라고 생각해요.

열음 씨의 책 『하노버에서 온 음악 편지』(2015)에는 클래식 작곡가들의 음악 세계를 키워드로 설명한 대목이 있었죠. 거기서 베토벤의 핵심 단어는 '인간의 자유의지'였어요. 그걸 메시지라고도 볼 수 있을까요?

베토벤이 살았던 시대가 역사적으로도 또 음악사적으로도 그런 시기였어요. 신이나 왕권 중심이던 시대보다 훨씬 개인의 자아가 강해지기 시작할 때였죠. 인간이라는 개념으로 봤을 때 베토벤은 이전 시대의 어떤 틀이나 한계를 깨고 나온 사람이 아닌가 생각해요.

얼마 전 MBC 예능 프로그램 《놀면 뭐하니?》에 출연해서 〈터키 행진곡〉을 연주한 영상이 화제였어요. 《유희열의 스케치북》처럼 음악 방송에도 가끔 모습을 보이고요. 클래식을 접해보지 못한 사람들한테 이 장르를 알려주려고 의식적으로 노력하는 건가요?

일부러 노력하는 것은 아니에요. 그런데 그런 기회가 생겼을 때 어떤 식으로 다가가고 싶다는 생각과 기준은 있는 것 같아요. 음악가들 중에는 부모님, 형제나 친척들… 그렇게 주변

예술가의 49퍼센트와 직업인의 100퍼센트

이 다 음악가로 이루어진 분들이 많거든요. 그런데 저는 집안에서 저 혼자 음악을 해요. 제 동생들은 음악과 거리가 먼 일을 하는 사람들이고요.

교사이신 어머니는 음악 애호가라고 들었어요.

네, 동생들도 음악은 좋아하지만 제 공연엔 드물게 오고 그래요.(웃음) 저는 그런 평범한 사람들도 제 음악을 편견 없이 이해할 수 있게 만들고 싶어요. 딱 제 동생들, 그리고 그들의 친구들이 기준인 것 같아요.

클래식 음악이 지루하고 싫다는 편견이 없고 그렇다고 클래식 음악에 해박하지도 않은, 그야말로 일반인이 봤을 때도 흥미로운 이야기를 발견할 수 있도록 전달하는 사람이 되면 좋겠어요.

기준이 명확하네요. '클래식의 대중화' 같은 표현을 들으면 너무 추상적인 개념 같거든요. 정확하게 '내 동생, 내 동생 친구들이 재미있게 들으면 좋겠다'라고 하니까 구체적으로 할 수 있는 일들이 그려지는 것 같아요.

저는 글 쓸 적에도 그들을 기준 삼아요. '이렇게 쓰면 그 사람들이 이해할까?'를 늘 염두에 둬요. 예를 들어 평론가 분들의 글은 제가 봐도 어려워요. 내 머릿속에 없는 '2주제 선율' '7

화음' 같은 개념을 이야기잖아요. 동생이 노력해도 이해하지 못하는 건 쓰고 싶지 않다는 생각을 하며 글을 써요.

동생들은 몇 년생이에요?

여동생이 92년생, 남동생이 93년생이에요. 둘 다 대중음악도 많이 듣고 제 남동생 같은 경우는 CCM을 좋아해요. 취향이 평범한 사람들도 클래식이 어떤 가치가 있구나 하고 느끼면 좋겠어요.

예능 프로그램에서 디지털 피아노를 갖다놓고 쳐보라거나, 어떤 곡을 청할 때 항상 속주를 시키잖아요. 그런 관행이 무례하게 느껴지진 않나요?

잘 모르겠어요. '여기까지는 괜찮지만 저기부터는 기분이 나쁘다', 이런 건 전혀 없어요. 음, 약간 웃기는 이야기인데 예를 들면 너무 상태가 안 좋은 피아노를 가지고 와서 치라고 하면 기분이 나쁘거든요. 그런데 디지털 피아노를 치라고 할 때는 하나도 기분 상하지 않았어요.

아, 아예 피아노가 아니라서 괜찮은가요?(웃음)

네, 피아노와 디지털 피아노는 완전 다른 거여서. 사실 제가 피아노에 되게 민감해요. 악

예술가의 49퍼센트와 직업인의 100퍼센트

기 상태 때문에 고통받을 때가 많은데 그건 워낙 피아니스트의 숙명 같은 거죠. 저희는 늘 노이로제에 걸려 있어요. 피아노 상태가 나쁘면 어떡하지 하는 불안, 그런 피아노를 치면서 느끼는 괴로움 때문에 항상 정신적으로 피폐한 상태인데 적어도 디지털 피아노는 모든 음가가 정상적인 음을 내거든요. 방금 말한 그런 스트레스가 없어요.

건반을 누를 때의 터치감은 많이 다를 텐데요.

다르긴 한데 그것도 그냥 고르긴 하니까 스트레스가 없었어요. 사실 제가 《놀면 뭐하니?》 방송에 나갔을 때 피아노를 치기로 미리 얘기가 되어 있지 않았어요. 갑자기 치게 됐는데, 촬영 장소가 악기사였고요. 미리 연주하겠다는 말씀 안 드렸으니 다들 가게문 닫고 가버리신 거예요. 디지털 피아노 매장만 열려 있어서 거기서 치게 됐죠. 그런 상황이라 기분 나쁘진 않았어요. 그리고 '빠른 거 쳐주세요! 신나는 거 쳐주세요!' 이런 요구는 모차르트나 베토벤한테도 했을걸요?

하긴, 그때는 귀족들이 더 심하게 시켰겠네요.(웃음)

연주자를 둘씩 데려다가 경쟁해보라고 하고, 그런 게 당시의 문화였죠. 워낙 전통적으로 그래왔고, 말초신경을 흥분시키는 음악을 좋아하는 건 사람들의 본능이에요. '클래식은 숭고한 거야, 너네는 이걸 존중해야 해'라고 이야기하기에 무리가 있어요.

엄청 쿨하시네요.

쿨하다기보다는 그게 저는 좀 이해가 안 가요. 클래식이 대접을 받는 것은 제가 봤을 때 근본 없는 거예요. 100년도 안 된 문화죠, 사실. 모차르트 시대 기록을 봐도 요즘 가수들이 고음 내지르면 박수치고 환호하는 것처럼 피아노 속주에 그런 식으로 반응했어요.

하하, 옛날에는 소란스럽게 공연을 봤다고 그러더라고요.

네, 막 술 마시면서 보고, 그런 문화였는데 어느 순간 클래식이라는 이름이 붙으면서 이렇게…

엄숙주의가 되었죠.

네, 이렇게 되어서 좋은 점도 당연히 많아요. 예를 들면 저도 시끄러운 데서는 연주 못 해요. 그렇게 해서 전달될 만한 음악도 아니고요. 그렇긴 하지만 이래야 한다 저래야 된다, 그런 게 너무 많아요. 악장 사이에는 박수를 치면 안 된다든가…

얼마 전 연주회에서도, 저는 6월 24일에 봤는데 슈만의 판타지 2악장 연주가 끝났을 때 객석에서 박수가 터져나왔어요. 목례를 하고 다시 연주하시더라고요.

　　　　네, 가만히 있으면 어색하니까요.(웃음)

관객들에 대한 배려로 느껴졌어요. 악장 사이 박수는 삼가달라고 안내 방송에도 나오지만, 열음 씨가 그렇게 인사하지 않았다면 곡이 끝난 줄 알고 박수친 사람들이 무안했을 거예요.

　　　　어느 문학가 선생님이 그런 이야기를 하신 적 있어요. 사람들이 왜 클래식 공연장에 안 가는 줄 아느냐고. 음악을 들으면 세포가 반응하고 그래서 몸이 움직이는 것은 너무 당연한데 클래식 공연장에서는 몸을 움직이면 안 된다고 하니까 갈 수가 없다고 하는 거예요.

조용히 집중해서 듣는 옆 사람에게 방해되면 안 되잖아요.

　　　　그렇긴 하지만 저는 그분 얘기에 동감해요. 집중해야 하는 음악이기 때문에 조용해야 하는 대목에서 더 조용해야 되고, 박수를 받아야 되는 대목에서는 더 박수를 치게 해줘야 한다고 생각해요. 그러면 귀를 기울여야 할 때 알아서 더 숨을 죽이지 않을까요? 그렇지 않고 무조건 숨소리도 내지 말라고 은연중에 강제하니까 사람들이 '그렇게까지 해야 한다면 안 들을래' 하고 돌아서죠.

클래식 공연장의 보이지 않는 규범들이 좀 느슨해지면 좋겠다는 얘기네요.

네, 제 동생 같은 사람들은 그래서 듣고 싶은 곡이 생겨도 음반으로 듣지, 실연으로 듣고 싶지는 않다는 생각을 하는 것 같아요. 눈치가 보이니까요.

실제 연주를 들을 때만 느낄 수 있는 감동이 있는데 말이에요. 그렇다면 동생을 공연장으로 오게 하는 것이 열음 씨의 목표인가요?(웃음)

네, 맞아요. 제 동생 같은 사람들, 그러니까 다른 음악들도 좋아하고 음악을 즐기는 자세도 열려 있는 사람들이 그럼에도 불구하고 클래식 공연장에 안 오는 이유는 뭘까, 그런 생각을 늘 해요. 그런 사람들을 어떻게 하면 유입시킬 수 있을지.

피아노 연주 재능을 일찍 발견했지만, 계속할 수 있을지를 두고 고민도 많았을 것 같아요. 최고들만 살아남는 분

예술가의 49퍼센트와 직업인의 100퍼센트

야니까요. 종종 그만두고 싶지 않았어요?

당시에는 진짜 그랬어요. 어렸을 때 쓴 일기를 몇 년 전 다시 봤더니 애기 때임에도 불구하고 '피아노 그만두고 싶다'고 써 있는 거예요. (웃음)

그때 안 그만둬서 모두에게 정말 다행이네요. 어떻게 계속 노력할 수 있었어요?

제가 음악을 되게 좋아해서 그런 것 같아요. 이 행위는 차치하고 음악 자체를 너무 좋아해서요.

행위라는 것은 피아노 연주를 의미하는 거죠?

네, 제가 직접 치는 것은 음악을 사랑하는 데 있어 둘째였어요. 첫째는 듣는 일이었죠. 어릴 때도 늘 클래식 음악을 감상하고 있었으니까요. 힘든 점도 있었지만 당시에도 제가 음악가라는 게 결국은 자랑스러웠어요.

어린 나이에도 스스로 음악가라고 생각했군요.

네. 그만둘까 할 정도로 위기가 크게 온 적이 있었어요, 6학년 때. 그때 다른 길을 생각해봤지만, 역시 나는 음악가이고 싶었어요. 저는 관심사가 아주 좁거든요. 역사를 공부하고 싶은 생각은 있었는데 그것보다 음악이 더 좋았어요.

6학년 때 그만두려고 한 데는 어떤 사정이 있었나요?

집안 형편도 넉넉하지 않고, 당시의 선생님께 더 이상 못 배우는 상황이 되었거든요. 제가 뭐 하나에 집중하면 그것밖에 모르는 편이어서, 저는 세상에 선생님이 그분밖에 없는 줄 알았어요.(웃음) 그 선생님한테 못 배운다고 하니까 이제 나는 피아노를 못 치나 보다 제 딴에는 생각한 거죠. 그러면서도 음악가가 되고 싶었던 것 같아요.

클래식 음악을 공부하면서 소위 '금수저' 친구들이 주변에 많았을 거 같아요. 그런 친구들을 볼 때 자본이 많이 투입되어야 성과를 낼 수 있는 분야라는 데에 대한 좌절감이나, 여유로운 집안 환경에 대한 상대적 박탈감을 느끼진 않았나요?

솔직히 말씀드리면 어렸을 때는 전혀 그렇지 않았어요. 왜냐하면 되게 운이 좋아서 몇몇 선생님들이 저에게서 레슨비를 일절 안 받으셨거든요. 한예종 예비학교(현 한국예술영재교육원)라는 시스템이 원래 학비부담을 느끼지 않고 음악에 몰두하라고 만들어놓은 곳이에요. 거기서도 김대진 선생님은 특히 아버지같이 저를 키워주셨죠. 비싼 악보도 선생님이 다 빌려주셨으니까요.

그런데 오히려 직업 연주자 세계로 들어온 뒤에 박탈감을 느끼고 있어요. 요즘 몇 년 해외에서 활동하면서 보니까, 자본력이 있어야 꾸준한 해외 활동이 가능하더라고요.

자본력이 없는 사람은 무엇으로 돌파해야 하나요?

그러면 끝까지 해야 하는 것 같아요.

아까 최선을 다하지 않는다고 하셨는데 아니잖아요.

그 개념이랑은 좀 다른데… 요새 말로 '존버'있잖아요.(웃음) 그거를 되게 느껴요. 정말 원하는 게 있다면 먼저 이 길이 확실한지를 알아야 하는 것 같아요. 그리고 끝까지 버텨야죠. 여러 힘든 상황에도 불구하고 이게 정말로 내가 하고 싶은 일인가, 내가 추구하는 가치인가 질문을 던져요. 만약 답이 확실하다면 언젠가는 될 거라는 믿음을 가져야죠.

'믿음으로 존버'해야 하는 거네요(웃음).

자본과 후원의 힘을 입은 분들은 도처에 깔려 있죠. 하지만 그것만으로는 끝까지 갈 수 없는 것 같아요. 이 일에 대해 제가 항상 희망적으로 생각하게 되는 이유는 오래 하는 직업이라서예요.

나이 먹으면서 점점 더 깊은 연주를 들려줄 수 있으니까요.

네, 스포츠였다면 마음이 달랐을지도 몰라요.(웃음) 20~30살까지 하고 은퇴하는 일이었으면 저는 못 했을 거예요. 피아노는 특히 관악이나 현악보다도 길게 70~80살까지 현역으로 활동하잖아요. 그런 걸 생각하면서 크게 보려고 해요.

그런 면에서 연세가 많으신 현역 피아니스트 분들의 활동이 든든할 것 같아요.

네. 존재 자체로 위로가 되죠.

많은 거장들과 함께 일해봤을 텐데, 배우는 태도 같은 것이 있나요?

무엇보다 음악에는 완성이 없다는 걸 배워요. 엄청나게 존경받는 분들도 매번 새롭게 만들어가니까요. 특히 피아노는 어린 나이에 완성되는 게 아니에요. 그분들 보면서 생각하는 건 이런 거예요. '아, 다 필요 없고 내가 하고 싶은 대로 해야겠구나.' 피아노의 경우는 그렇게 자기 세계를 확실히 추구하는 분들이 잘되더라고요. 지휘라든가 다른 분야는 또 다를 수 있겠죠?

손열음

66 정말 원하는 게 있다면 99
먼저 이 길이 확실한지를
알아야 하는 것 같아요.
그리고 끝까지 버텨야죠.

예술가의 49퍼센트와 직업인의 100퍼센트

손열음

피아노는 혼자 연주하기 때문에 그런 걸까요?

네, 그런 것 같아요. 피아노는 정말 개인적인 악기예요. 바이올린만 해도 반주자랑 같이 연주하잖아요. 다른 악기들은 더 그렇고요. 그런데 피아노는 늘 혼자 하니까, 외부 조건과 상관없이 본인이 가장 잘할 수 있는 것, 하고 싶은 것을 하면 제일 오래가는 듯해요. 당장의 반응은 모르겠지만 결과적으로 사람들도 그걸 좋아하게 되고요.

그렇게 개인적인 악기를 파고들면서 느끼는 외로움은 없나요?

그럴 때가 있긴 하지만 그냥 삶에서 누구나 외롭다고 생각해요.(웃음) 즐겨야 되는 측면이 있는 것 같아요.

피아노는 엄청나게 힘을 요구하는 악기이기도 하잖아요. 체력 관리는 어떻게 해요?

근력운동은 요즘 안 하면 티가 나는 것 같아요. 다른 악기는 잘 모르겠는데 피아노는 중력이랑 싸우는 움직임이 많거든요. 그러다 보니까 근력이 되게 중요해요. 어렸을 적에는 몰랐는데 근래 3년 동안 확연히 느끼고 있어요.

예술가의 49퍼센트와 직업인의 100퍼센트

그러고 보니 건반을 치는 동작 자체가 중력을 거스르는 거네요. 근력을 위해 웨이트 트레이닝 같은 걸 하시나요?

진지하게 하진 않아요. 하지만 체육관 가기를 좋아해서 저 혼자라도 하는 편이긴 해요. 피아노에는 집중력과 지구력도 필요해요. 저희가 하는 음악은 호흡이 길잖아요. 50분짜리 곡도 있고 그러니까. 빨리빨리 진행되는 요즘의 집중력과는 좀 다른 것 같아요.

요즘은 유튜브 영상 10분도 길다고 느끼는 사람들이 많으니까요.

네. 스파크가 있는 호흡과 다르게 긴 심호흡을 몸에 익혀야 해요. 그렇게 계속 갈 수 있는 힘을 잃지 않으려고 주의하는 편이에요. 이번에는 코로나로 연주회들이 취소되면서 두 달 동안 쉬다 보니 다시 연습하며 그 호흡을 되찾는 게 좀 힘들었어요.

연주회가 취소될 때 훈련 삼아서 집에서 연습하고 그러지는 않나요? 프로들은 누가 안 시켜도 집에서 하루 다섯 시간은 꼬박꼬박 연주한다는 식의 정해진 습관이 있을 줄 알았어요.

그렇게는 흥미가 안 생기더라고요.(웃음) 저는 피아노를 규칙적으로 치지 않아요.

9월에도 연주회가 있죠? 바이올리니스트 클라라 주미 강과의 공연. 열음 씨는 가장 좋아하는 연주자로 바이올리니스트인 마이클 래빈을 꼽기도 해요. 본인 악기가 아닌데도 바이올린에 관심과 애정을 기울이는 이유는 뭘까요?

모든 악기가 서로 다르지만, 바이올린은 피아노와 제일 대척점에 있는 악기라고 생각해요. 가장 본능적이고 원초적이고 감정적이기도 하고요. 피아노는 반대로 아주 이지적인 악기거든요. 혼자 연주할 때도 이것저것 한꺼번에 생각해야 할 것이 많아요. 피아노가 멀티라면 바이올린은 딱 하나의 음에 집중해야 해요. 같이 작업할 때도 그 점이 되게 경이롭고 소리 자체도 너무 멋있어서 좋아해요.

열음 씨는 참 폭이 넓은 사람인 것 같아요. 작곡가나 레퍼토리도 매번 다양하게 시도하면서 자기 스펙트럼을 넓혀요. 내 악기만 최고라고 하지 않고 상반되는 면을 가진 악기도 좋아하고요.

저는 다양하게 다른 게 좋아요. 피아노는 워낙 레퍼토리가 많다 보니까 어떤 분들은 바흐만 치시고 어떤 분들은 베토벤만 파고들잖아요. 저의 경우는 다 다른 색을 가지고 있는 게 아름답다고 생각해요. 만약 세상이 전부 초록색이면 그건 초록색이 아닌 거잖아요. 빨간색도 있고

예술가의 49퍼센트와 직업인의 100퍼센트

파란색도 있기 때문에 초록색이 더 와 닿고, 그 초록의 빛깔에 집중할 수 있게 되는 것 같아요. 저한테는 다양성이 필수 요소예요.

한예종 선후배 사이인 주미 씨와의 우정은 널리 알려져 있어요. 여성 연주자들끼리 교류하고 연대할 필요를 느끼나요?

사실 꼭 그런 것은 아니었어요. 왜냐하면 한국에서 음악을 할 때는 여자가 압도적으로 많았거든요. 단적으로 말해서 우리가 약자라는 인식을 갖기가 어려웠어요.

한국 여성들은 실력이 뛰어나기도 하고요.

그런데 아까 말한 자본 얘기와 비슷하게, 직업 연주자 세계에 들어와서 활동하다 보니까 점차 생각이 바뀌더라고요. 본토의 주류는 너무 서양 백인 남자들인 거예요. 그래서 발끈하게 됐어요. 어릴 때부터 친했던 주미 같은 사람이랑도 최근 몇 년 사이 그런 이야기를 나누면서 우리가 뭉쳐서 더 잘해보자라고 다짐하기도 하고요.

취미로 피아노나 바이올린을 시작하는 사람은 여자가 많은데, 꼭대기에는 남자들이 있죠. 특히 지휘자급이 되면 여성 비율이 정말 낮고요.

그죠. 진짜 놀란 적이 많았어요. 나중에 커가면서, 특히 유럽에서 보니까 그 사람들한테 우리는 전혀 필요 없는 존재같이 느껴질 때도 있었어요. 투명인간 같은 그런 느낌요.

그럴수록 '존버'해야죠.(웃음)

네.(웃음) 꾸준히 하다 보면 나중에는 달라질 거라는 생각이 있어요.

스물일곱 살이 되면 슈만의 〈크라이슬레리아나〉를 배울 거라고 어릴 때부터 정해뒀다는 이야기를 공연 소개글에서 읽었어요. 연주나 삶에서 몇 살에 뭐를 이루겠다는 대략의 큰 그림을 그려두나요?

없어요. 제가 그렇게 결심한 게 그거 하나였어요. 그만큼 〈크라이슬레리아나〉가 저에게 각별한 곡이었거든요. 딱 하나 다른 게 있다면 서른 살이 되면 어렸을 때처럼 짧은 커트를 해야지 생각했뒀는데, 결국 안 했네요? 하하, 그래서 없어요. 계획하는 걸 별로 좋아하지 않아요. 더 큰 이유는 제가 꼭 즉흥적이어서 그런 것만은 아니고, 계획했다가 그대로 안 되면 짜증나기 때문인 것 같아요.(웃음)

우리 중 누구의 계획 속에도 코로나는 없던 것처럼 말이죠.

맞아요. 아무도 예측하지 못했던 것처럼.

이제 경력이 쌓여서 후배들이 많아졌을 거예요. 선배로서
이런 일을 해야겠다는 다짐도 하고 있나요?

음, 솔직히 피아니스트로서 다짐한 것은 없었어요. 연주자일 때의 저는 아주 개인적인 사람이라 되도록 남과 안 만나고 싶어요. 근데 음악을 하면서 생긴 선배로서의 책임감 때문에 오케스트라를 만든 것이기도 해요. 오케스트라라는 집단이 음악에서는 가장 사회적인 역할을 할 수 있는 단체라고 생각하거든요.

클래식 음악을 하는 사람들은 대부분 독주자를 꿈꾸면서 자랐어요. 특히 한국에서는 다들 스포트라이트를 받는 꿈을 꾸라고, 주인공의 역할이 더 가치 있다고 배우면서 자랐는데 사실 세상은 전혀 그렇지 않잖아요.

그렇죠. 누군가 조명을 받는다면, 무대 아래에서 조명을
조정하는 사람도 필요하니까요.

맞아요. 여러 역할을 수행하는 사람들이 협력해야 사회가 돌아가니까요. 그래서 오케스트라가 다 같이 상생할 수 있는 채널이 아닌가 생각했어요.

열음 씨 스스로는 내성적이고 게으르다고 말은 하지만 행동이나 실천은 반대인 것 같아요.

음, 그렇게 해야 하는 역할이 있지 않을까요? 저 정도의 사람이라면 많이 누렸으니까 베풀어야 해요. 왜냐하면 저는 스포트라이트를 받았잖아요. 그러니까 저에게는 의무가 있어요. 그걸 원했지만 그렇게 되지 않은 사람들을 챙겨야 하는 의무가요.

자신의 재능이 과연 충분한가, 혹은 부족한 재능을 노력으로 채울 수 있을까 고민하는 사람들한테는 어떤 이야기를 해주고 싶으세요?

길이 하나가 아니라는 생각을 하셨으면 좋겠어요. 만약에 열 명이 음악 공부를 한다면 연주하면서 먹고살 수 있을 정도에 이르는 사람은 단 한 명 정도예요. 나머지는 작가님처럼 음악가를 인터뷰하거나 음악에 관해서 글을 쓸 수도, 아니면 사진가님처럼 음악가의 초상을 찍는 사람이 될 수도 있어요. 여기 대표님처럼 음악가들이 연주할 수 있는 홀을 운영하거나, 저희 매니저님처럼 음악가를 지원할 수 있는 사람도 필요하죠. 저는 음악 교육도 그런 사람들을 길러내는 방향으로 나가야 한다고 생각해요. 그 분야를 공부하고 경험해본 사람이 일을 하면 조금이라도 달라진다고 봐요. 그게 가능해져야 더 건강한 음악계가 될 거라 생각하고요. 그런데 한국에서는 모두가 이 한 명이 되려고 하고, 안 되었을 때 너무 좌절하고 절망해요. 진로를 고착시키지 말고, 다양한 길을 찾으셨으면 좋겠어요.

피아노를 치지만 연주보다 기획에 강점이 있는 사람도 있을 거예요. 무조건 연습에 시간을 투여하는 게 아니라, 자신의 진로를 효율적으로 고민하는 것이 옳은 방향의 노력일 수도 있겠네요.

그럼요. 자신이 무엇을 가졌고 무엇을 했을 때 가장 행복한가 계속 질문해야 해요. 예를 들면 재능이 너무 뛰어나지만 무대에 서는 것을 극도로 무서워하는 사람들을 저는 정말 많이 봤어요. 그런 사람들은 과연 자기를 위해 무엇이 더 좋은가 생각해봐야겠죠. 모든 사람에게 다 다양하게 다른 재능이 있다는 점을 저는 믿어요. 그리고 각자가 진짜 원하는 일을 제대로 잘하면 서로가 어떻게든 도움이 된다고 생각해요.

정말 좋은 얘기네요. 무대에 대한 그런 두려움이 열음 씨에게는 없나요?

어렸을 때는 아예 없었어요. 무대에 서면 아, 여기가 내가 죽을 곳이구나.(웃음) 진짜 이렇게 생각했어요. 여기서 내려가지 않았으면 좋겠다고.

아니 어린이가 왜 그렇게 비장한 거죠?(웃음)

피아노 친 지 얼마 안 됐을 때부터 무대에서 최후를 맞이하고 싶다는 생각을 했어요, 진짜. 요즘은 최후까지는 생각 안 하지만 그런 게 있어요. 감기 걸려서 기침하다가도 무대에 올라가면 기침이 멈추거든요. 뭔지는 정확히 모르겠지만 좋은 긴장을 느껴요.

일할 때의 긴장감이 사람을 바짝 끌어올리는 게 있죠.

네, 저에게는 그래서 무대가 현실 세계가 아닌 또 다른 시공간이에요. 사실 인간 손열음은 현실을 도피하는 성격이거든요. 문제가 있으면 막 부딪쳐서 해결하기보다 '아 나는 모르겠다' 이러면서 눈을 감아버리는 스타일이에요. 그래서 무대가 그만큼 현실을 잊게 만들기도 하는데 요즘에는 옛날보다 훨씬 더 많이 떨어요.

그래요? 이유가 뭘까요?

점점 더 잘하고 싶어서 그런 것 같아요. 제가 좀 필사적으로 사는 성격이 아니다 보니까, 예전에는 그냥 하는 대로 했거든요. 요즘에는 아

예술가의 49퍼센트와 직업인의 100퍼센트

쉬운 게 많아지니까 떨리는 빈도도 높아졌어요.

하지만 나이를 먹어서 좋은 것들도 많지 않나요?

네, 맞아요! 피아노 치는 것만 해도 그렇고 다른 일도 어렸을 때보다 훨씬 좋은 점이 많아요. 어렸을 때로 돌아가고 싶지는 않아요.

경험이 쌓이고 할 수 있는 게 많아지면서 삶이 더 흥미진진해지잖아요. 그런데 특히 여자들이 30대가 되면 인생의 좋은 시절 지난 것처럼 취급하는 사람들이 있어요.

그런 사람들도 있죠. 신경 안 써요. 나이 먹으면서 제일 좋아진 것은 누가 뭐라 해도 남들에게 신경이 별로 안 쓰인다는 거예요. 이 직업은 늘 타인의 반응과 함께하는 일이잖아요. 지금 돌아보면 그런 점에 저도 민감했던 거 같아요.

관객들의 호응이 얼마나 큰가, 그런 것에요?

꼭 그런 것만이 아니더라도 이 음악이 어떻게 들렸을까, 나의 의도가 곡해되지 않고 전달되었을까, 이런 우려가 있었거든요. 이제는 그렇다고 해도 전혀 상관없어요. '뭐 그럴 수도 있지', 이렇게 돼요.

손열음

예술가의 49퍼센트와 직업인의 100퍼센트

요즘엔 그럼 뭐가 중요해요? 내가 준비한 것들을 얼마나 충실하게 보여줄 수 있는가 이런 건가요?

　　　　네, 그런 것 같아요. 인정받고 싶은 욕구가 없어졌어요. 좀 종교적이게 된 것 같기도 해요. '신이 인정하면 괜찮다', 그런 식으로 생각해요.

단단하고 자유롭게 느껴져요.

　　　　자유로워진 것 같아요. 단단한지는 잘 모르겠는데 확실히 자유로워졌어요.

올해 음악제에 대해서 새롭게 기대하는 점은 무언인가요?

　　　　처음으로 오케스트라 위주의 캐스팅을 해봤어요. 이게 그전과 다른 시도예요. 원래는 실내악 페스티벌로 출발한 행사니까 저에게도 새로운 도전이죠. 앞으로 코로나가 얼마나 갈지 모르겠지만 해외 연주자들, 특히 오케스트라가 점점 더 우리나라에 오지 못할 확률이 높아질 거예요. 한국에도 뛰어난 연주자가 많다는 걸 관객들이 발견하는 기회가 되면 좋겠어요.

여러 내한 공연이 취소된 LG아트센터도 얼마 전 재개관 공연을 했거든요. 이날치라는 컨템포러리 판소리 밴드의 공연이었어요. 그걸 보며 코로나 사태가 국내의 실력 있는 젊은 음악가들에게는 다른 의미에서 어떤 기회가 되겠다 싶기도 했어요.

　　　　김대진 선생님께서도 일반 피아노 독주회 형식에서 벗어나서 다양한 기획 공연을 많이 시도하셨거든요. 그걸 보면서 저도 여러 가지로 배웠고요. 그렇게 할 수 있었던 것은 IMF가 계기였다고 해요. 외국 연주자들이 못 오게 되어 국내 음악가들의 역할이 커지면서요. 비슷한 방식으로 이런 위기의 순기능도 있지 않을까 생각해요.

오늘 열음 씨 만나기 전에 5년 전 우리가 했던 인터뷰를 찾아봤어요. 그때 꿈에 대해서 물어봤는데 '사회에 보탬이 되는 사람'이라고 말을 했거든요. 지금은 어떤 꿈을 갖고 있나요?

　　　　지금은 사실 음악제 때문에 자아가 분리되었어요. 사회적인 자아가 커져서 활발하게 일하니까 거꾸로 개인적인 자아를 사수하고자 하는 마음, 혼자 있고 싶은 욕구가 더 커졌어요. 꿈을 물으시면 지금은 '행복한 사람이 되고 싶다'고 답할 것 같아요.

혼자 있을 때는 어떻게 충전하나요? 사람들을 아주 많이 만나고 말을 아주 많이 한 날 뭐하는지 궁금해요.

　　　　진짜 아무것도 하지 않고 가만히 있어요. 휴대전화로 게임 하거나 궁금한 것 검색해보는

정도뿐인 거 같아요. 음악은 항상 듣는 편이긴
해요.

클래식 외에는 어떤 거 들어요?

저는 사실 다 좋아해요. 이자람 씨 〈이방
인의 노래〉 공연 진짜 가고 싶었는데 예매했다
가 일정이 생겨서 취소했어요. 국악은 원래 즐
겨 들었는데, 산조 같은 것 말고 판소리를 좋아
했어요. 사람 목소리는 정말로 최고의 악기이니
까요. 요즘 음악 중에서는 한동안 자이언티를
좋아했어요.

곡을 정말 잘 쓰죠?

네, 중학교 때까지는 가요를 좋아하다가
한참 안 들었는데 다시 빠졌어요. 그사이에는
1950~60년대 곡들, 흑인 음악보다는 백인 음악
을 많이 들었어요. 밥 딜런, 그레이트풀 데드, 제
퍼슨 에어플레인, 엘비스 프레슬리, 빌리 조엘
같은.

혹시 대중음악 가수랑 무대에 서는 일에도 거부감이 없나
요?

거부감은 전혀 없어요. 하지만 제가 잘할
수 있는 영역이 아니라고 생각해요. 할 수 있으면

자이언티 반주도 하고 싶어요.(웃음) 제가 잘할 수 있고 그리고 누군가가 거기에 딱 맞는 곡을 잘 써주신다면요. 그런데 잘 안 될 거예요. 장르 사이의 음악적인 접점이 없는 것 같아요.

그런 걸 할 수 있는 프로듀서가 아마 없겠죠?

편곡을 한다 해도 그 장르에 더 잘 맞게 하는 것이 중요하잖아요. 대중음악을 연주한다고 생각하면, 저의 어떤 클래식 음악 테크닉을 표현하는 게 전혀 중요하지 않으니까요.

열음 씨의 연주 테크닉에 대해 사람들은 주로 강한 부분을 인식하지 않나요? 사실 여린 것도 선명하게 잘하는데.

크게 신경 안 써요.(웃음) 강렬한 것을 좋아해주시는 것은 되게 감사하죠. 그게 음악의 중요한 요소라고 생각하거든요. 사람한테 살아 있다는 감각을 일깨워주고, 시간의 흐름을 느끼게 해주는 것은 음악의 중요한 존재 의미예요. 물론 무척 정적인 아르보 패르트 같은 작곡가의 음악도 저는 좋아하지만 제가 누군가에게 어떤 강렬함을 느끼게 했다면 감사한 일이죠.

음악이 그것을 해석하는 언어를 통해서 인식되는 순간 그 언어 안에 사람들이 갇히는 것 같아요. 선입견이 생겨버

예술가의 49퍼센트와 직업인의 100퍼센트

리니까요.

네, 맞아요. 저도 그렇게 생각해요. 그걸 피하려고 하고 주의해서 생각하는 편이에요. 그래서 사람들이 저에게 이번 연주가 어땠냐고 물어오면 대답을 안 해요.

정해진 방식으로 받아들이게 되니까?

네. 왜냐하면 분명 말로 표현하지 않는 관객들이라도 느낀 바가 있을 거예요. 그런데 제가 무슨 말을 하게 되면 '아, 맞아 그랬던 것 같아', 이렇게 되니까요.

관객들 자신의 언어로 표현해볼 때 더 오래 남죠.

네. 소회라는 게 있잖아요. 감상, 해석, 인상 … 이런 것은 온전히 개인의 영역에 있는 거라고 생각해요. 침해받지 않을 권리가 있죠, 그분들한테도.

가을 이후의 계획은 어떻게 되나요?

9월부터는 유럽 여기저기에서 일정이 있는데, 모르겠어요. 어떤 공연은 취소되고 어떤 것은 아직 취소되지 않았어요. 모든 게 불확실하지만 출국을 하긴 할 것 같아요.

이 상황이 더 길어지면 공연계에 계신 분들에게는 타격이 크겠네요.

정말 그래요. 다들 문화는 마지막에 챙겨도 되는 일이라고 생각하잖아요. 여흥이나 여가 같은, 모든 게 채워진 후에 남는 부분이라 여기고요.

그렇네요. 생활을 먼저 챙기고 나중이라고들 많이 생각하죠.

네, 그런 인식을 많이 느꼈어요. 물론 먹고 살기도 힘든 상황에서 음악을 듣거나 영화를 보러 가는 건 어려운 일이라는 의견도 존중해요. 하지만 우리한테는 그렇지가 않아서 어려워요.

누군가에게는 문화와 예술이 직업이고 삶의 중심이죠. 남는 부분이 아니라.

손열음은 자신이 게으르고 내성적인 성정을 가졌다고 여러 번 강조했다. 피아노로 세상과 소통하고, 현실과는 다른 질서를 가진 무대 위로 종종 도피하지만 예술감독 일은 그와 달리 선택과 책임의 영역이기 때문에 최선을 다할 수밖에 없다고 밝힌다. 책임의 영역에서 일할 때 그는 사람들을 모으고 음악으로 연결한다. 자기 분야의 여성 동료와 연대하고 후배들을 발굴해 소개하며 새로운 관객 유입을 고민한다. 게으르고 내성적이며 혼자 있기를 좋아하는 자기 본성 안에만 머무르지 않는다.

일할 때 우리는 타고난 성격을 배반하는 캐릭터로 살아가기도 한다. 주어진 역할을 수행하는 동안 어느새 자아의 단단한 테두리 밖으로 성장한다. 점점 더 큰 사람이 된다.

내 이름
뒤에 있는
사람들

전주연 　월드 바리스타 챔피언

**여기에서는 내가 꼭 필요한 사람이
될 수 있을 것 같았거든요.**

부산 온천장에 있는 모모스커피 본점의 공기 속에는 이곳이 2019 월드 바리스타 챔피언십 대회(WBC) 우승자를 배출한 카페라는 자긍심이 흐른다. 업장 내부는 우승 트로피와 시상식 사진으로 장식되어 있는데, 키가 다른 수상자들 어깨쯤 오는, 트로피를 번쩍 들어올리며 가운데서 활짝 웃고 있는 사람이 바로 우승자 전주연 바리스타다. 2007년, 모모스가 네 평짜리 테이크아웃 전문점이던 때부터 이 자리에서 일을 시작한 스무 살 아르바이트생 전주연은 수만 잔의 커피를 내리는 시간 동안 창업 동료들과 함께 회사를 키워가며 전주연 이사가 되어 있다.

2019년 4월 WBC 시연에서 전주연 바리스타는 탁자에 기대앉고, 또 심사위원들을 걸터앉게도 했다. 파격으로 주목을 얻은 이 프레젠테이션은 완벽한 맛 이상으로 친근함을 전하는 서비스가 중요하다는 그의 커피 철학을 반영한 퍼포먼스이기도 했다. 코로나로 인해 세계 대회가 미뤄지면서 전주연은 본의 아니게 최장기 월드 챔피언 자리를 지키는 중이었다.

황선우

올해 초 중미 여러 나라의 커피 산지를 몇 달에 걸쳐 둘러 보시는 걸 인스타그램으로 지켜봤어요. 현지의 환대가 느껴진다는 이야기를 하셨잖아요. 월드 바리스타 챔피언이 되고 나서 생긴 변화일까요?

전주연

네, 그런 것 같아요.(웃음) 사실 바리스타가 직접 산지에 가는 일이 흔하지는 않아요. 대회를 준비하는 바리스타, 혹은 우승자가 농장을 한두 번 방문할 수는 있지만 이렇게 긴 기간 여러 군데를 다니는 경우가 많지는 않나 봐요. "어, 그 사람 우리 농장 온대?"라고 하며 구경 오기도 하면서 현지 분들이 좋아해줬어요.

어떤 일들이 특히 기억에 남나요?

콜롬비아에서 가장 많이 환영해주셨어요. 제가 우승할 때 사용한 원두가 콜롬비아 커피였거든요. 지역 커피 협회의 요청으로 농부들을 만나 이야기를 나눴어요. 왜 스페셜티 커피가 필요한지에 대해서요. 품질을 고려해서 커피 농사를 잘 지으면 더 많은 수익을 낼 수 있다는 취지로 이야기했어요.

콜롬비아면 스페인어를 쓰는 지역인가요?

네, 저도 영어를 잘하는 게 아니라서 통역

이 쉽지 않으셨을 거예요.(웃음) 그분들에게도 아주 새로운 이야기는 아니었겠지만, 아무래도 월드 바리스타 챔피언이라는 타이틀이 있다 보니 어떤 얘기든 듣고 싶어 했고, 덕분에 설득력도 좀 더 있었을 것 같아요.

챔피언 타이틀이 긍정적 영향을 미쳤네요.

네. 뉴욕 선물가 기준 커피 가격이 1킬로그램당 약 1달러밖에 되지 않아요. 1년 동안 농사를 지어도 수익이 거의 없다 보니 커피 생산을 포기하는 경우가 많아요. 사실 '스페셜티 커피' '공정 무역' '직거래(다이렉트 트레이드)' 등은 이런 문제를 해결하기 위해 생겨난 거예요. 커피 품질에 맞게 정당한 비용을 지불하는 것이죠. 우리 모두가 포기하지 않고 서로 노력하면 분명 좋아질 거라고, 그렇게 독려하고 약속하는 거죠.

유통업자보다 생산자에게 수익이 적게 돌아가는 건 우리나라 농산물과도 비슷한 거 같네요.

맞아요. 그래서 공정무역에 대해 고민하는 로스터들이 생두를 꾸준하게 직거래로 구매하는 것이기도 해요. 생산자들에게 더 많은 수익이 돌아가고, 미래에도 농사일을 지속할 수 있도록요.

내 이름 뒤에 있는 사람들

바리스타는 커피 산업의 여러 단계 중에서 가장 마지막 단계 고객과의 접점에 있는 사람이잖아요. 말씀하신 커피 농장에서 일어나는 일들은 커피 생산의 맨 처음 단계이고 요. 자기 역할만 잘하기에도 신경 쓸 게 많을 텐데, 어떻게 시작 단계에 관심을 갖게 됐나요?

저희 회사 이름인 '모모스'부터 이야기를 시작해야 할 것 같아요. '보보스'라는 단어 들어 보셨죠? '부르주아 보헤미안 족'을 의미하는 그 단어를 비틀어서 생겨난 단어가 모모스예요.

좀더 가치 있는 물건을 선택하는 합리적 인 소비 생활을 하는 집단이라는 의미이고, 그 런 가치의 전달자가 되자는 것이 회사의 철학이 에요. 그렇지만 처음부터 '좋은 원재료를 가져 오겠다', 이런 생각까지는 못했던 것 같아요.

처음에는 어땠어요?

2007년 제가 처음 커피 일을 시작할 때 는 커피에 대해 많이 알지 못했고, 커피가 유통 되는 전체 과정도 파악하지 못했어요. 단순하게 어떻게 한 잔의 커피를 잘 만들어낼까만 생각했 죠. '크림이나 시럽 같은 재료를 좋은 걸 써보자' 정도로 출발했어요.

전주연

당연히 그랬을 것 같아요. 시작할 땐 커피 일이 아르바이트였죠?

네. 2009년 초까지 시간제로 일을 했어요. 그러다 그해 후반 바리스타를 직업으로 삼게 되면서 스페셜티 커피를 접했어요 '커피에도 굉장히 다양한 맛을 내는 재료가 있고, 품질이 이렇게 나눠지는구나'를 알았죠. 그런데 국내에서 더 좋은 재료를 찾는 데는 한계에 부딪히더라고요. 회사에서 직접 수입을 고려하게 되었고, 현지 직거래를 2011년부터 시작했죠.

그때부터 산지에도 다녔나요?

처음 산지를 방문한 건 2012년 중반쯤이에요. 주로 이 업무를 맡아서 하는 분은 저희 회사 대표님이었고요. 저의 주업무는 바리스타지만 창업 멤버이기 때문에 대표님과 처음부터 밀접하게 일해왔어요. 좋은 커피를 가치 있게 전달한다는 회사의 존재 의미도 늘 같이 생각해왔고요. 그래서 재료에 대한 풍부한 지식이 저에게도 중요했어요. 산지를 본격적으로 나간 건 대회 이후예요. 바리스타 다음으로 제 경력의 방향을 '그린 빈 바이어'로 바꾸고 싶어서 대회에 참가하기 전에 계획했던 일이에요.

그린 빈 바이어라고 하면, 말 그대로 생두를 구입하는 사람인가요?

> 네. 커피를 추출하는 사람이 '바리스타'고, 콩을 볶는 사람이 '로스터'잖아요. 산지를 방문해서 원재료인 생두를 구매하는 역할은 '그린 빈 바이어'가 해요. 그린 빈 바이어로서 생산자들에게 더 많은 이익이 돌아가게 하면서, 커피 유통 단계에서 가격 구조를 좀더 투명하게 공개하고 싶은 포부를 갖고 있어요.

어떤 사람이 대회 나가서 1등을 할 수도, 어떤 이유로 입상을 못할 수도 있어요. 결과의 차이는 크지만 그 사람의 본질은 결국 같잖아요.

> 그렇죠. 2019년의 저랑 2018년의 제가 다른 사람이 아니니까요.

그런 점을 생각하면 상이 큰 의미가 없을지도 모르겠어요. 하지만 그 상으로 인해 주목을 받고, 이 기회를 긍정적으로 활용해 좋은 영향력을 일으킨다는 데 상의 의미가 있는 것 같아요. 전도연 씨는 칸 영화제 여우주연상을 받고 나서 뭐가 달라졌냐는 질문에, 연기할 때 더 자유로워졌다고 답하더라고요. 자기 자신은 변함없지만 남들이 보는 시선에 의문이나 의심이 사라졌기 때문에요. 바리스타 님은 어떠세요?

더 부담스러워진 것 같아요.(웃음) 어깨가 무거워졌어요. 그리고 저는 똑같지만 제 주위 바리스타 분들이나 커피 산업 종사자 분들이 좋은 변화를 느낀다고 말해줘서 기뻐요. 일례로 커피 만드는 일, 특히 손으로 내리는 핸드드립 커피는 시간이 오래 걸리잖아요. 그전에는 왜 이렇게 오래 걸리냐는 불평이 많았어요. 그런데 우승 이후로는 기다리는 일이 당연해졌어요. 똑같은 시간인데 '이렇게 맛있게 만드니까 오래 걸리나 보다'라고 고객들이 먼저 인식해주시는 것 같아요. 또, 멜버른에 계시는 한국 바리스타 분들에게서 고맙다는 인사를 많이 받았어요. 커피 문화가 굉장히 발달한 곳인데 거기서도 한국인들이 커피를 잘한다는 인식이 생겼다고 해요. 주변의 이런 반응을 통해서 긍정적인 변화가 더 크게 와닿는 것 같아요.

우승이라는 목표를 향해 달려가다가 막상 이루고 나니 공허함에 빠지진 않았나요?

세계 대회에 나갈 때부터 이미 예상했어요. 보스턴으로 떠나기 전에 대표님이 얘기하시더라고요. 결과가 어떻든 네가 대회에 쏟은 열정, 에너지가 있기 때문에 끝나면 분명 공허함을 느낄 거라고요. 그래서 끝나자마자 새로운 뭔가를 시도해보자는 얘기를 함께 나눴어요. '그린 빈 바이어'라는 새로운 목표가 그렇게 설정됐죠. 이사 직급에 오르고 기획 브랜딩 팀에서 새로운 역할을 설정했는데 이 역시, 더 성장하기 위해 회사와 상의해서 2019년 대회가 열리기 전에 이미 정했어요. 그리고 사실 제 목표는 1등이 아니기도 했어요.

그럼 뭐였나요?

국가대표가 되고 세계 대회에 나가는 거요. 그래서 제 목표는 2018년에 이미 이뤄진 상태였어요.

2018년에 이어서 2년 연속 출전하셨죠? 챔피언이 된 건 2019년이고요.

네, 2018년에는 주목받지 못했어요. 순위권에 들지 못했으니까.(웃음) 사실 미친듯이 달려간 것은 2018년 대회를 준비할 때 더 그랬어요. 2019년도에는 지난해 실수를 보완하고 더 재미있게 해보자는 마음가짐으로 나갔죠.

결과가 썩 좋지 않았는데 같은 대회에 다시 나간다는 게 대단해요.

주변에서 엄청 많이 반대했어요, 심지어

가족들마저요. 직전 대회에서 너무 어이없고 큰 실수를 했으니까요.

어떤 실수였나요?

탬핑(분쇄된 원두를 담은 후 추출하기 전에 꾹 눌러 압축하는 과정)을 빼먹었어요. 커피 만들면서 10년 넘게 한 번도 해보지 않은 실수를 대회에 나가서 한 거죠. 그 일로 화제에 오르기도 했어요. 세계 대회에서 탬핑을 안 한 사람은 제가 유일했거든요.(웃음)

많이 긴장돼서 안 하던 실수도 나올 것 같아요.

네, 엄청 긴장한 상태였어요. 긴장을 풀려고 시합 직전까지 청심환을 세 병 마시기도 했고요. 그래서 2019년 대회 때는 그런 아쉬움만 풀자고 생각했어요.

두 차례 대회에 참가하면서 각각 준비 과정도 많이 달랐나요?

가장 큰 차이는 2018년 대회가 끝나고 나서 제가 로스팅을 시작했다는 거예요. 2018년 대회를 준비하면서 힘들었던 점이, 로스터 분과의 소통이었거든요. '이런 커피를 원한다, 이렇게 로스팅해줬으면 좋겠다'라는 점을 계속 주문

했고 로스터 분도 최선을 다해줬지만 이상하게 만족스럽지 않았어요. 생두도 굉장히 많이 썼고요. 그때 느낀 부족한 부분을 채워보고 싶어서 바로 공부를 시작했어요. 로스팅이 얼마나 어려운지도 이해하게 되었죠.

그런 준비가 2019년 참가할 때 반영이 되었겠네요.

그전까지 세계 대회를 준비하던 7~8년 내내 '커피를 맛있게 추출해야지' 하고 생각했어요. 그리고 2019년 국내 대회에 다시 나가면서는 한 줄이 추가되었어요. '진짜 맛있게 볶은 커피를, 최대한 맛있게 추출해야지'로요. 그런 다음에는 준비한 대회 중에 가장 단순하게 시연을 했어요.

결과는 두 번째 우승이었네요.

사실 저는 1등을 못할 거라 생각했어요. 왜냐하면 국내에서 한 사람이 연속으로 1등 한 전례가 없었거든요.

이전에는 국가대표가 매년 바뀌어왔던 거네요?

네, 그래서 기대를 하지 않았어요. 가족들도 당연히 안 될 거라고, 아무리 네가 잘해도 다른 사람이 1등을 할 텐데 왜 그런 걸 또 하려고 하냐고 말리셨죠.

반대에도 불구하고 왜 했어요?

그냥 진짜 단순하게, 제가 볶은 커피를 정말 맛있게 내려보고 싶은 마음이 컸어요. 그렇게 다시 국내 대회 1등을 하고 나니까 세계 대회는 의미가 달랐던 것 같아요. 가볍게, 재미있게, 열심히는 했지만 부담 없이 준비할 수 있었죠.

첫 세계 대회 때는 부담이 있었다는 얘기네요.

그럼요. 2018년 대회 때는 눈뜨면 새벽 몇 시든 상관없이 바로 일어나서 연습을 했어요. 그때는 매일매일이 너무 힘들었어요. 많은 대회를 거쳐 드디어 꿈꿔온 세계 무대에 서게 되었는데 지켜보는 시선이 너무 많았어요. 그때 가장 많이 들었던 이야기는 이런 거였어요. "너 오랫동안 준비했잖아! 실력 있잖아! 좋은 결과가 있을 거야!" 너무 큰 기대를 받고 당연히 잘될 거라고들 말하니까… 뭔가 보여줘야 한다는 부담이 너무 강했나봐요. 3~4개월 동안 아무것도 못 보고 대회 준비만 생각했어요. 2019년 대회 때는 그래도 가족, 친구들이랑 만나고, 피곤하거나 몸 상태가 안 좋을 때는 쉬기도 했죠.

유튜브로 대회 영상을 봤는데 시연에서도 그런 여유가 드러났어요. 심사위원들을 바에 걸터앉게 권한다거나, 시음

내 이름 뒤에 있는 사람들

하는 잔으로 서로 건배하게 유도하는 등 프레젠테이션에
도 독특한 아이디어가 있었고요. 영어도 원래 유창하다기
보다 웃으면서 밝게 말하니까 능숙해 보였는데 이런 부분
은 타고난 것인가요, 아니면 전략을 짠 건가요?

둘 다지만 성격적인 면이 큰 것 같아요.
바리스타 세계 대회는 전문 코치의 도움을 받으
며 준비하는 경우가 많거든요. 코치와 함께 저의
강점과 약점을 분석하면서 시나리오를 짰어요.
잘 웃는 편이고, 많은 분들이 편하게 이야기할
수 있는 상대라는 건 확실한 강점이죠. 키가 작
은 것은 단점이지만, 오히려 장점이 될 수도 있
다고 봤어요. 외국에 나가면 유독 작은 키 때문
에 관심을 받거든요. 그리고 대회 테이블 높이
가 1미터인데, 제가 음료를 내놓기에는 너무 높
아요. 그런 조건을 유리하게 바꿔보고 싶었어요.
대학이나 학원에서 강의할 때 탁자에 종종 걸터
앉았는데, 그런 식으로 해보면 어떻겠냐는 대표
님의 조언이 있었어요. 실제로 그렇게 해보니 심
사위원들 앞에서 채점당한다기보다 커피 교실
에서 시연하는 느낌이 들었어요.

심사위원들도 편한 분위기로 유도하면서 본인도 평소처
럼 편안하게 시연한 거네요.

나중에 전해 듣기로는 사실 불편했대요.

전주연

내 이름 뒤에 있는 사람들

(웃음) 채점표에 기록을 해야 하는데 한 탁자에 걸터앉았다 보니 서로 너무 가까워서 힘들고, 커피를 마신 다음 잔을 옆에 두어야 하는데 각도도 잘 안 나오고요.

하하, 반전이네요.

그래서 동선에서는 오히려 감점 요소가 되었어요. 처음부터 모험적인 선택을 한 거죠. 해석에 따라서는 해당 카테고리에서 아예 0점을 받을 수도 있는 시도라고 해요. 하지만 저는 높은 점수만을 목표로 하지 않았기 때문에 해볼 수 있었어요. 그런 새로운 시도가 분명히 좋은 인상을 주었을 거 같아요. 점수로 기록되지 않더라도 새로운 자세, 새로운 경험으로 커피를 마셨다면 그 신선한 마음이 맛보는 사람에게 긍정적으로 반영될 거라 생각했어요. 지금까지 탁자를 그런 식으로 사용한 선수가 없었으니까 화제가 될 것 같기도 했고요.

대회 전략을 같이 짰다고 하셨는데, 대표님은 어떤 분이세요?

친구 사촌오빠로 처음 알게 돼서 거의 15년 가까이 같이 일하고 있어요. 저보다 열 살 많고, 경영학을 전공하셨어요. 마음도 여리고 이상

주의자에 가까운데, 이상적인 걸 어렵더라도 최대한 실현하려고 하는 분이에요. 회사뿐만 아니라 커피 산업 전체를 성장시켜서 시장을 키우고 싶은 목표가 있는 것 같아요.

오래 가깝게 일해왔다고 하셨죠. 서로 영향을 많이 주고 받을 것 같아요.

저는 학교 다닐 때 공부를 열심히 하는 편이 아니었거든요. 그런데 대표님 만나고 나서 많이 바뀌었어요. 함께 치열하게 커피를 연구해요. 14년째 같이 일하는 저희 실장님도 비슷한 얘기를 하고요.

초창기 창업 동료들이 이탈하지 않고 그대로 간다는 것은 연봉 외에도 오래 일할 수 있도록 뒷받침해주는 환경이 갖추어져 있다는 얘기 같아요. 이사님께서 보기엔 어떠세요?

저뿐만이 아니라 동료들 대부분 비슷한 것 같아요. 바리스타 직종은 이직률이 높은데, 그에 비하면 저희 회사에 장기근속자가 많은 편이에요. 실장님 말고도 사업 시작 때부터 같이한 부대표님, 8~9년 일한 매니저들이나 5년 차 이상 직원들도 꽤 되고요. 주 5일제를 일찍부터 시행하고, 안식월 제도를 도입한 것처럼 직원 복지를 향상시켜온 성과가 아닌가 싶어요. 좋은 커피, 좋은 업계를 만들어가기 위해서는 이 산업에서 실제로 종사하는 사람이 더 나은 삶을 살 수 있어야 한다는 인식이 대표님에게 있어요.

입사 때부터 주 5일 근무제였나요?

아뇨. 제가 일을 시작한 2000년대 중후반만 해도 제빵, 제과, 미용 같은 서비스직종은 주 5일 근무가 보편적이지 않았어요. 한 달에 네 번 또는 여섯 번 쉬는 경우가 많았죠. 많은 회사원, 공무원들은 주 5일 근무하고 있었는데도요. 저도 입사하고 처음 1~2년 동안은 시장을 파악하느라 근무 시간이 엄청 길었어요. 새벽 6시부터 밤 12시까지 일할 때도 있었고요. 일의 종류와 성격이 다를 뿐 우리도 회사 다니는 직장인인데 이런 부분은 개선했으면 좋겠다고 건의하고 또 같이 상의해서 결국 주 5일제 근무를 정착시킬 수 있었어요. 연월차도 일반 직장인들과 같은 조건으로 도입했고요.

업무 환경이 확실히 나아졌겠네요.

가장 퇴사율이 낮은 직종이 뭘까 생각해봤는데 선생님이더라고요. 정기적으로 방학이 있고, 방학에도 월급이 들어온다는 게 교사직의 장점이잖아요. 그래서 저희도 3년마다 한 달, 안식월 유급휴가 제도를 도입했어요. 물론 완벽한 직장은 없겠지만, 어떻게든 직원들 삶의 질을 높이려는 노력이 보일 때 좀더 회사에 대한 신뢰가 생기는 것 같아요.

앞으로 새롭게 도입하려는 복지 제도가 있나요?

3년 전에 네덜란드에서 열린 대회에 갔다가 접한 것이 주 4일 근무였어요. 일하시는 분들도 주 4일 근무를 하지만 더 신기했던 건 카페가 1주일에 열 수 있는 영업 시간도 정해져 있더라고요. 한 번에 문 여는 가게가 적다 보니 열려 있는 가게들은 줄을 설 정도로 잘돼요. 우리나라에 당장 도입하기는 현실적으로 쉽지 않겠지만 다 같이 잘 살기 위해 저런 방식으로 운영할 수도 있겠구나, 신기했어요. 언제가 될지 모르겠지만 주 4일제를 어떻게 실현할 수 있을까 논의하고 있어요.

지금 SK를 비롯한 몇몇 대기업이 주 4일제 논의를 하고 있는 걸로 알아요. 대회 준비하실 때는 영어 연수도 가셨는데 이 또한 회사 지원을 받았나요?

마침 안식월과 시기가 잘 맞아서 런던에서 두 달 정도 머물렀어요. 짧게라도 외국의 커피 문화를 접하고 영어에 대한 두려움도 없애 보라고 대표님이 권유하셨어요. 대표님 본인도 1년 동안 연수를 다녀오면서 여러모로 많이 달라지셨거든요. 그전에는 한국 아저씨의 전형적인 사고방식이 있었는데…(웃음) 다양한 인종 속에서 20대들과 친구로 지내면서 선입견 같은 것도 많이 깨졌다고 하고요. 암튼 그렇게 두 달 영국에서 지내면서 월급도 받고, 어학연수비도 지원받았어요.

어린 직원들은 이사님을 보면서 꿈을 꿀 것 같아요. 오래 일하며 실력을 키우면 저렇게 될 수 있다는, 롤 모델로 여기면서요.

누구나 그런 존재가 필요한 것 같아요. 시작하는 바리스타들에게 밝은 미래를 보여줄 수 있게 제가 더 잘해야지요. 저는 원래 꿈이 유치원 선생님이었고, 어린이집에서 잠깐 일하기도 했거든요. 거기서 오래 일하신 선생님에게 여쭤봤어요. 어느 정도의 급여를 받으시는지. 왜냐하면 5년 뒤에 어떤 생활을 할지 제 미래를 상상해보고 싶었거든요. 그런데 시급으로 계산해보면 실습생인 제가 받던 금액과 크게 다르지 않더라고요. 5년 뒤에도 급여가 저 정도라면…

힘들 것 같았군요?

제가 물욕이 있는 편이에요.(웃음) 큰돈 욕심이 아니라 정말 가지고 싶은 물건이 있으면 그걸 그때 꼭 가져야 하는 마음이 좀 커요.

최근에 그렇게 손에 넣은 물건은 무엇이 있나요?

고프로를 써봤는데 너무 좋아서 안 살 수가 없었어요. 그렇게 갖고 싶은 걸 소유하는 기쁨이 저에게는 커요. 그런데 유치원에서 계속 일한다면 용돈을 받아 쓰던 당시보다 앞으로의 경제 상황이 더 나빠질 수도 있다는 생각이 번뜩 들더라고요. 그게 유치원 일을 포기했던 첫째 이유였어요.

대담하네요. 사실 실습생이 선배한테 '월급 얼마 받으세요?'라고 물어보는 일은 상상하기 쉽지 않은데요.

현실적인 문제에 빨리 눈을 뜬 편 같아요. 사실 박봉이어도 제가 꼭 하고 싶은 일이었다면 선택했겠죠. 그러지 않아서 고민이었던 것 같아요. 그즈음 길 가다 우연히 지금의 대표님을 만났어요. 그때는 친구의 사촌오빠니까, 더 편하게 이러이러한 점 때문에 요즘 힘들다는 이야기를 털어놓았어요. 뽀로로를 진짜 많이 그릴 때였거든요.

내 이름 뒤에 있는 사람들

실습하던 어린이집 아이들이 그려달라고 했군요.(웃음)

네, 하루에 뽀로로를 열댓 번은 그렸던 것 같아요. 이상과 현실의 괴리감 같은 게 좀 있었어요.

커피 직종으로 옮기고 나서는 괴리감 없이 일할 수 있었나요? 마찬가지로 연봉은 높지 않은데 근무 시간은 더 길지는 않았나요?

맞아요. 더 적게 일하면서 돈을 많이 버는 일은 아니었어요. 하지만 동료들과 만들어가는 재미가 있었어요. 여기에서는 내가 꼭 필요한 사람이 될 수 있을 것 같았거든요. 이 사람들과 함께라면 뭔가 해낼 수 있을 거 같다는 생각이 들었어요. 그때는 손님이 별로 없어서 대표님은 힘드셨겠지만…(웃음) 동료들과 같이 웃고 떠들면서 작은 성취감을 쌓아갔어요. 작은 사업체니까 "해볼까?" 하는 게 있으면 그날 바로 해보고 "어, 진짜 만들어지네!" 하는 식으로요. 어차피 쉬운 일은 없고, 똑같이 적은 돈을 받는다면 이런 느낌 속에서 일하는 게 훨씬 행복할 것 같았어요. 그리고 이 일은 앞으로 더 잘할 수 있다는 확신도 있었고요.

카페에서 일한다고 하면 어른들은 전문 직업이 아닌 알바라고 생각하잖아요. 이사님이 시작할 때만 해도 커피 문화에 대한 인식이 지금 같지 않았을 테고요. 가족들이 반대하셨다고 했는데 어떻게 설득했나요?

설득하지 않았어요. 그냥 집을 나왔죠.(웃음) 저는 힘들지만 되게 재미있었고, 나 스스로 일을 하면서 느껴가는 성취감이 컸거든요. 하지만 그런 부분을 어른들에게 설명했을 때, 이미 벽이 세워져 있는 상태였기에 통하지 않았어요. 그래서 집을 나와야겠다는 생각이 들었어요. 내 일에 대해 가까운 사람들에게 안 좋은 이야기를 자꾸 듣다 보면 나까지 흔들릴 것 같았거든요. 그즈음 친구들도 '왜 그런 일을 해'라는 이야기를 엄청 많이 했어요. 곧 회사 근처로 이사 와서 2년 동안 혼자 지냈죠.

친구들도 안 만났어요?

네, 2년 동안 친구들을 안 만났어요. '한번 보여주겠어' 하는 오기와 깡이 발동한 것 같아요. 친구들과 연락을 안 했고, 돈이 없어서 텔레비전도 없이 지냈어요. 가족들은 1년에 두세 번 명절 때만 만났죠. 외로웠지만 그 2년이 저에게는 성장의 시기였어요. 어떤 기회들이 저에게 왔고, 점점 나아지고 있다는 느낌이 제 중심에 있었어요.

내 이름 뒤에 있는 사람들

예로 들 만한 일화가 있나요?

송훈 원장님이라고 한국 최초의 WBC 심사위원이 있거든요. 우리나라의 많은 바리스타들의 스승 같은 분이세요. 그분의 세미나를 듣게 되었는데, 제가 처음 커피를 배울 때라 정말 솔직하게 질문했어요. "커피를 잘하고 싶어요. 어떻게 해야 될까요?" 그랬더니 커피를 잘하고 싶으면 커피를 삶의 가운데 두라고 했어요. 사람을 만나도 커피 하는 사람들을 만나고, 책을 읽더라도 커피와 관련된 책을 읽고, 영어 공부할 때도 커피와 관련된 단어나 문장을 공부하는 식으로요.

좋은 조언이네요. 커피 자리에다가 다른 단어를 넣어봐도 통할 것 같아요.

네, 그래서 2년 동안 그렇게 해봤어요. 친구들은 안 만나는 대신 커피 세미나를 찾아다니고, 유명하다는 업체들을 찾아가 보고, 뛰어난 바리스타 분들을 찾아서 연락하고, 무작정 만나서 이야기를 나눠보고 그랬어요. 대표님과 같이 간 적도 있고, 혼자 간 적도 있어요.

2009년 하반기부터는 외부 교육도 받기 시작했어요. 당시 세계 대회에서도 입상한 이종훈 바리스타님께 배웠는데, 수업은 2~3시간 정도 하지만 저는 작업실에 여덟 시간 이상 머물렀어요. 부산에서 서울까지 아침 일찍 찾아가서 "지금 뭐하는 거예요?"라고 물어보고, 수업 끝나고 나서도 마찬가지로요.

학교를 열심히 안 나갔다고 하셨는데, 학교 다니는 이상으로 공부를 열심히 했네요.

학교 다녔을 때 그렇게 했어야 했는데.(웃음) 약간 재미 반 오기 반이었어요. 너무 재미있기도 했고, 이 재미있는 걸로 꼭 성과를 내서 뭔가 보여주고 싶은 마음도 컸어요.

2년 동안 끊어진 친구 관계는 나중에 복구가 되었어요? 아니면 다른 사람으로 대체되었나요?

다들 경험해보셨겠지만, 살다 보면 친구 관계가 한번 정리되는 시기가 오잖아요. 저는 그 시기가 좀 빨리 찾아왔던 것 같아요. 하지만 나중에 저에게 여유가 생겨 연락했을 때 다시 받아줬던 친구들과는 서운함을 풀고 여전히 잘 지내요.

송훈 원장님에게 질문하셨던 것과 똑같이 지금은 이사님의 의견을 구하는 사람들이 많을 거예요. '어떻게 해야 커피를 잘할 수 있을까요?'라는 질문에 뭐라 말씀해주시나요?

바로 당신 눈앞에서 출발하라고 말해요. '바리스타 동선'이라는 게 있거든요. 커피를 내리기 위해 움직이는 범위 안에서 지금 앞에 있는 것 하나를 콕 집어 여기에 대해 얼마나 아는지, 어떤 부분이 더 궁금한지 적어보라고요. 작가님이 지금 저에 대해 마인드맵을 그려오셨잖아요.

네, 인터뷰 질문지도 따로 준비하지만 긴 문장을 읽으면서 대화하면 몰입이 깨지니까요. 기본적으로 준비한 질문을 숙지한 다음에 이렇게 마인드맵을 그려서 놓치는 부분은 없는지 중간에 곁눈으로 참고하면 편해요.

저도 마인드맵을 유용하게 활용하고, 커피를 배우는 분들에게도 이 방법을 꼭 추천해요. 만약 눈앞에 커피콩 가는 그라인더가 있다고 하면 그라인더를 가운데에 쓰고, 관련된 단어를 어디까지 적을 수 있는지 가지를 뻗어보라고 해요. 적어나가다 보면 궁금한 게 다시 생길 거라고요.

바리스타 동선이라고 하면 커피 내릴 때의 움직임, 과정을 말씀하시는 거죠?

네. 어느 분야나 그렇겠지만 커피를 내리는 사람들도 각자 관심은 다 달라요. 그러니 필터를 공부하라거나, 컵이 중요하다거나 하는 이야기가 깊이 와닿지 않을 수 있죠. 스스로 일하는 방식을 관찰해보고 그 안에서 궁금한 점이 생기면 자연스럽게 찾아 더 연구하는 것. 그 편이 재미도 있고 효과도 좋은 것 같아요.

내가 잘 알고 있다 생각하는 것이라도 막상 써보면 빈약할 수 있겠네요.

맞아요. 책을 한 권 사서 보더라도 그전에 먼저 자신이 사용하는 도구로 마인드맵부터 해보는 것을 추천해요. 그러고 나서 궁금한 부분을 해소할 수 있는 책을 찾으면 막연하지 않을 거예요.

커피는 어떤 사람들이 잘하나요? 대학이나 학원에서 다양한 학생들을 가르치고 계신데 어떤 성격의 사람들이 빨리 늘어요?

오기와 집념이 있어야 되는 거 같아요. 저희끼리는 '오타쿠' 기질이라고 하는데(웃음) 한 번 호기심이 발동하면 끝까지 파는 사람들이 빨리 늘고, 끝까지 이 일을 계속하는 것 같아요. 저희 회사 R&D실에서 혼자 연구하는 직원 중에 정말 빠르게 학습하는 사람이 있는데 그런 캐릭터예요. 거기에 영어를 잘하면 더 유리하고요. 저도 어렸을 때는 영어에 대한 필요성을 못 느껐거든요. 나는 영어와 관련 없는 일들을 할 거니까 공부 안 해도 괜찮다고 생각했는데 꼭 그렇지는 않더라고요.

요즘은 인스타그램 포스팅할 때도 영어를 덧붙이시던데요.

그렇게라도 연습하면서 많이 쓰려고 해요. 커피가 한국 고유 문화는 아니기도 하고, 해외 인사나 업체와 교류할 때 훨씬 영향력이 커지기 때문에 영어는 필수예요. 덕질을 잘하고 호기심이 많고, 영어까지 잘한다면 커피 자료를 수집하고 실행해보는 데 있어서 속도가 확실히 빠를 것 같아요.

의외네요. 맛이나 향에 섬세한 사람이 유리하다는 이야기가 나올 줄 알았어요.

그건 맞는 말이에요. 타고난 감각이 예민한 분들이 있긴 해요. 하지만 맛과 향은 학습으로 어느 정도 훈련 되는 것 같아요. 전혀 구분 못하는 정도만 아니라면 경험을 통해 보완할 수 있어요. 우리가 김치찌개를 공부해본 적은 없지만 김치찌개 맛에 대해서 할 말은 다들 있잖아요. 20년 이상 먹어왔으니까 여긴 조미료 맛이 나네, 여긴 좀 달다, 맛이 왜 쓰지? 이런 식으로 알죠. 내 경험치가 풍부하면 이것의 좌표가 조

> 66 스스로 일하는 방식을 관찰해보고 99
> 그 안에서 궁금한 점이 생기면
> 자연스럽게 찾아 더 연구하는 것.
> 그 편이 재미도 있고 효과도
> 좋은 것 같아요.

내 이름 뒤에 있는 사람들

전주연

금 아래쪽인지 위쪽인지 짚을 수 있게 돼요. 학습과 훈련에 영향을 더 받기 때문에 타고난 미각은 절대적이지 않다고 봐요.

이사님은 어떤 편인가요?

커피 공부를 시작하고 테이스팅을 해보니까 저는 굉장히 맛을 못 느끼는 편이더라고요.(웃음) 반대로 저희 대표님은 엄청 예민하시거든요. 같이 테이스팅하다 보면 대표님이 짚어내는 향을 저는 다 못 느끼는 거예요. '나는 왜 안 되지, 왜 못 느끼지' 하면서 계속 훈련했죠. 뭔가 가물가물 느껴지는데 단어가 떠오르지 않아서 말로 표현 못 하는 경우도 있었어요. 여기 벽에 붙은 차트 보이시죠?

네, 커피에서 느껴질 수 있는 향을 범주별로 상세히 분류해놨네요. 색상표 같아요.

'플레이버 휠flavor wheel'이라고 하는데요, 저기 나온 단어들을 영어 공부 하듯이 적어놓고 다 외웠어요.

신기해요. 탄 맛도 훈연한 맛, 재 맛, 매캐한 맛… 엄청 다양하게 나뉘네요.

맞아요. 시트러스 안에서도 오렌지와 레

몬과 그레이프프룻의 서로 다른 느낌을 생각하고, 커피를 다시 먹어보고… 이런 과정을 반복하다 보니까 확실히 늘더라고요. 학습으로 감각을 향상시킬 수 있었어요.

맛을 감별하는 감각은 타고나는 거라 생각했는데 후천적으로 보완이 되네요. 바리스타 일의 또 다른 면은 사람을 응대하고, 손님들에게 커피를 서비스하는 부분이잖아요. 커피 자체를 맛있게 만드는 일만큼이나 사람을 좋아하는 품성도 중요할 것 같아요.

저는 사실 바리스타로서 갖춰야 할 첫째 덕목이 서비스라고 생각해요. 더 나은 서비스를 하기 위해서 이 일에 전문적인 공부가 필요하고요. 누구나 카페에서 친절함을 기대하시잖아요. 돈을 어느 정도 지불하고 무언가를 받으면서 느끼는 친절이 기본이라면, 거기서 좀더 나아가는 친근함은 어떠해야 할지 고민해요. 우선은 단순하게 '어떻게 해야 상대방이 좀더 편안할까'에 집중하는 것 같아요.

근데 이런 성향도 타고나야 해요. 누군가와 이야기하는 게 아무렇지 않은 사람도 있고, 사람 만나는 것을 불편해하는 사람도 있잖아요. 그런 사람은 커피 일 중에서도 바리스타보다는 사람을 덜 만나는 일을 선택하면 좋겠죠. 저희

전주연

대표님이 그런 분이세요.

감각이 예민한 사람들이 내향적인 경우가 많은 것 같아요.
이사님은 그에 비해 엄청나게 외향적으로 느껴지고요.

　　　　　네, 저는 사람 만나고, 사람들에게 둘러싸이고, 관심받는 것을 다 굉장히 좋아해요.(웃음) 자연스럽게 회사에서 대외적으로 나서야 하는 일들을 많이 맡아서 하게 되었죠. 대표님은 뒤에 숨으려고 하시고요.

그렇게 성격이 다르고, 또 서로 보완하며 도움을 주니까
같이 오래 일할 수 있는 거겠네요.

　　　　　근데 저랑 대표님 둘만 있으면 놓치는 부분들이 또 많아요. 저희 둘 말고도 창업 동료 두 사람이 더 있거든요. 굉장히 차분하고 학구적이면서 기술적인 면에 뛰어난 부대표님, 그리고 작은 부분까지 세심하게 신경 쓰는 실장님까지 네 명이 같이 있어야 완성돼요. 저나 대표님은 둘 다 밖으로 다니면서 일을 벌이는 스타일이라서, 부대표님과 실장님이 안에서 일을 '줍줍' 하며 수습해요. 이 사람들과 함께 있으면 뭐든 할 수 있을 거라는 생각이 들어요.

'어벤저스' 같은 관계네요.

_____

내 이름 뒤에 있는 사람들

네, 이 네 명의 성향이 워낙 달라서 균형이 잘 맞는 팀이라는 이야기를 많이 들어요. 특히 부대표님은 저랑 완전히 반대 성향이라 매사에 보수적이고, 전 진보적이에요. 커피나 사업에서도 저는 좌충우돌하면서 새로운 거 끌리는 거 무조건 다 해보자는 쪽이거든요. 부대표님은 신중하셔서 웬만하면 새로운 일은 하지 말자고 하죠.(웃음)

의견이 그렇게 갈릴 땐 누가 누구를 설득하는 편인가요?

상황마다 다르지만 대표님이 양쪽 의견을 듣고 중재하는 편이세요. 어쩌다 보니 외부에 드러나는 역할을 하고 있는 사람이 저일 뿐이에요. 제가 사람들을 만나고 관심을 받는 역할을 하지만 제 뒤에서 더 애쓰고 계신 대단한 분들이 계시거든요. 부대표님께 저만 관심받아서 미안하다는 얘기도 했어요. 그랬더니 다 괜찮으니까 제발 어디 가서 자기 얘기 좀 하지 말라고…(웃음) 인터뷰에서 이름이 불려지는 것도 불편하고 싫대요. 빛을 받고 싶지 않다고.

하하, 그런 게 팀을 이루어 일할 때의 재미 같아요. 무대에서는 걸 좋아하는 사람과 무대 뒤가 편안한 사람, 시작에 강한 사람과 마무리에 능한 사람이 힘을 합친다는 거요.

맞아요. 같이 해서 이룰 수 있는 성과가 각자 뛰는 경우보다 훨씬 큰 것 같아요.

바리스타 대회도 많은 지원을 받아 출전한다는 게 인상적이었어요. 이사님 스스로도 '팀 모모스' '팀 부산' '팀 코리아' 이런 식으로 혼자가 아님을 강조하기도 하고요. 자신의 이름으로 상을 받았지만 팀을 대표해서 움직이고 영광을 누린다는 의식이 강한 것 같아요.

저는 특히 부산에 대한 소속감이 커요. '팀 코리아' 같은 경우 지금까지 아쉬움을 느꼈기 때문에 더 강조했던 것 같아요. 다른 나라는 WBC 무대 뒤에서 전년도 국가대표가 와서 도와주며 길라잡이가 되어주는 모습을 봤거든요. 한국은 그런 문화가 없다 보니 2018년에 처음 출전했을 때 낯선 곳에 혼자 놓이는 기분이 굉장히 강했어요. 그전 해 대표에게 물어보니 본인도 외로웠다고 하더라고요.

그런 차이는 어디에서 올까요?

대부분 경쟁의식 때문인 것 같아요.

한국 안에서의 경쟁 말씀인가요?

대회에 대해 갖는 마음가짐 자체가 달라요. 외국에서는 축제라 생각하고 접근하는데 우리는 경쟁으로 받아들이는 거죠. 같은 행사를 두고도 축제와 경연으로 보는 시선의 차이가 있는 것 같아요. 제가 앞으로 바꿔보고 싶은 문화이기도 하고요. 사실 대회에 나갈 때 짐이 어마어마하거든요. 장비를 함께 갖고 출국해주는 사람들이 있어서 진짜 도움이 돼요.

에스프레소 머신은 주최 측에서 제공하나요?

네, 머신만 주기 때문에 나머지 장비들은 다 챙겨 가야 해요. 특히 재료 가운데 무거운 액체도 많기 때문에 대회를 관람하기 위해서 가는 분들이 짐 하나라도 들어주는 게 아주 감사하죠. 팀 코리아의 응원이 이어지는 문화를 만들어가고 싶어요.

2020년 세계 대회는 코로나로 열리지 않은 상황이죠? 늦게라도 다음 대회가 개최되면 응원하러 가시겠네요.

가서 꼭 제 역할을 하고 싶어요. 새로운 국가대표 분도 처음 놓이는 환경이기 때문에 무대 뒤에서 굉장히 외로울 거예요. 전 세계의 바리스타가 모이는 자리이기 때문에 국가대표가 준비한 시연 말고도 한국의 커피 문화에 대해 알릴 수 있는 기회인데, 경험해보지 못한 환경에 놓이면 긴장해서 그게 쉽지 않거든요. 아는 얼굴 한 사람, 중간 연결고리 하나라도 있으면 자기 기량을 훨씬 잘 펼치면서 기회를 활용할 수 있다고 생각해요.

2020년 한국 대표 바리스타는 어떤 분이세요?

서울 '파스텔 커피웍스'의 헤드 로스터이기도 한 방현영 바리스타세요. 그전에는 모르던 사이인데 어떻게든 도움을 드리고 싶어서 우승 직후 만났어요. 제가 WBC 때 받았던 스코어 시트, 조금씩 변하는 규정이나 흐름에 따라 달라지는 채점 기준 등을 공유했어요. 대회 준비에 예산이 많이 들기 때문에 제가 사용하던 물품을 드리기도 하고요.

그분 입장에서는 든든하시겠네요.

부담스럽다고 하시던데요.(웃음) 전년도 성적 때문에 한국에 대해 관심이 많은 상황이니까요. "워낙 잘하시잖아요. 대회에서도 좋은 결과 얻으실 거예요"라고 말하다 보니까 세상에, 제가 제일 듣기 싫어하던 얘기를 제 입으로 하고 있더라고요!

그런데 왜 반복하게 될까요? 나는 듣기 싫던 얘기를, 선배 입장이 되면 똑같이 하고 있게 되는 거요.

내 이름 뒤에 있는 사람들

그러니까요. 습관적인 것 같아요. 생각해 보면 저한테는 오히려 다른 말이 위로가 됐어요. 2018년 대회가 끝나고, 제가 처음 커피 수업 받았던 이종훈 바리스타님을 베이징 커피 쇼에서 만났거든요. "많은 사람들의 기대가 너무 컸던 것 같다. 힘든 게 당연하지. 너도 처음인데 얼마나 부담스러웠겠냐." 이렇게 얘기해주는데 그 말이 큰 위로가 되었어요. 내 입장을 온전히 이해해주는 사람이 있다는 것이요.

힘내라는 말에 힘이 나지 않잖아요. 오히려 "많이 어려울 거야, 지금 힘든 게 당연해". 이런 말이 더 힘이 될 때가 있어요.

네, 그렇더라고요.

지금 커피 분야가 아니더라도 시간제로 일하는 분들이 굉장히 많을 거예요. 바리스타님은 아르바이트로 시작해 탄탄한 경력을 일구셨는데 그런 분께 어떤 이야기를 해주고 싶으세요?

사실 시간제로 일하는 것과 정규 직원으로서 일하는 것은 책임감이 다른 것 같아요. 알바에게 직원 같은 자세를 요구할 수도 없고요. 시간제로 일하는 동안은 별생각 없이 다녀도 되고, 불평불만을 많이 가질 수도 있어요. 하지만 내가 버는 돈만큼이나 나의 시간, 지금 하고 있는 경험을 소중하게 여기면 좋겠어요. '이 직업의 장점과 나의 강점이 어떻게 시너지를 일으킬 수 있을까?' 이 질문을 품고 경험을 쌓으시면 같은 시간을 보내더라도 뭔가 다를 것 같아요.

바리스타님의 경우는 본인의 강점과 커피 업계의 장점이 시너지를 일으켰던 거네요?

네, 저는 사람 만나고 이야기하는 걸 워낙 좋아했으니까요. 다시 생각해보면 알바 시절에는 아마 제 커피가 그리 맛있지 않았을 거예요.(웃음) 하지만 완벽하지 않더라도 친절하게 설명을 드리고 교감하면서 맛있게 드시는 환경은 얼마든지 만들 수 있다고 생각해요. 그리고 커피를 내리고 내 갈 때까지 나누는 대화, 이야기들은 거꾸로 저에게도 긍정적인 영향을 미쳤어요. 많은 분들이 저에게 "커피 맛있게 먹고 가요"보다 "좋은 기운 받아 갑니다"라고 이야기를 하시거든요. 그런 말을 들었을 때, 저도 기운을 받는 것 같아요. 커피가 중간에 있지만 어쨌거나 사람과 만나고 교류하는 일의 본질이 저의 핵심과 잘 맞아떨어진 것 같아요.

다양한 자리에서 '커피는 에너지'라고 말씀해오셨잖아요.
그런데 커피가 오히려 나에게서 에너지를 뺏어 갈 때도
있지 않나요?

네, 바로 지금이 그래요. 너무 많은 카페인을 섭취하다 보니까 몸이 안 좋아져서요. 한의원에 가서 체질 검사를 했는데 제가 카페인과 안 맞는다고 하더라고요.(웃음)

그러면 15년 동안 몸에 나쁜 일을 해온 건가요?

네, 15년째 하루 최소 석 잔 이상 마시며 살고 있는데 갑자기 커피가 몸에 안 맞는다니 말이에요!(웃음) 피부 알레르기가 굉장히 심한 편이고, 일주일에 한두 번은 구토 증세도 있었거든요. 그런데 커피를 한 달 정도 끊었더니 그런 증상이 사라지며 몸이 좋아졌어요. 그 외에는 커피로 인해 힘든 일은 없었네요.

장시간 근무했다고도 하셨잖아요. 번아웃을 경험하신 적은 없나요?

온라인 쇼핑몰을 오픈할 때 슬럼프가 있었어요. 저는 커피로 고객과 소통을 해왔는데 커피에 대해 말로 설명하는 게 아니라 글로 적는 일이 너무 힘들었어요. 꼭 해내야 하는 일인데 내 능력은 이것밖에 안 되나, 좌절했어요.

글에는 표정이나 몸짓을 담을 수 없기 때문인 것 같아요.
지금 말씀하실 때, 언어 외의 표현을 엄청 적극적으로 사용하시거든요. 그만큼 이야기의 내용도 잘 전달 되고요.

그때 너무 어려웠는데, 그 일 외엔 잘 넘겨온 것 같아요. 저는 진짜 단순해서 많은 문제들에 시달려도 자고 일어나면 괜찮아져요. 힘들고 스트레스 받을 때는 아예 회사에도 그렇게 말해두고 일찍 퇴근해버려요. 그리고 기분이 나쁜 것은 다 이야기하는 스타일이라서 그때그때 털어버리는 것 같기도 해요. 좀 다른 성격의 슬럼프가 왔는데, 그건 몇 년 동안 커피만 파다 보니까 왔어요.

다른 분야에는 관심을 안 두셨나요? 아까 향에 대한 차트를 보면서도 생각했지만, 즐기다 보면 와인과 커피가 비슷하게 재밌는 것 같아요.

맞아요. 와인이랑 위스키 공부를 저도 시작했어요. 슬럼프가 왔을 때는 스물일곱 살 무렵이었는데, 회사를 그만두려고 했었어요. 인생의 다양한 경험을 하고 있는 내 또래 친구들에 비해 너무 커피밖에 모른다는 생각이 들었거든요. 커피에 대해서는 할 이야기가 많지만 다른 분야에 대해서는 경험의 폭이 너무 좁다는 느낌이 들더라고요.

내 이름 뒤에 있는 사람들

회사 그만두고 뭐하려고 하셨어요?

계획은 없었어요.(웃음) 우선 다양한 경험을 해보고 싶었어요. 그때는 지금이 아니면 해보지 못할 것 같더라고요.

그만두지 않고 회사에 남으신 걸 보면 그때 대표님이 잘 설득하셨나 봐요.

다른 일 하고 싶으면 얼마든지 이것저것 해보고, 대신 회사만 그만두지 말라고 하시더라고요. 저희 회사에 직원 식당이 있거든요. 가까이 살고 있으니까 회사 나와서 밥만 먹고 가라고요. 그래서 거의 한 달을 출근하면서 쉬었어요. 아침에 나와서 아주 필수적인 일만 처리하고, 밥 먹고 집에 가고, 거의 한 달을 그랬어요. 회사 분들이랑 산책하면서 이런저런 이야기도 많이 나눴고요. 시간이 지나니까 조금씩 괜찮아지더라고요. 점점 다방면으로 생각이 넓어지는 게 느껴졌어요. 미술관도 다니기 시작해서 그림을 보면서 다양한 생각들을 해보고요. 커피 관련된 책만 읽다가 그때부터는 다른 분야의 책들을 보게 됐어요.

회사가 그렇게 배려한 이유는 이사님이 대체할 수 없는 직원이기 때문이겠죠? 다른 사람으로 채울 수 있는 자리가 아니라서요.

그보다는 직원 누구에게나 언제든 찾아올 수 있는 슬럼프라고 생각하신 것 같아요. 다른 분들에게 슬럼프가 왔을 때도 그만두기 전에 무엇이 힘든지 같이 이야기하고 해결책을 찾거든요. 저희 회사 문화가, 달릴 수 있는 사람과 쉬어야 할 사람이 번갈아가며 자유를 누릴 수 있도록 배려하는 편이에요. 쉼이 너무 절실한 사람은 앞뒤 가리지 않고 그만두려 하지만, 사실 조금 쉬고 나면 다시 일어날 수 있잖아요.

조직 안에서 이룰 만큼 이뤘으니 이제 자기 사업을 하고
싶다는 마음은 안 생기나요?

이상하게 안 생기더라고요. 왜냐하면 여러 준비 과정을 거쳐 모모스를 만들고 성장시키는 과정을 같이 했기 때문인 것 같아요. 이렇게까지 되려면 어떻게 해야 하는지 제가 겪어서 알잖아요. 창업반을 운영하다 보니까 성공적인 브랜드를 만드는 게 얼마나 어렵고 드문 일인지도 목격하고요.

창업 후 장사가 잘 안 돼서 카페 문을 닫는 경우도 많이
보셨겠네요.

네. 무리해서 주 7일 일하는 경우도 봤고

전주연

요. 수익 구조가 원활하게 작동하지 않으면 가장 확실하게 아낄 수 있는 게 직원 인건비거든요. 안정된 수익을 발생시키는 업장을 만드는 건 정말 어려운 일이에요. 회사 초창기에는 제가 어렸고 여러모로 생생한 상태이기 때문에 가능했지만 그 모든 걸 알고난 지금은 다시 해보라고 하면 저는 못할 것 같아요.

어떻게 보면 지금의 회사도 충분히 '내 거'라고 생각하고 계신 것 같아요. 이제 사내에서 위치도 대표님과 가깝잖아요. 직원들을 보며 '라떼는 말이야…' 하는 생각이 드는 순간은 없나요?

문화 충격을 많이 받는 시기가 있었어요. 저희는 근무 시간이 정해져 있지만 갑자기 손님이 몰리면 바빠질 수밖에 없거든. 저 때는(웃음) 아무리 내 퇴근 시간이 지났어도 정리를 돕고 갔어요. 제가 그냥 가버리면 손님들도 더 기다리고, 일하는 사람도 더 힘들다는 걸 알거든요. 내가 15분만 도와주고 가면 훨씬 더 일이 부드러우니까, 그게 당연하다고 생각을 했어요. 그런데 요즘 친구들은 그렇지가 않더라고요.

그런 부분에 대해 당사자와 대화를 나눠봤나요?

좀 서운했다고 말해봤죠. 근데 그 직원 말

이 틀린 게 아니더라고요. "사실 제 근무 시간은 끝난 거잖아요."

그러게요, 인원을 보강하거나 교대할 때는 근무시간이 어느 정도 겹치게 해서 회사 차원에서 문제를 해결하는 게 옳겠네요.

그 뒤로 『90년생이 온다』라는 책도 읽고, 젊은 직원들이 어떤 생각을 하고 있는지 일부러 이야기를 많이 나눠봐요. 나랑은 생각이 다르다는 점을 계속 전제로 두려고 해요. 저는 좀 노력파 꼰대 같아요. 내가 꼰대라는 걸 알고, 꼰대가 되지 않도록 노력을 하는 편이에요.

이사님이 몇 년 생이죠?

87년생이에요.

저는 대표님과 같은 나이의 70년대생인데, 90년대생들을 보면서 배우는 게 많아요. 우선 회사와 자아를 건강하게 잘 분리할 줄 안다는 거요. 제가 연차가 짧은 회사원이던 시절에는 그렇게 하기가 어려웠거든요.

솔직하게 말해줘서 고마움을 느낄 때가 많아요. 서로 문제를 오래 묵히지 않을 수 있거든요. 저 때는 윗사람이 힘들지 않냐고 물으면 사실 힘들다고 느끼면서도 "예, 할 만해요", 이렇게 답하는 분위기가 있었어요. 그러다 보니 원만한 척하며 넘기려다가 속으로 문제를 더 키우는 경우가 많았죠. 요즘엔 바리스타 학과에서 실습 나온 학생들도 대선배에게 "아, 이건 진짜 힘들어서 못해요"(웃음) 이런 이야기를 솔직하게 해요. 회의할 때도 자기 생각에는 무엇이 더 낫지 않나 이야기를 해주고요. 제가 도움을 받을 때가 많아요.

바리스타 개인으로서는 세계 최고의 자리도 경험하셨잖아요. 앞으로 이 회사 브랜드를 가지고 어디까지 가보고 싶다는 목표가 있나요?

커피 회사들에게는 스타벅스가 진짜 큰 존재 같아요. 매출이 많은 기업일뿐만 아니라 선도 브랜드로서 이익을 사회에 환원하는 역할을 하고 있기도 하고요. 기후 위기 때문에 커피 농사도 크게 위협을 받고 있는데, 스타벅스는 안정된 원두 수급을 위해 자체 농장을 꾸준히 확보하고 있어요. 그리고 자체적으로 토양 분석을 해서 지역 농장에 맞게 개발한 품종을 무료로 배포하기도 해요. 농부들과 상생하는 거죠.

저희는 스페셜티 커피 시장에 맞는 스타벅스의 역할을 하고 싶어요. 물론 아주 먼 미래의 꿈이죠. 가깝게는 성심당 이야기를 많이 하고 있어요. 대전 사람들의 '성심당 부심'이 엄청 나다라고요.(웃음) "우리 지역은 성심당을 갖고 있어, 대전에는 이 빵집이 있어"라는 자부심 말이죠. 저희도 그런 역할을 해보려고 해요. 타지, 타국에서 오는 이들도 사랑하는 브랜드가 되고, 특히 부산 시민들에게 사랑받는 이름이 되고 싶다 생각하며 움직이고 있어요.

우리나라는 문화 인프라가 워낙 서울에만 집중되어 있잖아요. 제2의 도시이긴 하지만 부산에서 일하면서 뭔가 아쉬운 점은 없을까요?

아, 너무 많아요. 출장을 가더라도 우선 김해공항에서 해외로 나가는 직항편이 없죠. 하지만 부산에 터잡아서 좋은 점은 향토 브랜드라는 거예요. 동어반복처럼 들리지만, 만약 서울에서 창업했으면 향토색을 띨 수가 없잖아요. 도시의 이름, 도시의 색깔을 녹여내고 내세울 수 있다는 것이 브랜드 이미지 제고에 큰 역할을 한다고 봐요. 저희는 커피 도시를 만들고 싶다는 생각을 해요. 최근에는 부산국제영화제 기획하시는 분과 인재 대부분이 서울로 떠나게 되는 구조에 대해서 이야기를 나누기도 했어요. 가능성 있는 사람들이 지방에서도 살아남고 성장하고 돋보일 수 있도록 여러 기회를 만들고 지원할 필요가 있어요.

부산이 영화에 대해서는 그런 일을 잘해온 편이죠? 국제
영화제도 오래 이어왔고, 영상위원회에서 국내외 프로덕
션의 부산 촬영을 적극적으로 유치하고요.

　　　　　네, 맞아요. 커피를 매개로도 그런 기회들
이 더 생겨나면 좋겠어요.

아주 배울 점이 많은 회사에서 스카우트 제의를 해온다
면 어떻게 하실 건가요? 그 회사가, 예를 들어 스타벅스
라면?

　　　　　이젠 어디서 불러도 의리로 남는 거죠.(웃
음) 한국 커피계에서는 이미 '전주연=모모스'가
되어 있어서 애는 여기 사람이구나 생각하세요.
제 입장에서도 사실 커피보다 우리 회사를 좋아
하다 여기까지 온 거예요. 우리 회사가 커피 회
사니까 잘해야 하고, 그래서 커피를 공부하는
거죠. 다른 곳에서 커피를 공부하는 것은 저에
게 별로 의미가 없게 느껴져요.

신기하네요. 그럼 이 회사에서, 커피 일이 아니라 다른 걸
할 수도 있었을까요?

　　　　　대표님이 그러시는데 처음부터 커피 사
업을 생각한 건 아니라고 해요. 부모님이 식당

을 하시던 자리에서 무엇을 할까 고민하다가 외식업 중에서 앞으로 커나갈 수 있는 가능성이 있는 시장, 사업을 하면서 나만의 것을 축적해갈 수 있는 분야, 이 둘의 교집합에 있었던 게 커피라고 하시더라고요. 시간이 흘러 2010년에 2층이었던 매장을 1층까지 사용하게 되었는데, 그때 대표님이 커피 말고 여러 가지 업종을 생각해보셨대요. 1층에는 커피전문점이 별로 없던 시절이거든요. 그중 하나가 돈가스였다고⋯ (웃음)

바리스타님은 커피가 아니라 돈가스 장인이 될 수도 있었던 거네요.

　　　　네. 한동안 많이 먹으러 다녔어요. 돈육 공부도 잘했을 것 같아요. 커피가 저한테는 중심은 아니에요.

재미있네요. 사업을 하려면 일단 이사님 같은 분을 만나서 내 사람으로 만들어야겠어요.

　　　　네, 맞아요. 많은 분들이 저에게 대표님을 잘 만났다고 하는데 대표님이 절 잘 만나신 거죠.(웃음) 일방적인 관계는 없잖아요. 서로가 존재했기 때문에 해낼 수 있었던 거예요.

하하, 이사님이 다른 회사에 갔다면 또 그 회사를 흥하게 만들었을 것 같아요. 커피가 아니라도 상관없었던 것처럼요.

전주연은 커피가 자신에게 에너지라고 말한다. 커피는 누군가의 삶에 에너지를 주고, 다른 사람들과 에너지를 교류하고 모아서 더 크게 키우는 기쁨과 즐거움을 준다. 그가 혼자만의 성공에 도취되는 것이 아니라 지금의 자신을 있게 한 팀 주연, 팀 모모스, 팀 부산을 강조하며 새로운 문화를 만들어가고 싶어하는 이유다.

커피로 세계 1등이 된 전주연 바리스타지만 커피를 뺀 자기 인생은 상상도 할 수 없다는 식으로 생각하는 사람이 아니었다. 커피가 아니라 다른 일을 할 수도 있었고, 그래도 상관없었다고 말한다. 그가 즐겁지만 치열하게 또 집요하게 일해온 방식을 보면 분명 김치를 담그거나 국수를 삶더라도 남다르게 해냈을 것이다.

우리는 종종 어떤 일을 해야 할지 몰라서 헤매고 길을 찾느라 많은 시간을 보낸다. 직업의 이름으로 어떤 사람인지 쉽게 규정되거나 오해받기도 한다. 하지만 우리의 본질을 말해주는 건, 무슨 일을 하는가를 드러내는 타이틀 뒤에서 그 일을 해내는 방식이다.

할머니가
돼서도
좋아하는
일을
하고 싶어

웹소설 『에보니』 작가 자야

**잘되든 안 되든 뭔가를 끝까지 마쳐보는
경험이 사람을 성장시키는 것 같아요.**

카카오페이지에서 연재 종료된 로맨스 판타지 소설 『에보니』는 누적 열람자 80만 명, 누적 조회수 6,300만 건을 기록했다. 독자들의 실제 반응과 취향을 종합해 보여주는 AI 키워드에는 이런 단어들이 있다. '자유로운 영혼의' '벅차오르는' '엉엉 울게 되는' '보듬어주는'… 별점은 10.0 만점. 사랑 이야기이지만 동시에 삶의 바닥까지 추락했던 한 여성이 세상을 바꾸는 혁명의 이야기이기도 한 이 소설에 독자들은 반응했다. 6만 개의 댓글은 장르의 관습을 뛰어넘는 여성 캐릭터와 신선한 서사에 대한 지지를 담았다.

대부분의 웹소설 작가들처럼 실명을 드러내지 않고 집필하는 자야 작가는 천안에서 생활하고 있다. 아파트의 가장 넓은 방은 커다란 책상이 가운데를 차지한 작업실이었다. 깨어 있는 대부분의 시간을 모니터 앞에서 보내며 초등학교 때부터 이야기를 만들고 소설을 써온 이 작가는 할머니가 돼서도 인기 있는 웹소설 작가로 머무르는 게 꿈이라고 말한다. 무협, 판타지, 스릴러와 미스터리… 자기 안에 있는 무궁무진한 이야기의 타래를 풀어내며 살아가고 싶다고.

할머니가 돼서도 좋아하는 일을 하고 싶어

웹소설 작가님들은 써내는 글의 양이 정말 많잖아요. 어떻게 일하고 생활하는 습관을 만들어가는지 늘 궁금했어요.

일단 전혀 규칙적으로 살지 않아요. 진짜 막 살고 있어요.(웃음)

반갑네요.(웃음) 저도 불규칙적으로 사는 편이거든요. 그런데 분량이 긴 글을 거의 매일 연재하시는 웹소설 작가분들은 왠지 다를 거라 생각했어요.

그렇게 안 되더라고요. 규칙적인 생활을 하면 더 일을 할 수가 없어요. 급하게 마감을 계속해야 될 때는 하루에 두 시간씩 띄엄띄엄 자기도 해요. 일을 마쳐서 넘겨놓지 않으면 불안해서 잠을 잘 못 자거든요. 이 일을 하면서 불면증이 생겼어요. 낮에는 업무 연락들이 와서 깨니까 수면 패턴을 바꿔서 밤에 자려고 노력을 했지만 잘 안 되더라고요. 작품 오픈할 때는 일주일 정도를 하루에 두세 시간 밖에 못 자고 깨어 있던 적도 있어요. 너무 신경이 쓰여서.

원래 예민한 편이셨나요? 아니면 글 쓰는 일을 하면서 성격이 바뀌었나요?

원래도 예민하고 감정 기복이 심했는데 글 쓰면서 더 심하게 스트레스를 받아요. 규칙적으로 하루 다섯 시간씩 시간을 정해놓고 일을 해야 영감이 찾아온다는 얘기들도 듣는데 저는 그게 잘 안 되네요. 마감을 위해 할 수 있는 가장 확실한 일이 잠을 줄이는 거라 어쩔 수가 없나 봐요.

잠이 부족한데 먹는 것까지 신경 쓰지 못하면 건강을 해치기 쉽겠어요. 배달음식만 먹다 보면 몸이 상하는 게 느껴지잖아요.

배달음식이나 인스턴트 음식은 안 먹으려고 노력해요. 그렇다고 집에서 요리를 하면 일하는 시간을 확보할 수 없으니 근처 어머니 집에서 식생활을 해결하죠. 근데 동료 작가분들 이야기 들어보면 병원에 다니거나 아픈 사람들이 많아요.

글이나 그림을 연재하시는 작가분들은 허리나 목, 손목 중에 어딘가 질환이 있더라고요. 스트레스가 심하니 심리 상담을 받으러 다니기도 하고요.

넓은 의미의 직업병이죠. 저는 대사 질환이 있어 약을 먹으며 관리하는데, 책상 앞에 오래 앉아 있어서 그런가 싶기도 해요. 산책을 많이 하며 활동량을 늘리려고 노력하죠. 그래도 다른 분들에 비해서는 건강 상태가 양호한 편일 거예요.

할머니가 돼서도 좋아하는 일을 하고 싶어

침실 맞은편 방을 작업실로 쓰고 계시잖아요. 집에서 일
하기 때문에 일과 휴식을 분리하는 게 더 중요할 것 같아
요. 일하다가 건너가서 눕고 싶어지고 하진 않나요?

　　　　놀더라도 모니터 앞에 앉아서 노는 편이
에요. 일하다가 집중이 안 되면 영화도 보고, 뉴
스도 보고요. 일어나면 우선 작업실 자리에 앉
는 게 습관이 됐어요.

일이 많을 때는 하루에 몇 시간이나 글을 쓰세요?

　　　　모니터 앞에 열두 시간 이상 앉아 있어요.
새 연재를 시작하기 전에는 열여섯 시간을 넘기
기도 해요. 몰입했다가 잠깐 느슨해졌다가 다시
몰입을 했다가… 그런 과정이 좀 반복되죠. 평상
시에 연재만 하고 있을 때는 그래도 하루 여덟
시간 정도로 그치고요.

긴 분량을 채워야 한다는 게 압박으로 느껴지진 않나요?

　　　　다른 웹소설 작가님들은 하루에 5500자
를 써야 하는 중압감을 느낀다고 말씀하세요.
저는 연재 도중에는 너무 바쁘니까 그런 압박을
잘 못 느껴요. 제가 부담을 느끼고 신경 쓰는 부
분은 다른 쪽이에요. 조회수나 댓글, 판매량 혹
은 독자들 반응 같은 거요.

댓글을 일일이 다 읽어보시는지 궁금해요.

전에는 몇만 개의 댓글을 하나도 안 빼놓고 다 읽었어요. 그러다 보니 원래 감정 기복도 심한 편인데 기분이 더 오르락내리락하더라고요. 많이 휘둘리게 되는 것 같아서 요즘은 연재 끝나고 한꺼번에 확인하려고 해요.

작품 평점이 만점에 댓글도 대부분 감탄 일색이에요. 독자들로부터 격려받고 힘을 얻으면 기분도 좋을 텐데, 왜 경계해야 할까요?

제 작품을 스스로 바라보고 판단하는 일이 중요하잖아요. 간혹 연재가 끝나고 나서 관조해보면 과한 칭찬으로 느껴지는 댓글도 있어요. 좋아한다고 표현해주시는 건 정말 감사한 일이지만 너무 들뜨지는 않으려고 해요. 반응이 좋아도 작가가 지나치게 신나면 안 되는 것 같아요. 독자들이 이런 부분에 반응하시는구나, 이런 전개를 좋아하시는구나, 알게 되면 저도 모르게 비슷한 걸 또 쓰고 싶어지거든요.

독자들이 원하는 방향으로 전개를 바꾸거나 인물의 성격을 고치기도 하나요?

실제로 그러지는 않더라도 부담이 돼요. 지적하거나 비판하시는 분들의 댓글도 도움 되

할머니가 돼서도 좋아하는 일을 하고 싶어

는 말씀이라, 보면서 생각을 많이 하는 편이에요. 그런데 이미 제 마음속에 정해놓은 이야기를 바꿀 수는 없으니 힘들죠. 고쳐야 하나 이대로 가는 게 맞나, 그 고민을 매 화 하기 때문에요.

읽는 사람들 입장에서는 맨 위에 올라 있는 베스트 댓글만 보게 돼요. 베댓에 자주 올라가는 분들의 아이디는 작가님에게도 낯익을 것 같아요.

　　　네. 기억에 남는 아이디가 몇 분 계세요. '뽀로로' 님, '패트리샤의 수족냉증' 님 등등… 닉네임도 댓글도 어쩜 그렇게 창의력이 좋고 글을 잘 쓰시는지, 진짜 귀여운 분들 같아요. 댓글을 읽으며 독자들은 어떤 분들일까 상상해보는 걸 좋아해요.

저는 로맨스 소설을 아주 예전에 접하고 잘 안 읽었는데, 『에보니』를 읽으면서 선입견이 많이 깨졌어요. 무엇보다 적극적으로 자신의 성장을 도모하면서 연애 관계도 그 맥락 안에서 스스로 결정하는 여자 주인공이 좋았어요. 조연인 여성 인물들도 서로 협력하며 용기를 나누고요. 제가 기억하는 장르 관습에서 많이 벗어났어요.

　　　요즘 로맨스 소설은 변화하고 있어요. 작가들이 다들 고민을 많이 하면서 쓰고요. 이른바 웹소설의 공식들도 여전히 통하고, 거기에 맞취서 형성되어온 시장을 완전히 무시할 수 없어요. 하지만 장르 내부에서도 기존 공식을 조금씩 비트는 작가들의 노력을 봐주시면 좋겠어요. 그렇게 창의력을 발휘해 하고 싶은 애기를 하는 게 작가로서는 글 쓰는 즐거움이기도 하고요.

글 쓰는 즐거움이기도, 의미이기도 하겠네요.

흥행을 1차 목표로 삼고 어떤 틀에 갇히는 글을 쓰려 들면 본인도 결국 힘들어지는 것 같아요. 웹소설은 기본적으로 내가 하고 싶어서 하는 일이라도 결코 쉽지 않아요. 사람들이 좋아하는 안전한 공식만 좇아간다면… 쓰는 즐거움이 없지 않을까요? 그렇게 해서는 완결까지 끌고 가기가 어려울 것 같아요. 다행히 로맨스 판타지는 200화 내외로 완결되지만 판타지 무협 쪽은 800화 이상 가기도 하는데, 자기 안에 동력이 있지 않다면 계속 마모되면서 스트레스를 받는 일이죠.

동료 작가분들과 서로 그런 이야기를 나누기도 하세요? 온라인이나 오프라인 모임이 있으신가요?

모임은 따로 하지 않지만 사적으로 알고 지내는 분들이 있어요. 그리고 예전에 작가 사무실에서 몇 년 동안 같이 일한 동료들도요. 작가들 몇 명이 모여서 글 쓰는 공동 작업실이 있

할머니가 돼서도 좋아하는 일을 하고 싶어

었죠. 『에보니』가 잘되기 전이었고 그때는 글로 먹고살 수가 없어서 이런저런 아르바이트를 하며 지냈어요.

당시 이야기를 좀 들려주실 수 있나요? 작가님의 무명 시절은 어땠는지요.

제가 처음 웹소설을 쓰기 시작한 2006년 즈음은 시장이 크게 변화하는 시기였어요. 무료 연재 사이트에서 취미로 판타지 소설을 썼죠. 『카모마일의 소환사』라는 작품인데, 계약이나 출판에 대한 기약도 없이 그냥 저 자신의 즐거움을 위해 썼고 무료로 완결까지 다 공개했어요. 연재하는 6개월 정도는 오로지 그 소설로 인해 현실을 도피할 수 있었어요. 쓰는 시간 외에는 행복한 때가 없었거든요.

하고 계셨다는 아르바이트는 어떤 일이었나요?

엄마가 운영하시는 식당에서 일을 오래했어요. 데뷔도 못하고 무명으로 지낸 시절이 길다 보니 어떻게든 호구지책을 찾아야 했는데… 제가 글 쓰는 거 말고는 재주가 없어요. 성격도 너무 예민해서 남들처럼 사회생활을 잘할 수 있는 타입도 아니고요.

회사에 들어가기는 어렵겠다고 생각하셨군요.

네. 다행히 엄마는 제가 글 쓰는 걸 쭉 지지해주셨어요. 식당에서 일하면서 용돈이라도 벌라고 하셨죠. 시급은 아주 짜게 주셨지만.(웃음) 굉장히 서민적인 식당이라 일하면서 힘든 일이 많았어요. 몸이 힘든 건 참을 수 있는데… 희롱이나 추행 같은 게 일상이었어요.

그렇게 육체적 정신적으로 힘든 하루를 보내고 집에 오면 가만히 누워서 아무것도 못할 것 같은데 매일 글을 썼다니 대단해요.

그 시간이 없었다면 더 견디기 힘들었을 거예요. 일 마치고 집에 와서 글을 쓰는 두세 시간은 현실에서 벗어날 수 있었어요. 판타지 소설 한 편 쓰는 게 저한테는 신나는 꿈을 꾸는 것 같았죠. 처음에는 물론 독자 반응이 없었어요. 시간이 흘러 100편 이상 쌓이니까 조금씩 댓글을 달아주시는데, 하나하나 읽으면서 너무 행복했어요. 일주일에 여섯 번 정도 게재해서 완결하기까지 6개월 정도가 걸렸어요.

판타지 소설이면 분량도 적지 않았을 텐데, 완결까지 써내면서 원고료는 전혀 받지 못한 건가요?

연재를 하는 동안 얻은 보상은 귤 한 상

할머니가 돼서도 좋아하는 일을 하고 싶어

자가 다녔어요. 제주도에 있는 독자분이 선물로
보내주셨거든요. 포스트잇에다가 '빠른 연재 부
탁' 이렇게 적어서.(웃음) 그런데 그 소설을 어떤
출판사의 편집자님이 좋게 봐주셨어요. 그분 보
기에는 이렇게 인기가 없는 데다 무료인데 취미
로 완결까지 썼다는 게…

작가님에게서 성실성과 책임감을 발견한 거군요.(웃음)
　　　　네, '적어도 중간에 그만두지는 않겠구나'
그렇게 생각하셨다고 해요. 그래서 다음 작품이
자 정식 데뷔작인 『악처』를 계약했는데, 잘되지
않았어요. 출판사로부터 계약 해지를 당했죠.
당시에는 그런 일이 흔했어요.

계약 해지의 이유는 무엇이었나요?
　　　　궁극적으로는 제가 출판사가 원하는 글을
못 써서라고 생각해요. 원고를 반려당하는 것은
견딜 수 있거든요. 그런데 계약을 그렇게 몇 번
해지당하니 견디기가 굉장히 힘들었어요. 계속
식당 일을 하면서, 시나리오를 소설화하는 아르
바이트로 생계를 꾸렸어요.

각색 작업 같은 거였군요?
　　　　네. 몇 년은 그런 일로 생활비만 간신히 벌

할머니가 돼서도 좋아하는 일을 하고 싶어

다가 다시 작품을 하나 썼어요. 『에보니』 다음다음으로 발표한 『여왕님 안 돼요!』인데 집필은 이쪽이 먼저였죠. 그 소설을 한두 권 분량 완성한 다음 여기저기 문을 두드려봤는데 계속 퇴짜를 맞았어요. 그렇게 미끄러지는 기간이 거의 2년이었어요. 나름 데뷔를 하고도 10년 가까이 글로는 생활비를 못 벌고 식당에서 일을 한 거죠.

힘든 시간이 너무 길었네요…

나중에는 내가 안 되는 일에 너무 오래 매달려 있는 건가, 나는 다른 일을 했어야 하는 사람인가 싶었어요. 결혼 전에 지금의 남편이 곁에서 지켜보느라 고생 많았죠. 남편은 그림 작가인데, 같이 작업실을 쓰던 때였거든요. '내가 왜 글을 쓴다고 했을까? 이렇게 재능도 없으니 다른 일을 했으면 좋았을 텐데…' 이런 얘기를 하면서 정말 매일 울었어요. 그러다가 진짜로 다른 일을 준비해보려는데 남편이 마지막으로 하나만 써보라고 해서, 포기하기 직전에 다시 한 편을 써봤어요.

남편분은 그때 뭐라고 하며 작가님을 설득하셨나요?

출판사나 에이전시 편집자들의 의견을 생각하지 말고, 제가 쓰고 싶은 대로 한번 써보라고 했어요. 계약이 되건 말건 신경쓰지 말고요. '무료 연재 사이트에서 다시 시작하면 어때? 지금까지 열심히 해온 게 너무 아깝잖아. 돈은 생각하지 말고 마지막으로 하나만 써봐. 어차피 너도 가난하고 나도 가난한데 우리 그냥 가난하게 살면 되지.'

멋있다. 의지가 됐겠어요.

네. 그 사람 아니었으면 지금 분명 떡볶이 장사를 하고 있었을 거예요.

다른 일을 알아보셨다는 게 떡볶이 가게였군요?

제가 요리를 좀 잘하는 편이거든요. 어머니 식당에서 오래 일한 경험이 있으니까요. 아무튼, 남편의 충고를 듣고 마음먹었어요. '그러면 진짜 내가 쓰고 싶은 걸 써보자. 마지막으로 화려하게 하나 세상에 내놓고 그때 후련하게 때려치우는 거야!'(웃음) 그렇게 연재를 시작한 게 바로 『에보니』예요.

세상에, 너무 극적이네요. 마지막이라고 생각하며 쓴 소설을 80만 독자가 읽게 되다니.

하루에 2회 분량씩 홀린 듯 써내려갔어요. 오랜만에 맘대로 쓰니까 너무 재미있더라고

할머니가 돼서도 좋아하는 일을 하고 싶어

요. 출판사 의견 상관없고, 편집자한테 보여주지 않아도 되고, 돈을 벌어야 한다는 생각도 아예 하지 않고, 누가 보든지 말든지, 이런 생각으로 말이죠.(웃음)

그런데 결과적으로 출판사와 편집자의 의견을 따르지 않고 작가님이 가고 싶었던 방향을 따른 것이 훨씬 좋은 반응을 얻은 거네요, 독자들에게.

그렇게까지 자만할 일은 아니라고 생각해요. 『에보니』의 경우에는 운도 분명 작용했어요. 저는 『에보니』를 쓰면서 페미니즘 요소를 넣어야겠다, 여성 인권을 본격적으로 이야기하겠다는 의도는 없었거든요. 단지 극단적으로 남존여비 시각에 갇힌 세계관을 한번 설정해보고 싶었어요. 거기에 자연스럽게 따라오는 것들이 있었죠. 현대에도 여성 인권이 극도로 낮은 사회에서는 명예살인의 명분으로 여전히 여성들이 희생되잖아요. 성범죄나 강간이 만연한 건 물론이고요. 그런 상황 속에 여자 주인공이 누명을 쓰고 마녀사냥을 당한다는 설정, 세상과 불화해 낙인찍힌 여자들이 억울하게 갇힌 감옥이라는 공간이 떠올랐죠.

하지만 감옥 생활로 이야기를 시작할 수는 없었어요. 너무 암울해서 아무도 안 보실 것 같았거든요.(웃음) 그래서 주인공이 감옥에서 나오면서 희망을 밟아가는 단계로 이야기의 문을 열었죠. 우리 나라에서도 여성 문제가 부각되어 한창 뜨거워질 때라 이 이야기의 어떤 부분이 독자분들의 욕구를 충족시켜드린 것이 아닌가 싶어요.

주제 의식을 의도적으로 부각시키지 않아도 작품에는 작가가 세상을 바라보는 관점이 녹아나잖아요. 앞서지는 않더라도 따라오는 것 같아요.

그래서 지금 『에보니』를 읽으면 부끄럽기도 해요. 특히 초반부에는 제 감정이 많이 반영된 것 같아요. 저는 제가 쓴 글을 여러 번 다시 읽는 편인데 『에보니』는 잘 안 보게 돼요. 그런 감정적인 요소 때문에 더 좋아해주셨다는 것은 나중에 알았죠.

폭력의 피해자였던 여성이 서서히 치유되고 힘을 갖는 이야기를 읽으며 카타르시스를 느낀 사람들도 많을 거예요. 독자 입장에서는 주체적이고 능동적인 여성 캐릭터들이 자신을 옭아매는 규범을 깨나가는 걸 보여주기 위해 극단적으로 여성 인권을 억압하는 사회를 설정했다고 이해했어요.

사실 글이라는 게 작가가 어떤 의도를 가

할머니가 돼서도 좋아하는 일을 하고 싶어

지고 썼는지는 중요하지 않아요. 독자들이 그렇게 봐주시면 그게 맞는 거라고 생각해요. 『에보니』는 독자분들이 읽어내주시는 의미가 훨씬 커서 댓글을 읽으면 가끔 눈물이 날 때가 있어요. 긴 습작 기간보다 저는 연재하면서 배운 점이 훨씬 많은 것 같아요.

학교에서 배우는 것과 다르게 실제로 일을 하면서 배우는 부분이 크죠.

그래서 학교를 그만둔 것은 후회하지 않아요. 실은 그만둔 게 아니라 잘린 거지만.(웃음)

학점 때문인가요?

네. 학사경고를 세 번 받아서 제적됐어요. (웃음)

대학 공부가 재미없으셨어요?

학교를 너무 싫어했어요. 공부도 재미없고. 뒤늦은 사춘기를 대학생 때 앓았나 봐요.

후회하는 순간은 없었어요? 예를 들어 글을 그만 써야겠다고 마음먹었을 때 대학교 졸업장이 있으면 다른 길을 모색해볼 수 있는 가능성이 더 많잖아요.

대학교 졸업장 때문에 후회한 적은 없어

요. 만약 제가 직장을 다녔다면 후회했을지도 모르죠. 학력이나 학벌 가지고 차별을 당할 수도 있었을 테니까요. 하지만 회사에 다니는 것도, 학벌을 중요하게 생각하는 업계에서 일한 것도 아니라서 아무 상관없었어요. 저는 문예창작을 전공했지만, 비전공자 가운데 훨씬 뛰어난 분들이 많기도 하고요.(웃음)

『에보니』속 다양한 여성 인물들은 공통적으로 행위의 동력이나 판단 기준이 자기 내면에 있어요. 사랑을 할 때도 관계에 끌려다니기보다 중심이 단단하고요. 현대적인 로맨스 속 여성들은 이래야 한다는 의식을 하고 쓰셨는지, 아니면 작가님의 취향인지 궁금해요.

제 취향인 것 같아요. 독자 입장일 때도 그런 여성상을 좋아하나 봐요. 예전 로맨스들을 읽기 힘들었던 것도 불편한 여성 묘사가 많아서였고, 그러다 로맨스 장르 자체와도 멀어졌어요. 답답하게 구는 여성 인물들을 이해하기 어려워서 감정이입을 못했거든요. 정통 판타지를 계속 쓸 줄 알았는데 로맨스 작가가 되어서 스스로도 신기하죠. 『에보니』를 쓰면서 지금은 이 장르를 좋아하게 되었지만 이제 배우는 느낌으로 로맨스 서사를 다양하게 접하려 해도 취향에 맞는 작품을 찾기가 쉽지 않아요.

할머니가 돼서도 좋아하는 일을 하고 싶어

로맨스 장르 안에서 어떤 콘텐츠를 이상적이라 생각하시는지, 어떤 사랑 이야기를 여러 번 보셨는지… 이런 질문들을 준비해왔는데 소용없게 됐네요.(웃음)

저는 로맨스를 잘 안 보는 편이에요. 일이니까 챙겨 보려고 노력은 하지만 독자분들만큼 많이 읽진 않아요.

그렇다면 읽는 사람으로서는 어떤 것을 좋아해왔어요? 작가님의 창작 재료가 된 독서 경험들은 어떤 건가요?

제가 어릴 때는 읽을 책이 없어서 같은 책을 보고 또 봤어요. 닥치는 대로 가리지 않았지만 무협지, 판타지 소설을 주로 읽고 좋아했어요. 만화책도 종류 가리지 않고 좋아했고요. 사춘기 시절에 언니가 도서대여점 알바를 했는데 가끔 제가 대신 가서 책방을 지키게 됐죠. 대여점에 가면 도서관처럼 옆으로 미는 책꽂이들이 있잖아요. 책을 정말 많이 읽을 때라 나중에는 골라서 읽는 게 아니라 '이 책꽂이에서 저 책꽂이까지', 이런 식으로 읽었어요. 문창과를 지망하기 전에도 국어나 문학 과목만 잘했어요.(웃음)

작품을 읽어보면 역사나 정치에도 관심이 많으신 것 같아요.

관심은 많은데 공부를 잘하지는 못했어요.

야간 자율학습 때 늘 도망가는 학생이었어요. 수업 시간에도 참고서나 교과서를 펴놓고 계속 소설을 썼고요. 고등학교 때 썼던 소설들이 되게 많아요.

고등학교 때 쓴 소설은 친구들에게 공개했나요?

네. 친구들 읽으라고 썼죠. 친구들이 돌려 읽고 나서 공책 말미에 감상을 한 줄씩 써줬어요. '이다음에는 이런 식으로 써줬으면 좋겠어' 하는 말도 적어놓고요. 그러고 보니 지금의 댓글 같은 거네요.(웃음) 그렇게 반별로 돌려보다가 H.O.T 팬이던 어떤 친구가, 자기랑 H.O.T 멤버 오빠가 주인공으로 등장하는 로맨스를 써달라고 요청했어요.

일종의 팬픽 커미션을 받은 셈이네요.(웃음)

네, 돈을 받진 않았지만요. 저는 연예인에게는 관심이 없는 편이었는데 그 친구의 요청을 받고서 처음으로 하이틴 로맨스 비슷한 글을 써봤던 기억이 나요. 제가 주로 쓰고 좋아하던 건 무협 판타지 쪽이었고요.

글을 잘 쓰니까 자연스럽게 대학 전공도 문예창작 쪽으로 정해졌나 봐요.

할머니가 돼서도 좋아하는 일을 하고 싶어

원래는 대학에 갈 생각이 없었어요. 제가 공부를 되게 안 하는 학생이었고 집도 가난해서 엄마도 대학에 보낼 생각이 없으셨고요. 그런데 아무 생각 없이 수능을 봤다가 얼결에 점수를 잘 받았어요. 운이 좋았죠.

문예창작을 전공하며 배운 것들이 지금 작가 생활에 도움이 되지는 않나요?

시나 소설을 분석하는 수업보다는 학보사 기자 일이 더 기억에 남아요. 집이 가난해서 제가 벌어 학자금을 보태야 했는데, 학보사 기자가 되면 장학금을 많이 줬거든요. 보도자료만 가지고 기사를 쓰는 연습을 많이 했는데 진짜 힘들었어요. 학보사 일이 많다 보니 학업에 소홀해지기도 하고, 나중에는 그나마도 하기 싫어지더라고요. 제적당한 이후에는 그냥 쓰고 싶은 글 쓰고, 만화책 보고, 게임을 많이 했어요.

그러다가 어떻게 소설 창작을 본격적으로 하게 됐나요?

습작만 하다가 공모전에 몇 번 참여했는데 계속 떨어졌어요. 상을 못 받으니까 재미가 없더라고요. 그렇다고 완전 제 취향의 글을 쓴다고 해도 공모전에서 뽑아줄 것 같지도 않고요. 공모전은 공모전 스타일이 확고하니까. 그래서 차라리 무료 연재를 시작한 거였어요.

유튜브 〈박막례 할머니〉 채널의 김유라 PD님 인터뷰가
생각나네요. 대학 다닐 때 학사경고를 받았지만 개의치
않는다는 공통점 때문에 떠올랐나 봐요. 그분은 공모전
에 떨어져도 계속 냈다는 차이가 있지만요. 김유라 PD님
은 아무리 상을 못 받아도 자기 영상이 제일 재미있다고
했거든요. 그렇게 자신에 대한 믿음을 지켜가는 사람들은
결국 잘되나 싶네요.

　　　　김유라 PD님 같은 진취적인 삶은 전혀 아
닌 것 같지만…(웃음) 저도 소설가가 되겠다는
꿈을 한 번도 접어본 적은 없어요. 소설이라고
는 할 수 없어도 나름 상상한 이야기를 글로 쓰
기 시작한 건 초등학교 때부터였거든요. 어렸
을 때는 문장력을 갖추지 못했으니까, 등장인물
이름을 지은 다음 대사를 적고, 한 줄 설명을 쓰
고… 이런 형식으로 소설도 대본도 아닌 뭐라 이
름 붙일 수도 없는 이야기를 즐겨 썼어요. 아이
들은 대개 글씨가 비뚤배뚤하고, 글을 쓰고 나
면 여백이 많이 남잖아요. 그런데 공책 낱장을
반으로 접으면 폭이 좁아져서 더 빽빽하게 쓸
수 있거든요. 본가에 가면 그렇게 가운데가 접
혀서 빽빽하게 글씨로 채워진 공책들이 잔뜩 쌓
여 있어요. 그때부터 나는 소설가가 돼야겠다

할머니가 돼서도 좋아하는 일을 하고 싶어

생각했고, 다른 길은 한번도 생각해본 적이 없어요.

다른 길을 전혀 넘겨다보지 않았기 때문에 데뷔 이후의 무명 생활 10년을 버틸 수 있었나 봐요.

그 10년의 스트레스를 어떻게 버텼는지 솔직히 말씀드리면… 소설 쓰기밖에 할 수 있는 게 없어서이기도 해요.(웃음) 다른 일을 할 수 있는 능력도, 해볼 용기도 없었어요. 그래서 『에보니』쓰기 직전에 그만둬야겠다는 결심을 했을 때는 아주 막막했어요. 이미 30대 중반의 나이에 직장에 들어갈 수도 없고, 기술이 있는 것도 아니고, 다시 공부를 할 수도 없고… 그래서 생각한 게 떡볶이집이었어요.

저를 보면 진로 고민은 40대에도 이어지는 것 같아요. 회사를 언제까지 다녀야 할지, 이 업계에 계속 있어야 할지, 새로운 일에 도전해야 할지, 마흔 넘어서도 계속 고민해요. 아무튼 그때 떡볶이집 열지 않고 계속 글 쓰셔서 다행이네요.

동네 상가를 돌아다니면서 마음에 드는 가게 자리를 찾았어요. 그런데 돈이 있어야 시작이라도 하잖아요. 엄마한테 빌리려고 사정을 이야기하는데 너무 화를 내시더라고요. 지금까지 너 글 쓰는 일을 지지하고 응원해줬는데, 나처럼 식당에서 고생하라고 그런 줄 아냐고 혼나고 나니까 그런 상황이 너무 서럽고 슬퍼서 울었어요. 아까도 얘기했지만 그때는 글 쓰기를 포기하기로 마음먹고서 누가 말만 걸어와도 울 때였어요.(웃음)

눈물이 찰랑찰랑 차 있다가 툭 건드리기만 해도 터져 나오는 시기가 있죠.

네, 스트레스가 가득차 있었어요. 그때는 운동을 되게 좋아해서 하루에 두 시간씩 땀을 흘리고 찬물로 샤워하던 때거든요. 운동하고 있는데 언니 가족이 왔어요. 형부랑 조카까지. 저한테 말을 걸었는데, 느닷없이 막 우니까 너무 놀라더라고요.

심리적으로는 불안정한 시기였지만 그때 운동하며 쌓아둔 체력이 지금 힘든 연재를 이어가는 바탕이 될지도 모르겠네요.

옆에서 지켜보는 가족들이 고생을 많이 했죠. 버피 테스트 하다 말고 갑자기 눈물을 흘리니까 얼마나 당황스러웠겠어요. 지금도 제가 연재할 때 너무 예민해지니까 안 건드리려고 피해 다니는 것 같아요.(웃음)

할머니가 돼서도 좋아하는 일을 하고 싶어

작가님이 예민하다면 남편분은 성격이 무던하고 온화하신 편인가요? 책상 배치를 보면 두 분이 같은 작업실에서 마주 보고 일하시나봐요.

네. 성격이 저랑 완전 반대예요. 남편은 그림 그리는 일을 해요. 외주 일러스트도 하고, 웹툰 제작도 하고요. 저는 감정 기복이 진짜 심하고 엄청 예민한데 이 사람은 늘 담담하고 한결같아요.

하는 일이나 성격이 서로 달라서 도움을 받겠어요.

저는 글 쓰는 스트레스가 심하면 막 울거든요. 지켜보는 사람도 힘들잖아요. 근데 남편은 '응, 또 우는구나', 이렇게 봐줘요.

'또 비가 오는구나', 이런 느낌인가요?

네. 저러다 말겠거니 생각하나 봐요. 제가 울기 시작하면 '괜찮아, 괜찮아', 울다가 좀 괜찮아지면 '한숨 잘래?' 이렇게. 제 감정에 영향을 크게 안 받아서 정말 다행이죠. 새벽에 일하다 갑자기 글이 안 써질 때나, 써놓고 마음에 안 들 때가 있거든요. 그러면 컴퓨터 앞에서 막 울어요. 그럴 때 남편이 어떻게 해결하려 부산을 떨면 외려 힘들어질 수 있는데 그냥 묵묵히 다독여주는 타입이에요.

할머니가 돼서도 좋아하는 일을 하고 싶어

남편 말대로 한숨 자거나 머리를 식히면 좋을 텐데 제가 그런 성격이 못 돼서… 한번은 되게 마음에 안 드는 장면이 있어서 마감을 한번 미루고 서너 번 다시 썼거든요. 그래도 마음에 안 들어서 결국엔 마감하는 날 아침까지 울면서 오기로 썼어요.(웃음)

저도 원고 안 써질 때면 '울면서 쓴다'는 말을 하지만 그건 어디까지나 비유적인 표현이거든요. 작가님은 실제로 그러시는군요.

네. 옆에 티슈통 가져다 놓고 눈물 닦으면서 써요.(웃음) 이렇게 말하면 불쌍하고 슬픈 그림이 연상되지만 사실 웃기는 장면이에요. 뭐라고 알아들을 수 없게 중얼거리면서 모니터를 노려보다가 불평불만을 늘어놓고 또 눈물 훔치다가 키보드를 두드리기도 하고 나중에는 이러고 있는 자신이 이상해서 웃음을 터뜨리는 거죠. '여보, 나 좀 미친 것 같지?' 물어보면 남편이 그래요. '응, 가끔 그럴 때가 있지.'(웃음)

남편 분이 옆에 있어서 참 다행이네요. 바람 앞의 깃발처럼 나부끼는 작가님의 감정 기복을 눌러주는 바위같이 느껴져요.

처음에는 제 행동이 이상했겠죠. 근데 이

사람이 점차 그렇게 바라봐주는 것 같더라고요. '저렇게 감정을 드러내면서 해소하는구나. 혼자 말없이 삭이다가 더 힘들어지는 것보다는 낫다.'

지금은 웃으며 말씀하시지만, 출간 계약을 파기 당했을 때는 엄청 흔들렸을 것 같거든요. 하고 싶은 일을 못하고 좌절할 때 자기 능력에 의심이 들고 힘들었을 텐데 어떻게 그 시기를 넘기셨어요?

사람이 어려운 상황에 빠져 있을 때는 깊은 생각을 못하게 되는 것 같아요. 당장 힘들기 때문에 자기객관화가 잘 안 되는 거죠. 말하자면 저의 문제를 제가 정확하게 못 봤던 것 같아요. 정말 오랜 시간 고민했어요. '내 작품은 시장성이 없나?' '내가 쓴 글은 결국 아무도 안 좋아하는 글일까?' 그런 고민을 계속했죠.

사실 내가 쓰고 싶은 글도 재미있는 글, 출판사에서 원하는 글도 재미있는 글이잖아요. 그 간극을 줄이는 방향으로 잘 개선해봐야 하는데 그 일이 쉽지 않았던 것 같아요. 한번은 겪어야 하는 과정 같기도 해요. 고민과 좌절 없이는 얻기 어려운 경지 같거든요. 자기객관화라는 게.

지금 힘든 과정 속에 있는 창작자들이 특히 참고할 법한 이야기네요.

할머니가 돼서도 좋아하는 일을 하고 싶어

물론 힘든 시기를 짧게 경험하고 잘 넘기는 분들도 있겠죠. 정말 부러운 분들이에요. 저는 정말 오래, 10년이나 걸렸지만 돌이켜보면 필요한 시간이었던 것 같아요. 지금도 제가 쓰는 글이 그리 대중적이지는 않다고 생각하거든요. 어디까지 타협을 해야 하나 작품마다 늘 고민하고 있어요. '내가 하고 싶은 이야기는 이런 방향이지, 이 방향은 유지하되 읽는 분들이 좋아하실 수 있게 저런 부분은 축소하고 좀더 재미있는 이야기로 채워보자', 이런 생각을 많이 하고요.

프로라고 해도 매번 확신에 찰 수는 없는 것 같아요. 흔들리고 고민하며 나아가는 건 마찬가지겠죠.

네. 쉬운 적은 한번도 없었어요. 그런데 얼마 전에 제가 추구해온 것이 틀리지 않았다는 답을 받은 느낌이 들었어요. 『에보니』의 뮤지컬 판권 계약이 되었다는 연락을 받았거든요. 힘들었던 10년의 시간을 다 보상받은 기분이었어요.

멋지네요! 영화나 드라마로 만들면 좋을 이야기이지만 너무 스케일이 커서 담아내기가 어렵지 않을까 생각했는데… 생략과 압축이 가능한 무대예술이라면 더 잘 어울리겠어요.

제 첫 책이 나왔을 때 대학교에서 시를 가

자야

르쳐주셨던 선생님께 선물해드린 적이 있어요. 그런 말씀을 해주시더라고요. '장르문학과 순수문학의 경계를 허무는 작가가 되어봐라.' 너무 좋은 말씀이지만 쉬운 일이 아니죠.

저는 조금 다른 생각을 했어요. '그 경계가 과연 그렇게 명확한 걸까?' 웹소설이나 장르문학이라고 해도 의미 없이 소비되는 킬링타임용 소설로만 남지는 않으리라는 믿음이 저에게는 있었어요. 재미만 있으면, 오히려 재미를 적극적으로 추구하는 장르이기 때문에 더 오래 더 많은 사랑을 받을 수 있지 않을까요? 내가 어떻게 써야 그런 목표에 더 가까이 갈 수 있을까 하는 고민도 많이 했고. 『에보니』가 뮤지컬로 만들어진다는 소식에 그런 고민이 보상받았다는 희열, 내 생각이 틀리지 않았다는 안도… 복합적인 감정이 한꺼번에 찾아왔어요.

독자들은 구분해서 읽지 않는데, 순문학과 장르문학의 경계를 뚜렷하게 인식하는 건 책을 만드는 사람들 입장 같기도 해요. 순문학 쪽 글을 써볼 생각은 한 번도 없으셨나요?

시를 좋아해요. 한 단어 한 단어가 주는 극한의 글맛 같은 게 있잖아요. 지금은 일과 관련된 책을 많이 보지만 예전에는 고전소설 읽기도 좋아했고요. 너무 다른 분야라 어렵기도 하

할머니가 돼서도 좋아하는 일을 하고 싶어

고, 제가 시 쓰는 쪽에 재능이 있는 것 같진 않지만 나중에 깊이가 생기면 어떨까 기대도 해요. 70~80세 할머니가 되면 그때는 쓸 수도 있지 않을까.

판타지 장르는 등장인물도 많고 주변 국가의 역사와 문화에 대한 설정도 치밀하잖아요. 아이디어 구상 단계에서 어떻게 기록하고 집필에 활용하시는지, 창작 과정이 궁금해요.

사실 꼼꼼하게 기록해두기보다 즉흥적으로 쓰는 타입이에요. 세계관에서 지도 정도만 구상을 해놓고 거의 머릿속에 담고 가요. 한창 바쁘게 하루에 두 편씩 쓸 때는 다음 편 내용도 미리 정해놓지 않고 써내려갈 때도 있어요. 추천해드릴 만한 방식은 못 되죠. 오히려 다른 분들은 이렇게 하지 마시라고 말씀드려야 할 것 같습니다.(웃음)

우리가 지금 '웹소설, 이렇게 써라!' 교과서를 만드는 것은 아니니까요. 그냥 작가님이 일하는 방식을 편하게 소개해주시면 좋겠어요.

네, 제가 일하는 방식은…(웃음) 아주 상세히 설정해놓고 시작하는 편은 아니에요. 특히 『에보니』는 말씀드린 것처럼 제 마음을 따라 솔

> **" 재미만 있으면, 오히려 재미를 "**
> **적극적으로 추구하는 장르이기**
> **때문에 더 오래 더 많은 사랑을**
> **받을 수 있지 않을까요?**

할머니가 돼서도 좋아하는 일을 하고 싶어

자야

직하게 썼으니 더 그랬죠. 이전 작품인 『여왕님 안 돼요!』 세계관을 유지하면서 다른 국가를 배경으로 했기 때문에 더 준비 없이 돌입할 수 있었고요. 그리고 주인공 에보니나 단테는 계속 이야기를 끌고 가는 캐릭터이기 때문에 오히려 설정을 세세하게 해두기보다 쓰면서 즉흥적으로 정한 것들이 많아요. 집중적으로 구상해놓는 것은 제 마음속에 있는 어떤 장면들이었어요. 가끔은 상상한 그 장면을 담기 위해서 이야기 전체를 만드는 느낌까지 들거든요.

『에보니』의 경우는 어떤 장면이 그랬나요?

패트리샤가 자신을 배신한 연인에게 복수할 때의 장면이요. 건물 위에서 몰락을 지켜보는 장면을 그리고 있었고, 그걸 만들기 위해서 두 사람의 이야기를 쌓아갔어요. 처음과 끝이 정확하게 구상되어 있던 캐릭터죠. 『에보니』이후 소설들은 구상을 어느 정도 마쳐놓고 썼지만 다른 작가님들처럼 자료를 마련해두지는 않았고, 기억에 의존했어요.

설정을 꼼꼼하게 메모해두지 않으면 머릿속에 있던 것들을 잊어버리게 되지 않나요?

메모 대신 저는 남편을 앞에 놓고 먼저 이

할머니가 돼서도 좋아하는 일을 하고 싶어

야기를 들려줘요. 앞으로 에피소드를 이런 식으로 진행하면 어떨까… 글 쓰기 전에 말로 먼저 이야기하면서 고쳐가고 결정하는 식이에요. 코로나 이전에는 거의 매일 카페를 갔어요. 한 시간 정도 앉아서 얘기를 나누는 거죠. 남편은 가만히 듣다가, '앞부분을 보면 이 캐릭터의 행동에서 개연성이 떨어지지 않아?' 이런 식으로 의견을 주기도 하고요.

남편분이 작가님의 메모 앱이자 외장하드 역할을 하시네요. 원고 백업은 어떻게 하고 계세요?

제가 굉장히 덤벙거리는 타입이라 여러 군데 나눠서 저장하는 정도만 신경 써요. 연재할 때 중요하게 여기는 부분은 퇴고인데요, 글 쓴 다음에 제가 한 번 퇴고를 하고 남편이 한 번 더, 그러고 나서 편집자님, PD님이 보신 다음 다시 보내주시면 최종적으로 다시 봐요. 교정만 다섯 번을 거칠 때도 있죠. 그런데도 오타나 비문이 나와요.

그렇게 매 순간 긴장을 놓을 수 없는 일이기 때문에 정신적인 건강을 지키려는 노력도 꾸준히 할 필요가 있을 것 같아요.

뭔가 도움 되는 말씀을 해드리고 싶은데 정신을 건강하게 만드는 방법은 정말 저도 모르겠어요. 어떻게 해야 건강해지는 걸까요? 아직도 그런 생각을 가끔 하거든요. 싫은 게 많은 사람이 작가가 되는 게 아닌가.(웃음) 저는 식당 일을 하면서 사람에 대한 무서움이 커져서 심할 때는 대인기피증이 생길 정도예요. 내가 사람을 싫어해서 작가가 되었나 가끔 생각해요.

힘든 경험도 글의 재료로 삼을 수 있다는 건 소설가의 장점일 것 같기도 해요.

식당에서 있었던 일을 글에 녹여낸다면 연쇄살인이나 대학살 이야기를 쓰게 될걸요? 대하드라마로도 모자라요.(웃음) 인간을 관찰하는 연습에는 도움이 되었을지 모르겠네요. 사람을 싫어하면 두려움 때문에 더 집중해서 관찰하게 되거든요.

싫은 부분은 어떤 인물의 성격에 부여해서 결국 죽음을 선사하나요?(웃음)

제가 싫어하는 부류의 사람을 창조해서 죽여버릴 때도 물론 있어요.

분명 좋아하는 것도 남들보다 더 많으실 거예요. 작가님 소설 속에는 추한 욕망들도 드러나지만 인간성의 아름다운 면도 찬란하게 빛나잖아요. 양쪽을 다 예민하게 느껴

할머니가 돼서도 좋아하는 일을 하고 싶어

야 창작을 할 수 있는 것 같아요.

그런가요? 그렇다면 정말 다행이고요.

마감이 늦어질 때는 이실직고를 하고 시간을 벌어서 마음
편히 쓰시는 편이에요, 아니면 편집자에게 연락 올 때까
지 조용히 쓰고 계시는 편인가요?

항상 미리 연락해요. 편집자님도 직장인
인데 밤이나 주말은 피해 업무 시간에 연락하려
고 노력하고요. 밤에 메일 보내야 할 때는 예약
메일로 걸어놔요. 저도 메일이나 메시지를 받으
면 알림 소리 때문에 잠에서 깨거든요. 프리랜
서 직장인 가리지 않고 자기 일이 급하면 주말
이나 오밤중까지 연락하는 사람을 워낙 많이 봐
서, 나라도 그러지 말자고 생각해요.

어떻게 하면 작가님처럼 글을 잘 쓸 수 있는지 묻는 질문
들을 많이 받으실 거예요. 글을 잘 쓰고 싶다는 사람들에
게는 어떤 이야기를 해주세요?

그런 식의 작법 강의 제안을 받을 때가 있
는데, 거절해요. 바빠서 강의할 여력이 안 되기
도 하지만 글 쓰는 데는 요령이 따로 있다기보
다 정도가 있을 뿐이고 그것만 통하는 듯해서
요. 쉬운 방법, 빠른 매뉴얼 같은 게 없어요. 그
냥 많이 읽고 많이 쓰는 거죠.

작가님이 그랬던 것처럼 '이 책장에서 저 책장까지 읽으세요', 이런 게 '정도'일까요.(웃음)

제가 어릴 때는 책을 구해 보기가 쉽지 않았고, 지금은 워낙 읽을거리가 많으니까 오히려 선별이 중요하지 않을까요? 그때의 저처럼 막 읽기보다는 평이 좋은 작품을 읽으라고 하죠.(웃음) 물론 외면받는 작품을 읽어서 배우는 것도 있지만요.

이미 많이 읽고 많이 쓰고 계신 분이라면, 완결까지 연재를 해보라고 꼭 권해드리고 싶어요. 지금 웹소설 시장에는 워낙 많은 작품들이 올라오고 거기서 소수의 작품만 잘되거든요. 그러다 보니 많은 지망생분들이 초반 몇 편 정도를 써서 무료 연재 사이트에 올려보고 반응이 안 좋으면 접어버려요.

방송의 파일럿 편성 같은 거군요.

네, 독자분들의 클릭을 유도해야 하기 때문인데, 완결을 경험해보지 않고 가능성만 타진하다 그치면 나중에 작가가 되었을 때 뒷부분을 끌고 나갈 수 있는 체력이나 힘이 부족할 수 있어요. 저 역시 중간에 계약 해지가 되면서 글을 멈춘 적이 있거든요. 결국 다른 회사랑 계약을 하게 되어서 완결까지 쓰긴 했는데 그 기간이

할머니가 돼서도 좋아하는 일을 하고 싶어

되게 오래 걸렸어요. 그때 완결을 안 썼으면 지금까지 부끄러운 일로 남았을 것 같아요. 잘되든 안 되든 끝까지 마쳐보는 경험이 사람을 성장시키는 것 같아요.

지금 준비하시는 신작에서는 무엇을 새로이 시도하고 있을까요?

첫마음을 많이 생각하고 있어요. 『에보니』를 쓸 때 생각했던 것처럼 진짜 쓰고 싶은 걸 써야겠다고요. 사실 돈을 벌고 싶었다면 작가가 안 됐을 거예요. 돈을 벌 수 있는 더 쉽고 빠른 길을 찾았겠죠. 제 꿈은 호호백발 할머니가 돼서도 인기 있는 웹소설 작가로 남는 거예요. 결국은 좋아하는 일을 어떻게 계속할 수 있을까, 고민하는 거죠. 이번에는 처음부터 차근차근 다시 생각해보는 중이에요.

웹소설 작가님들 가운데 인기 있는 분들은 수입이 아주 많다고 알고 있어요. 제가 절대적인 액수를 여쭤보진 않겠지만 대략 말씀해주실 수 있을까요? 예를 들어서 친구에게 맛있는 걸 사주기로 한 날, 친구가 초밥집에서 만나자고 해도 당당할 수 있는 여유로움 있잖아요. 작가님이 표현해보는 경제적인 풍요는 어느 정도일까요?

부모님에게서 경제적으로 자립하고, 용돈

도 드릴 수 있다는 기쁨이 가장 큰 것 같아요. 그리고 조금씩 집을 늘려가는 재미가 있었어요. 원룸에 살다가 작품이 잘되면서 방 두 개짜리 40년 된 아파트로, 그리고 지금의 30평대로 옮겼거든요. 물론 여전히 오래된 아파트고 지방이라 서울 부동산보다 훨씬 저렴하지만요.

작품이 잘되어 인세 수입이 늘어나면서 생활환경을 조금씩 향상시키는 성취감이 컸겠네요.

저는 오랜 기간 글을 써서 소득을 올리지 못했으니 더 그랬죠. 하루에 여섯 시간 서빙하며 받는 시급은 간신히 제 용돈 정도였고, 정신적으로 힘들어서 식당 일을 못 나갈 때는 그나마 수입도 없었어요. 당시 애인이던 지금의 남편이랑 같이 살 때는 약속을 잡고 외출하기 전에 5000원씩 빌려서 나갔어요. 친구 만나 커피 마실 돈도 없어서요. 그때는 남편도 고민이 많았대요. '나도 그림 그리는 가난한 사람인데 얘는 나보다 더 가난하고… 어떻게 같이 살아야 하나.'(웃음) 그때 그림을 그만두고 직장에 다닐 생각도 했다고 하더라고요. 작업실 책상 보시면 알겠지만 무척 크잖아요. 신티크랑 모니터 큰 게 두 개씩 올라가야 되니까… 원룸에 저런 책상 두 개를 놓고 나니 둘이서 잘 공간이 모자란

할머니가 돼서도 좋아하는 일을 하고 싶어

거예요. 자려고 누우면 다리가 책상 밑으로 들어가고 그랬어요. 그런데도 워낙 사이가 좋아서 정말 행복했어요. 생활은 어려웠지만 두 사람 다 가난을 부끄럽게 여기거나 침울해하지는 않는다는 점이 다행이었죠.

그럼 결혼은 언제 하셨어요?

작년인가 재작년인가…(웃음) 기억이 잘 안 나요. 순서가 좀 특이했거든요. 동거부터 하다가 혼인신고를 재작년에 먼저 하고, 그다음에 작년에 결혼했나 봐요. 저는 결혼기념일도 잘 기억 못해요. 저랑 남편은 늦은 나이에 만났고, 결혼도 서른아홉에 했어요. 적지 않은 나이에 둘이 좋아서 같이 살기로 한 거니까, 매일 삼각김밥을 먹더라도 양가 부모님한테 손 벌리지 말자고 못을 박고 시작했어요. 결혼식이나 결혼 준비, 혼수도 양가 부모님 도움을 받지 않았죠. 물론 다 생략하고 식장에서 식만 올리는 식으로 간소하게 치렀지만요. 오히려 꾸밈비에 쓰라고 부모님께 돈을 드렸어요. 그때 제일 보람을 느꼈던 것 같아요. 하나부터 열까지 스스로 할 수 있다는 것에요.

비용 문제를 스스로 해결했을 뿐만 아니라, 그렇기 때문에 절차도 자유롭게 결정할 수 있었겠네요.

네. 혹시 부모님과 갈등을 겪고 계신 분이 있다면 꼭 말씀드리고 싶어요. 먼저 경제적인 독립을 이루어야 부모님이 주는 스트레스를 안 받고 살 수 있다는 거요.

맞아요. 성인인데 부모님 공간에 같이 살고 가사노동도 제대로 하지 않으면서 '참견하지 마세요!' 이런 건 좀 말이 안 돼요.

경제적으로 의존하고 있다면 부모님 잔소리도 감수해야죠. 완전한 독립을 이루고 나면 부모님도 함부로 간섭하지 않으시는 것 같아요. 물론 저희 엄마는 밥을 해주시니까 그 부분은 제가 감사드리죠.(웃음) 지금 엄마는 식당 일을 너무 오래 하셔서 여기저기가 많이 편찮으세요. 큰 수술도 받으셨고요. 다행히 예전하고 달리 제가 돈을 벌고 있으니까 용돈을 넉넉하게 드리지만, 조금 더 열심히 일하면 엄마를 쉬게 해드릴 수 있지 않을까 생각해요. 아침에는 수영하고 저녁에는 산책도 하면서 편하게 사셨으면 좋겠어요. 그런데 엄마는 본인 일을 그만두지 않으려는 의지가 강하세요.

할머니가 돼서도 좋아하는 일을 하고 싶어

이제 좀 쉬셔도 될 텐데 정말 근면하시네요. 어머니를 은퇴시키고 싶다고는 하지만, 작가님 자신도 너무 열심히 일하고 계신 것 아닌가요?

작품 수가 적지는 않은 편이죠. 2017년에 『에보니』, 2018년 『사자와 왕녀』, 2019년엔 이전에 썼던 『여왕님 안 돼요!』를 공개하면서 2020년 4월까지 『악녀들을 위한 안내서』를 썼으니까 거의 매년 장편 하나씩을 썼네요.

편당 200화 안팎은 되잖아요. 분량이 어마어마한걸요.

그렇게 쓰다가 쓰러진다고 주변에서 걱정도 하시는데, 이렇게 누군가 내 글을 좋아해줄 때 더 열심히 일해야 한다는 책임감이 있어요. 이건 엄마를 닮은 것 같아요. 남편한테 이렇게도 말해요. '내가 지금 시건방지게 놀고 있을 때가 아니야!' 남편은 듣고 어이없어하죠.

할머니가 될 때까지 웹소설 작가로 살고 싶다고 하셨으니까 에너지를 살살 아껴야 하지 않을까요? 오래가려면.

저는 한번 소진돼보고 또다시 회복하는 것도 경험이라고 생각해요. 한껏 다 쏟아내고 에너지를 불사른 다음 제자리로 돌아와보면 그다음에는 더 빨리 돌아올 수 있지 않을까요? 지쳤을 때도 좀 놀다 보면 다시 글 쓰고 싶어지더라고요.

글 쓰는 스트레스야 언제든 있는 거니까. 아예 무기력해져서 아무것도 못하겠다 싶었던 적은 없어요. 항상 다음 이야기가 어서 쓰고 싶어져요.

쉴 때는 주로 뭘 하시나요?

아무 생각 없이 지내요. 게임 많이 하고, 책 보고, 다른 작가님들이 쓰시는 웹소설을 많이 읽어요. 가만히 내버려두면 혼자서도 재미있게 잘 노는 편이지만, 남편이랑 노는 게 제일 재미있어요. 남편도 일이 없고 저도 쉴 때면 둘이 게임기 앞에 앉아 애들처럼 놀아요. 요즘은 신작 준비 때문에 정신이 없는데 조만간 여유가 생기면 〈어쌔신 크리드: 오디세이〉 게임을 하려고 해요.

두 분은 함께 일하고 함께 놀 수 있는, 잘 통하는 동료 같네요. 좋은 결혼 생활을 꾸려가는 분들로 보여요.

30대가 되면 여자들이 그런 얘기 많이 듣잖아요. '너 결혼 안 하면 나중에 외롭다, 늙으면 누가 널 돌봐줄 것 같니, 지금 애 안 낳으면 노산이다'… 저 역시 별의별 소리를 다 들었고, 지금도 애가 없으니까 여전히 듣고 있어요. 이제 그런 이야기는 너무 흔해서 무슨 타격을 받지도 않아요.

할머니가 돼서도 좋아하는 일을 하고 싶어

지방에서 살수록 심한 것 같아요. 몇 살까지는 결혼해야
한다는 압박, 아이를 낳는 것이 선택이 아니라 의무처럼
여겨지는 거요.

저는 특히 식당에서 일하니까 할머니들이
다들 당신 딸처럼 취급했어요. '부엌일 잘하네,
시집 보내도 되겠다.' '저거 늙어서 어디에다 써
먹냐.' 너무 말이 많았어요. 그러면 제가 가서 물
어봤죠. '할머니, 할머니는 다시 태어나면 결혼할
거야? 자식 키우고 남편 뒷바라지하면서 또 그
렇게 살고 싶어?' 그럼 할머니는 대답하세요. '미
쳤냐(웃음) 내가 그 짓을 왜 또 해? 난 혼자 내 맘
대로 살 거다!' 웃으면서 제가 그러죠. '아니, 자
긴 안 한다면서 왜 나한테는 결혼하라 그래?' 그
래도 한 번은 해봐야 한다는 거예요. 뭔가 앞뒤
가 안 맞죠. 그분들에게는 그런 게 정을 표현하
는 방식이 아닌가 정도로 이해하고 넘겨요.

맞아요, 본인 결혼 생활에서는 부당하고 불행한 일을 많
이 겪은 예전 어른들도 결혼은 필수라는 고정관념에서 벗
어나지 못하는 경우가 많죠.

남편 만나기 전, 제가 오랫동안 무명 생활
하면서 경제적으로 힘들 때는 부잣집 아들과 선
을 보라는 이야기도 들었어요. 10억짜리 원룸 빌
딩을 가지고 있는 누구네 집 외아들이라는 거예

요. 제가 또 지지 않고 화를 냈어요. '할머니, 내가 그 남자랑 결혼하면 10억짜리 건물 명의 내 앞으로 해준대? 말해봐, 아니잖아. 그 사람 부모님이 안 까먹고 아들 물려준다는 보장이 없어. 물려줘도 아들에게 물려주지 나한테 주진 않을 거잖아. 잘 보여서 그거 상속받겠다고 시집 가서 집안일하고 애 낳으라는 소리야 지금?'

실례네요, 자기 능력으로 충분히 10억을 벌 수 있는 분한테 말이죠.(웃음)

　　　　　제가 그땐 전투력이 강해서 그냥 넘어가지 않았어요. 식당에서 일을 하면 워낙 반말을 많이 들으니까 저도 친절하게 웃으면서 같이 반말을 했어요. 그러다 엄마한테 혼난 적도 많지만요.(웃음)

결혼을 하고 말고, 아이를 낳고 말고는 개인의 결정이고 사생활인데 참견하기 시작하는 사람들에게는 그렇게 단호하게 대응할 필요가 있는 것 같아요.

　　　　　저는 그렇게 생각해요. 결혼은 필수가 아니라, 해도 되고 안 해도 되는 선택의 문제예요. 만약에 혼자 사는 게 너무 심심하다거나 외롭다거나 누군가와 같이 있는 게 더 좋은 사람이라면 결혼을 할 수도 있겠죠. 그럴 때 사람을 고르

할머니가 돼서도 좋아하는 일을 하고 싶어

는 기준을 '둘이 놀면 재미있는 사람'으로 정해 두면 괜찮을 것 같아요. 혹시 가난하거나 조건이 안 맞거나 해도 말이죠.

작가님의 경험에서 우러난 얘기로군요?

진짜 대화가 잘 통하는 사람이면 다른 조건은 그렇게 중요하지 않은 것 같아요. 저희도 둘 다 너무 가난하니 부모님들이 걱정 많이 하셨다고 하더라고요. 양가에서 서로 '사위도 우리가 데리고 살아야겠다', '며느리도 우리가 거둬야겠다', 이렇게 생각하신 것 같아요. 어쨌든 저희는 아무 걱정을 하지 않았어요. 서로가 있으니까.

재미있네요, 로맨스 작가님이 얘기하는 사랑이란 것이 극적인 열정이 아니라, '같이 놀면 재미있는 사람과 함께 하는 삶'이라는 것이요.

저는 뉴스를 많이 보거든요. 너무 화가 나고 가슴이 답답하고 스트레스를 받지만 안 볼 수가 없어요. 이제는 소설의 세계관을 짤 때 실제 현실을 외면해서는 안 된다고 생각하니까요. 그런데 뉴스를 보다가 남편과 대화하다 보면 사회문제 같은 것에 대해 의견이 안 맞을 때가 있어요. 그러면 막 대여섯 시간씩 이야기를 해요. 서로 자기의 의견을 굽히지 않고 끝까지 양보하지 못하는 부분도 있지만 대화를 길게 이어가요. 밤새워서 얘기만 하다가 아침에 뜨는 해를 볼 때도 있고요.

연애 초기가 아니라 결혼 후에도요?

네. 연애 시작 단계에서 이 사람을 알아가는 게 재미있어서 밤새 이야기하는 게 아니라, 몇 년 같이 지냈음에도 여전히 대화가 즐거워요. 주변 어른들은 또 그러세요. '너네는 그렇게 하루 종일 붙어 있으면 안 싸우냐? 안 지겨워? 남편은 아침에 나갔다가 오밤중에 들어와야 좋은 거지.'

너무 옛날 사고방식이네요. 부부가 다정하게 잘 지내는 걸 이상하게 보고, 다른 데서 즐거움을 찾으려는 거요. 건강하지 못해요.

그런 질문을 받으면 '왜요, 같이 있으면 좋잖아요'라고 대답하는데 노인분들이 이해를 잘 못하세요. 동네에서 항상 둘이 손잡고 돌아다니는데 어쩌다 한 사람만 나가면 동네 할머니 할아버지들이 그렇게 물어봐요. 하나 떼놓고 어딜 나왔냐고.(웃음) 그분들 보기에 나이가 많아 결혼하니 더 관심을 가지시는 것 같아요.

할머니가 돼서도 좋아하는 일을 하고 싶어

자야

다시 소설 이야기로 돌아가볼게요. 작가님이 만들어내신 캐릭터에는 다 애정이 가겠지만 조연들 중에 최애 캐릭터는 누구인가요?

제가 진짜 좋아하는 조연들은 그다지 인기가 많지 않았어요. 『에보니』에서는 바르바라 캐릭터를 주인공보다 먼저 구상했어요. 억울하게 감옥에 갇힌 여자 주인공이 자살하지 않고 버티기 위해서는 어떤 환경이 필요할까… 건강한 정신을 가진 올곧은 사람으로 남아 있기 위해서는 곁에 어떤 존재가 있어야 할까… 그런 생각을 하면서 존경할 수 있는 여성 스승을 설정한 거죠. 정말 좋아하는 캐릭터라 처음부터 『에보니』 외전은 정해놓고 시작했을 정도였어요. 그런데 편애하면서 쓰면 티가 난다고 하더라고요.(웃음)

바르바라와 에보니의 관계도 멋있었고, 바르바라와 패트리샤, 에보니와 질리언의 관계도 그랬어요. 『에보니』에서는 여자들이 갈등이나 반목하기보다 협력을 많이 해요. 여자가 여자를 돕는다는 느낌이라고 할까요.

그것도 제 성향이 묻어나는 것 같아요. 제가 여자를 좋아하니까요. 여자 너무 좋아요.(웃음) 저에게 힘든 일이 있을 때마다 공감해주고 위로해주고, 또 도움을 준 이들은 대부분 여자

할머니가 돼서도 좋아하는 일을 하고 싶어

였어요. 자꾸 식당 얘기를 하게 되는데… 그때 극도로 싫은 경험은 대부분 남자 손님 때문에 겪었어요. 때리고 부수고 추행하고. 밤에 집 앞에서 술 취한 남자에게 끌려갈 뻔한 적도 있고, 죽을 뻔한 적도 있어요. 그래서 어두워지면 혼자서 절대 밖에 안 나가요. 얼마나 트라우마가 심했는지 저 때문에 몇 년 동안 친구들이 돌아가면서 집까지 데려다준 적도 있어요. 자기들도 여자면서.

진짜요? 『에보니』에서 다뤄지는 술 취한 성인 남성에 대한 공포가 그럼…

　　　네. 저의 경험에서 나온 거예요. 남편도 처음에는 제가 느끼는 공포를 이해하지 못했었는데 몇 년 살다 보니까 조금씩 알게 되는 것 같다고 해요.

여자들은 크고 작은 폭력의 피해자가 되어본 경험이 다들 있잖아요. 타인의 사례를 접할 때도 자기 고통처럼 공감하고요. 남자들은 이해하는 토대가 다르다는 생각이 들 때가 많아요.

　　　네. 정말 살면서 겪는 경험이 너무 달라요. 트라우마가 있는 사람은 사실 그것을 극복하는 게 아니에요. 참고 살 뿐이죠. 저는 혼자 지하철을 탈 때 웬만해서 의자에 앉지 않아요. 사람들과 부딪히는 게 무서워서요.

작가님이 여자를 좋아한다고 말씀하시는 건 상대가 나를 안전하게 대할 거라는 감각 때문이군요.

최소한 여자한테는 맞거나 추행당한 적이 없으니까요. 제가 느끼는 공포심에 대해서도 이해해주고요.

여성들을 대상화하는 콘텐츠들에 우리도 모르게 길들여지는 것처럼, 여자의 적은 여자라는 식의 틀도 주입받아 온 것 같아요.

드라마나 로맨스에서 자주 나오듯이 남자 한 명 때문에 질투하고 시기하고 서로 대립각을 세우는 여자들이 실제로 존재하나요? 저는 그런 행동들을 겪어본 적이 없어서요. 제 친구들은 담백하고 건조하지만 그러면서 따뜻하게 서로 배려해요. 서로 생각이 달라 부딪칠 때도 있지만 비겁한 뒷담화를 하지는 않아요. 할 말이 있다면 그 사람 있는 자리에서 직접 하죠.

그런 친구들과 맺어온 관계가 작가님 소설에도 충분히 드러나는 것 같아요. 이제 정리하는 질문을 드려볼게요. 웹소설 작가로 사는 기쁨과 슬픔이 있다면 어떤 걸까요?

할머니가 돼서도 좋아하는 일을 하고 싶어

좋은 점은 좋아하는 일을 하면서 돈을 번다는 거예요. 댓글 등을 통해서 독자님들의 반응을 볼 수 있다는 것도 큰 기쁨이고요. 이전처럼 종이책 시장이 기본이었다면 책이 나오는 데까지 긴 시간이 걸리고 나온 뒤에 피부로 느낄 수 있는 반응도 덜하겠죠. 고료도 작가들이 여유로운 소득을 올릴 수 있는 정도가 못 되었고요.

지금 이렇게 시장이 커지고 독자들이 많아져서 웹소설 작가들에게는 행복한 시기라고 생각해요. 물론 일은 힘들지만 좋아하는 일을 하는 게 곧 기쁨이죠. 하고 싶은 이야기가 많은 사람일수록 자유롭게 작품 활동을 할 수 있으니 더 큰 기쁨을 느낄 것 같아요.

작가님이 바로 그런 분이잖아요. 하고 싶은 이야기가 많은 사람.

네. 저는 써보고 싶은 작품이 너무 많아요. 스릴러나 미스터리, 여러 장르가 뒤섞인 이야기에 도전하고 싶어요. 우리나라에서 잘될지는 모르겠지만 『왕좌의 게임』이나 『위처』 같은 다크 판타지도 써보고 싶고요. 가끔은 내가 몸이 세 개였으면 좋겠다고 생각해요. 한 명은 로맨스를, 한 명은 다크 판타지를 쓰고 나머지 한 사람은 계속 잠만 자는 거죠.(웃음)

세번째 사람은 부디 두 시간마다 깨지 않고 숙면을 취하면 좋겠네요. 그럼 웹소설 작가로 살면서 가장 힘든 점은 뭔가요?

아무도 내가 하는 일을 완전히 이해하지 못한다는 거요. 글 쓰기가 다른 사람들 눈에는 그렇게 힘든 일로 안 보이거든요. 가족들은 물론이고 저와 24시간 함께 있는 남편도 제가 얼마나 어렵게 작품을 만드는지 속속들이 이해하지는 못해요. 다른 사람들 눈에는 제가 노는 것처럼 보이는 때가 있어요. 드라마 보고, 가만히 누워 있고, 책 보고, 게임 하고, 커피 마시러 가고…

하지만 그런 시간에도 생각하고 있는 거잖아요. 글을 어떻게 쓸지.

자기 전까지 생각하고, 가끔은 자다가도 벌떡 일어나서 생각하고, 눈뜨고 나서도 누운 채로 계속 생각해요. 일상 속에서 구상을 계속하지 않으면 연재를 할 수가 없어요. 그런데 다들 그것까지 일이라고 생각해주지 않거든요. 가끔 프리랜서는 집에서 노는 사람 취급 하기도 하고요. 비슷하게 글쓰는 일을 하는 사람이 아니면 누구도 이해하기 어려울 거예요. 저도 이해받을 거라는 기대는 하지 않고요.

할머니가 돼서도 좋아하는 일을 하고 싶어

수면 위가 잔잔해 보여도 물 아래로는 거친 물결이 요동
치고 있죠. 평온해 보이는 일상 속의 사람들도 저마다 치
열하게 고민하는 경우가 많고요.

같은 일을 하는 동료가 그래서 필요해요.
작가들은 변함없이 혼자 일하더라도 이야기를
나눌 수 있는 같은 업종의 사람이 주변에 있다는
데 큰 의미가 있어요. 그들에게만 이해받을 수
있는 외로움이 있기 때문이에요.

식당에서 일하며 글을 쓰던 시절의 작가님으로부터 어느
새 멀리 오신 것 같아요. 그 시기의 자신을 만난다면 어떤
얘기를 들려주실 것 같아요? 당시의 작가님처럼 일상적
인 폭력이나 스트레스가 지나친 환경을 견디며 일하고 있
는 사람들에게 해주고 싶은 이야기도 궁금해요.

정말 어려운 질문이네요. 어떤 말로도 위
로가 되지 않을 거라는 걸 아니까요. 저는 그때
현실은 시궁창이고 인간은 쓰레기라고 입버릇
처럼 말하고 다녔어요. 당시의 저를 만난다면
제발 그러지 좀 말라고 하고 싶네요.(웃음) 그리
고 혹시 예전의 저와 비슷한 상황에 놓인 분이
있다면, 이렇게 생각해보라고 말씀드리고 싶어
요. 나는 좋은 사람이고, 시간이 지날수록 더 좋
은 사람이 될 거라고요. 그러니까 스트레스에
매몰되지 말고, 남을 미워하느라 시간을 낭비하

지도 말고, 나를 행복하게 해주는 것들을 찾는
거예요. 저에겐 그게 책이고, 공상이고, 글을 쓰
는 일이었어요.

"가장 가까운 자리, 나와 상대를 구분할 수 없을 만큼 가까운 곳. 악착같이 눈이 멀고 서로의 심장 소리가 들리며 숨을 나눠 마시는 그 자리, 너무 좁아 오직 한 사람만 들어가는 그 자리."

『에보니』에서 자야 작가는 사랑에 대해 이렇게 관능적인 문장으로 표현했다. 로맨스 소설 작가는 실제 현실에서 어떤 사랑을 할까? 혹은 어떤 관계가 좋은 사랑이라고 생각할까? 준비한 질문을 그대로 던져보지는 않았지만 다른 답변들에서 이미 느껴졌다. 가장 즐거운 대화 상대, 둘이서만 시간을 보내도 지루하지 않은 친구, 빈손으로도 서로 함께하기에 충분한 동반자, 격려하고 북돋우는 응원 부대, 정서적 안정제, 일의 실마리를 풀어주는 조력자. 일할 때의 고독을 완벽하게 이해하지 못하더라도 그 외로움이라는 태풍을 맞을 때 곁에서 묵묵히 바람을 막아주는 버팀목.

일과 사랑이 둘 중 하나만 선택해야 하는 거라는 오해는 여성들의 일방적인 희생으로 이어질 때가 많다. 과연 그럴까? 좋은 관계를 맺어 최선을 다하고 사랑을 돌려받는 경험을 할 때, 누구든 안정된 파트너십과 지원을 누리며 더 나답게 잘 일할 수 있다.

우리니까, 지금이라서 가능한 것들

스브스뉴스 〈문명특급〉 PD

재재

지금 이 팀과 함께하는 시간이
소중한 것 같아요.

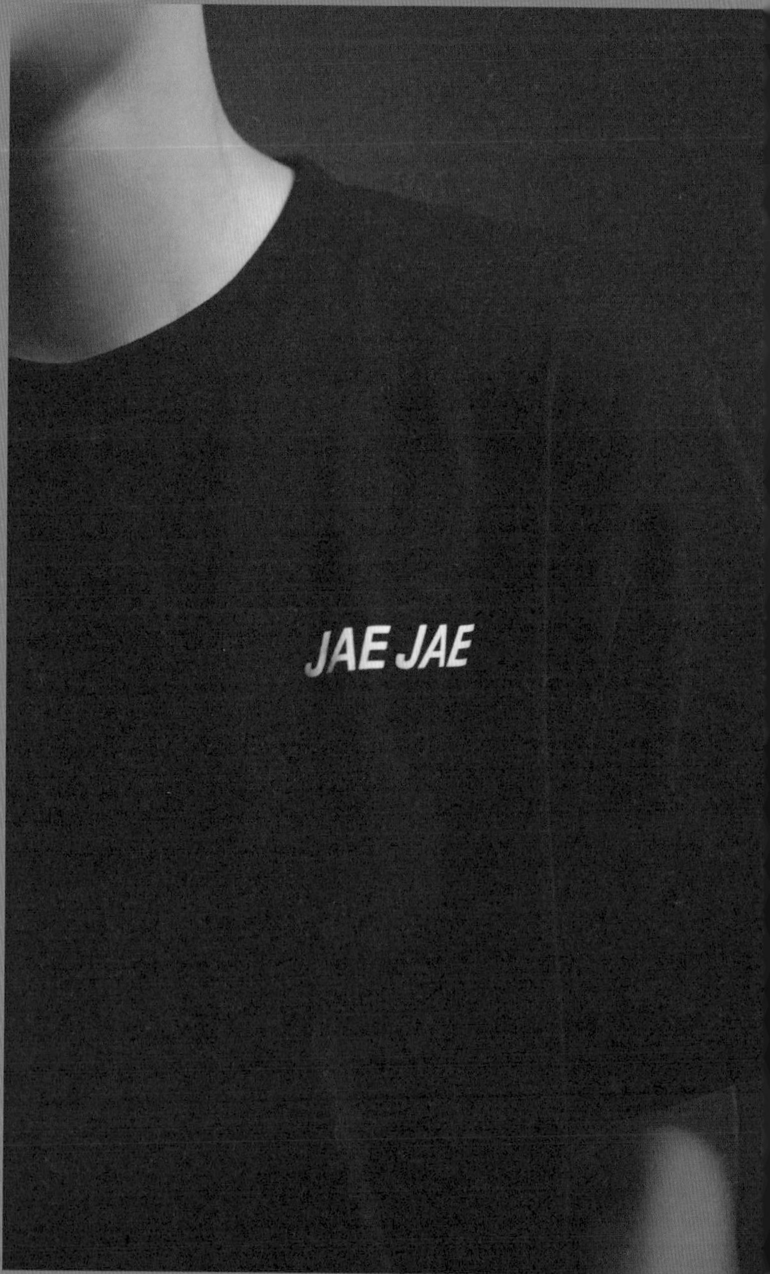
JAE JAE

재재와 만나 인터뷰를 한 토요일에도, 그다음 날인 일요일에도 〈문명특급〉 촬영이 있었다. 출연 팀 인원이 많은 날은 체력적으로 힘들다고 말한 재재였지만, 트와이스를 만나고 왔음에도 저녁까지 활력이 떨어질 줄 몰랐다. 추석 특집으로 텔레비전 편성이 되고, 영상 한 편의 조회수가 300만을 넘기며, 2020 올해의 브랜드 대상 웹 예능 부문에서 수상한 〈문명특급〉은 지금 누가 봐도 기세 좋게 달리는 중이다.

〈문명특급〉의 콘텐츠는 진행자 재재의 캐릭터를 전면적으로 활용하면서 만들어지기에, 둘을 떼어놓고 생각하는 건 어려워 보인다. 90년대생 여성들 중심으로 이루어진 '문특' 팀이 일하는 과정과 결과물을 분리하기 힘든 것과 마찬가지다. 아이돌을 전문 직업인으로 대하며 춤이나 애교를 강요하지 않는 이 팀에서는 후배들에게도 술을 먹자고 권하거나 사적인 연락을 하지 않는다. 이들이 당연하다고 믿는 원칙이, 당연하지 않은 성과를 만들고 있다.

우리니까, 지금이라서 가능한 것들

황선우

토요일인데 회사 일에 이어서 이렇게 개인 일정까지 있네요. 내일도 또 촬영이라면서요?

재재

네, 그리고 끝나면 또 개인 인터뷰가 있어요.

주말 이틀 다 꽉 채워 일을 하는 셈인데 너무 과로하는 것 아닌가요?

지금은 투자하는 기간이라고 생각해요. 밀레니얼 세대의 큰 문제점이라고 자주 말씀드리는 게 바로 이런 면이에요. 구시렁대며 하기 싫은 티를 내다가도 막상 일을 맡으면 너무 열심히 하거든요. 이게 노예근성인지 뭔지 잘 모르겠는데 그렇게 되더라고요. 그리고 저희 팀원들 가운데는 무임승차가 없어요. 각자 뭐든 하나라도 더 하려는 사람들이 모여 있어서 이런 탄탄한 결과가 나오지 않았나 싶습니다.

보통의 조직에서는 일하는 사람들 사이에 일정한 비율이 유지된다고 하잖아요. 뛰어난 20퍼센트와 보통의 60퍼센트, 그리고 존재감 없는 20퍼센트? 숫자는 바뀌지만 이런 구성으로 굴러간다는 이야기를 많이 하는데요.

그건 대규모 조직에 해당되는 이야기 아닐까요? 저희는 그리 크지 않은 팀이니까요. 다들 자기 몫보다 훨씬 더 많은 걸 해주고 있어서 이렇게 굴러갈 수 있는 것 같아요.

성과를 계속 내고 계시지만, 특히 추석 연휴 때 《숨듣명(숨어 듣는 명곡) 콘서트》가 텔레비전 방영되면서 〈문명특급〉의 영향력이 폭발한 것 같아요. 스트리밍 사이트의 검색 순위를 뒤덮을 정도였죠.

감사합니다.

텔레비전이 유튜브보다 더 권위 있는 매체라고 생각하지는 않지만, 웹 예능으로 출발해서 텔레비전으로 진출했다는 상징성이 큰 것 같아요. 문특 팀원들 스스로는 이것을 어떻게 평가하고 있는지 궁금해요.

말씀하신 것처럼 저희도 상징성이 있다고는 생각했어요. 텔레비전으로 '진출'하는 게 성공의 척도라고 생각하진 않았고요. 그저 보다 많은 분들께 가닿을 수 있는 플랫폼의 확장 적도로 생각한 것 같아요. 텔레비전 방영 자체도 또 하나의 콘텐츠로 바라본 것이죠. 그래도 역시 텔레비전은 손이 훨씬 더 많이 가더군요. 이번 특집은 저희 팀만으로는 할 수 없는 규모였어요. 엄청나게 많은 타 부서 분들의 도움을 받아서 가능했죠.

우리니까, 지금이라서 가능한 것들

세트나 촬영 같은 기술적인 부분 말씀인가요?

네, 예전 《SBS 인기가요》를 담당하시던 분들이 직접 와주셨고, 그분들이 성심성의껏 도와줘서 가능했어요. 텔레비전 프로그램도 그냥 큰 프로젝트의 하나라고 생각을 했던 것 같아요. 이걸로 평가되거나 기준이 정해지는 건 아니지만 지금 시점에서 우리가 도전해볼 수 있는 하나의 산이 아닐까. 아무래도 투입되는 자원이 훨씬 많아지니까요. 그래서 다들 비장한 마음으로 임했어요. 시청률에 대해서 우스갯소리로 예고도 했었는데 결과적으로 2.3퍼센트가 나왔어요. 다른 팀원들은 어떨지 모르겠지만 저는 너무 만족해요.

추석 연휴 TV 프로그램 화제성 조사에서도 비드라마 부문 3위를 했더라고요.

그거 보면서 '참, 그래도 우리가 허튼짓은 안 했구나'라고 생각했어요. '이번 프로그램은 좀 어땠고, 이런 건 별로였던 것 같아', 이런 식으로 이성적이고 합리적이고 객관적인 분석을 할 수는 없었어요. 큰 일을 하나 치러낸 느낌, 사고 없이 무사히 녹화를 잘 해냈고, 끝이 없을 것 같았던 뭔가를 끝냈다는 자체에 의의를 두고 있어요. 근데 다음에 하면 더 잘할 수 있을 것 같다

는 말이 스멀스멀 나오고 있기도 해요.(웃음)

역시 밀레니얼 세대네요. 그러다가 설날 특집 방송으로
또 뭔가 하게 되지는 않을까요?

　　　　　모르겠어요. 지금으로서는 가늠이 안 돼요.

너무 힘들어서인가요?

　　　　　네. 이번에는 예전에 일하던 친구들까지
모두 연락해서 추가 인력을 엄청나게 붙였지만
다음에 또 그렇게 할 생각을 하면 막막해요.

그렇군요. 스태프들이 모여 찍은 단체 사진을 봤어요. 대
부분 90년대생이죠? 젊은 여성들이 팀을 이뤄서 화제가
되는 큰일을 했다는 게 인상적이었어요. 팀으로서도, 재
재 님 개인으로서도 경험치가 확 늘었을 것 같아요. 큰 무
대를 진행하고 또 출연도 해보면서 어떤 점을 배웠나요?

　　　　　일단 저희가 처음으로 텔레비전에 출연하
면서 품은 포부가 컸던 것 같아요. 음악 프로에
서나 볼 법한 본격적인 콘텐츠를 만들었잖아요.
큰 세트장에서 무대를 보여줬으니까요.

어렵더라도 쇼를 제대로 보여주는 선택을 했죠.

　　　　　그렇죠. 하지만 잘못하면 출연 가수분들한
테 너무 민폐를 끼치는 거잖아요. 그분들도 오랜

우리니까, 지금이라서 가능한 것들

만에 오르는 무대니까요. 폐를 끼치지 않으면서 최대한 모두가 만족할 수 있도록 각자의 역할을 충실하게 수행했었던 것 같아요. 밍키(연출 홍민지 PD) 같은 경우는 SBS A&T 분들이랑 소통을 많이 했어요. 아이디어를 짜고 발전시킨 것을 주어진 예산 안에서 어떻게 구현할지 소통하고 결정하는 과정을 바쁘게 거치면서 진행했죠. 텔레비전은 그런 과정 하나하나가 다르더라고요. 그러니까 유튜브에서 저희가 만들었던 것들과 본질적인 콘텐츠 자체가 다르진 않은데, 들어가는 공력이라든가 문법이 처음부터 끝까지 달랐어요. '텔레비전은 이렇게 하는구나'라고 크게 배운 것 같아요. 저희가 직접 세운 세트장에 서서 진행할 수 있다는 것 자체가 새롭기도 했어요. '아, 우리가 이런 것도 해봤구나…' 잘했다고 생각해요.

만족감이 들었나요?

네, 만족해요. 많이 배울 수 있는 기회였어요.

다음에 또 그 정도 규모의 무대에서 진행할 기회가 주어져도 쫄지 않고 해볼 수 있겠네요?

그렇긴 한데요, 저는 모든 것에서…

쫄지 않아요?(웃음)

　　　　　　아니요. 초반에는 다 쫄아요. 초반에는 쫄다가… 그냥 하다 보면 자연스럽게 되는 것 같아요. 다음에 그런 무대에서 선다면 당연히 또 쫄 거예요. 그래서 이번에 엄청 많이 준비했어요. 저희 촬영장에는 프롬프터가 없거든요. 보통 인터뷰를 할 때는 큐 카드(방송에서 대사를 적어두는 종이)를 보면서 진행하는데 이번에는 규모가 크니까 그러면 안 되겠다 싶더라고요.

어떻게 했나요?

　　　　　　대본을 다 외웠어요. 대본을 제가 쓰니까. 출연자들을 소개하는 글 등을 전부 외워서 했어요. 아마 저희 집 건너편에 사시는 분은 녹화 전 며칠 동안 많이 놀랐을 거예요.(웃음)

대본을 하도 중얼거려서요?

　　　　　　네, 춤도 막 추고…

보통 대본을 외우거나 아니면 안무를 익히거나 둘 중 하나 잖아요. 머리와 몸을 동시에 쓰는 일을 하고 계신데, 재재 님의 역할은 한 사람의 역량을 전면적으로 활용하는 것 같아요. 그게 《숨듣명 콘서트》에서 특히 드러났고요.

　　　　　　맞아요. 저희 〈문명특급〉 프로그램 자체

우리니까, 지금이라서 가능한 것들

가 어떻게 보면 저의 캐릭터를 중심으로 돌아가잖아요. 밍키가 그 부분을 정말 잘 잡고 연출을 해줘요. 때로는 저도 생각지도 못했던 부분까지도요. 이번만 해도 저는 무대 한두 개 정도만 올라가려고 했거든요. '내가 모든 무대에 올라가는 게 그분들한테 민폐가 되진 않을까, 무대를 망치는 일이 아닐까'라고 생각했어요. 그런데 밍키가 되게 강력하게 '나는 언니가 모든 무대에 감초처럼 꼭 있었으면 좋겠다'라고 말을 해주더라고요. 그래서 그렇게 했어요.

정말 신기하게 모든 무대에서 자연스럽게 해당 팀원이나 댄서처럼 흡수되더라고요. '재재를 찾아라' 같았어요.(웃음)

그렇죠. 최대한 그럴 수 있는 방향으로 제 역할을 설정했어요. 저희끼리는 '문명특급 세계관'이라고 부르거든요. 문특에서 쌓아온 여러 밈의 총합 같은 거죠. 유키스 〈만만하니〉에 나오는 '너 완전 짜증나 여우 같은 Girl'이라든가… 그런 것들을 무대에서 직접 해서 보여주는 걸 중심에 두고 생각했던 것 같아요.

무관중으로 공연을 진행하면서 로봇 관객들을 데려왔는데 이건 누구 아이디어였나요?

로봇 관객도 밍키 아이디어였어요.

코로나로 인해 쉬고 있는 박물관 안내 로봇들을 관객석에
배치하다니 정말 천재적이었어요.

맞아요. 저희가 원래는 공연장으로 다른
공간을 생각하고 있었거든요. 좀더 넓은 장소에
서 거리 두기 해서 관객을 마흔 명 정도만 부르
자 계획했어요. 그런데 녹화 일이 다가오면서
갑자기 2단계, 2.5단계로 방역 지침이 격상된 거
예요. 촬영 코앞에서 준비해오던 걸 바꾸어야
했죠. 엄청나게 고민하다가, 관객석에 뭔가 새
로운 그림을 만들 수 없을까 하면서 나온 아이
디어가 로봇이었어요. 밍키랑 야니가 그때부터
섭외하고 준비를 해왔죠. 저는 그때 대본 쓰느
라 정신없어서 미처 신경을 쓰지 못했는데, 각
자가 자기 자리에서 최선을 다해서 이 모든 게
가능했던 것 같아요.

문특 팀은 구성원의 역할 분담이 조화롭게 잘되어 있는
것 같아요. 두 사람의 PD 중에 밍키 님은 연출, 재재 님은
진행을 하면서 기획 구성을 맡고 있죠?

밍키는 제가 인턴 할 때부터 같이했던 친
구고, 어떻게 보면 그 친구 때문에 출연하게 됐
죠. 인턴 시기에 저는 취업 준비를 병행하고 있
었거든요. 노랗게 탈색한 숏컷 머리였는데, 그
걸 소재로 같이 영상을 만들었어요. '이 머리로

우리니까, 지금이라서 가능한 것들

면접 갈 수 있어?' 그 콘텐츠를 만든 이래 쭉쭉 같이 호흡을 맞춰왔어요. 이 친구가 하는 말은 다 신뢰가 가요. 저희 둘 다 살가운 성격들이 아니라서 고맙다고 말은 안 하지만, 말하지 않아도 서로 알고 있는 것 같아요.

영상에 가끔 모습을 비치는 조연출 야니 님도 재재 님 못지않은 끼가 보여요.

밍키가 제작, 연출 쪽을 맡았다면 기획, 구성은 제가 맡았는데 출연을 하면서 그 일을 다 할 수 없는 상황이 왔어요. 그래서 도와달라고 SOS를 친 거죠. 이제는 동료 PD로서 그 역할을 다해주고 있어요. 너무 감사해하고 있습니다. 야니뿐만 아니라 디아도 밍키와 함께 굉장히 많은 몫을 해주고 있고, 인턴으로 비대위에 나왔던 주디라는 친구도 그래요. 문특은 지금 드림팀처럼 공장 돌아가듯이 돌아가고 있어요.

결과물을 보면 그게 느껴지는 것 같아요. 이 사람들이 서로를 되게 좋아하는구나, 그 에너지로 새롭고 멋진 걸 같이 만들어내고 있구나…

맞아요. 맞습니다. 영화 《매드맥스》 보면 워보이들 있잖아요. 그렇게 소리 지르며 한 차에 타고 빠르게 돌진하는 느낌이에요. 한 명씩 지쳐서 나가떨어지려고 하면 다른 한 명이 기어 나가서 기름 넣어주고 엔진 돌려서 또 달려가고 뭐 그러고 있습니다.

유튜브 댓글을 보면 구독자들이 걱정하잖아요. 재재 인센 티브 좀 챙겨주라고요. 그런데 많은 회사에서 성과에 대한 보상을 바로바로 해주지는 않는 것 같아요.

근데 저희는 이렇다는 걸 알면서 남은 거예요. 많은 인턴 동기들이 다른 직장으로 갔죠. 저희는 여기를 겪어보고, 아직까지는 여기서 뭔가 할 수 있지 않을까 판단해서 남은 것일 뿐이에요. 어디까지나 저희의 선택으로요.

아까 말한 것처럼 지금은 인생에서 투자하는 기간이니까 요?

그렇죠.

재재 님 삶의 규모는 이미 연예인의 방식을 요구하는 단계 잖아요. 많은 스케줄, 염색 같은 외모 관리나 의상 마련, 잦은 이동, 대중에게 자신을 드러내야 하는 부담까지요. 요즘은 직장을 다니면서 따로 수익을 올리는 활동을 사이드 허슬side hustle이라고 표현하더라고요. 회사에서도 그런 걸 허용할 수밖에 없겠어요.

지금은 조직이 독립해 나오면서 상황이

우리니까, 지금이라서 가능한 것들

많이 괜찮아졌고, 외부 활동 관련해서도 부드러워졌어요. 원래 보도본부에 소속되어 있을 때는 엄청 보수적이었거든요.

그런 프로그램을 봤어요. jtbc 예능 《돈길만 걸어요-정산회담》이었는데, 재재 님을 앉혀두고서 패널들이 '프리랜서로 독립해야 한다' '아니다. 회사에 계속 다녀야 한다'로 나누어 토론을 하더라고요. 언젠가 임계점에 도달해서 회사를 떠나 더 큰 물로 나가는 선택을 하는 때가 올까요?

근데 저는 지금의 상태가 마음에 들어요. 텔레비전 파일럿이 이제 끝났으니까, 일주일에 저희 콘텐츠를 하나씩 내면서 외부 활동을 하는 정도는 호흡이 딱 맞거든요. 그전에 욕심내느라 일주일에 두 개씩 낸 적이 있는데 그때는 너무 힘들었어요. 그런 정도로 힘든 노동이 아니면 이렇게는 지속할 수 있어요.

노동 강도가 아주 심해지지 않는다면, 퇴사하지 않고 쭉 다니게 될까요?

스스로 여기서 더 발전할 수 없다고 느끼면 결정을 해야 될 것 같아요. 많은 분을 만나고 그때그때 새로운 것들을 배우고 있어요. 이것이 저에게 큰 만족을 주기 때문에 지금은 이 일을 하고 있는데, 조금 더 일이 반복된다거나 정체돼 있다는 느낌을 받게 되면 그런 선택을 하지 않을까 생각해요. 아무래도 저는 물욕보다는 명예욕이 좀더 있는 것 같기 때문에.(웃음)

연예인들을 인터뷰해보면 그런 얘기를 많이 하잖아요. 무대에서 큰 희열을 느낄수록 마치고 혼자 있을 때 허탈함이 크다고요. 화려한 사람들을 만나 즐겁게 일하는 재재 님도 집에 돌아왔을 때 비슷한 순간이 있을 것 같아요. 그럴 때 어떤 식으로 해소하거나 에너지를 채우세요?

맞아요. 그런 걸 의식적으로 해야 한다고 생각은 하는데 잘 못하죠, 바쁘니까요. 20대에는 취미가 뭐냐는 질문을 받으면 당연히 술 마시기였는데, 이제는 그럴 체력이 안 되기도 하고요.

이제 서른인데 벌써요?

그렇죠. 간에 무리가 오는 것 같아요. 원래 간이 안 좋았는데, 이제 정말로 건강에 문제가 올 것 같은 시점이 되니까 조심하게 돼요.

안주로 육포를 좋아하신다고 해서 선물로 준비해왔는데, 이건 술 없이 간식으로 드셔야겠네요.

안 돼요! 내일 촬영까지 마치면 확 들이부어야죠.(웃음) 그런데 질문이 뭐였죠?

우리니까, 지금이라서 가능한 것들

'에너지를 어떻게 채우는가'였어요.

　　　　　아, 그렇죠. 우선 제가 집에서 에너지를 채우는 성격은 아니라서 시간 날 때마다 어디 가까운 데라도 나갔다 오려고 해요. 그런 시간을 의식적으로 마련하려고 해요. 또, 바빠도 어떻게든 책을 읽으려고 노력을 하고 있어요. 원래 지적 허영심이 좀 있는 편이거든요.

인스타그램 계정에서 '이달의 책'을 한 권씩 소개하고 있죠? 스토리 목록 이름이 '지적 허영심'이잖아요.

　　　　　네, 맞아요. 그런데 누군가에게 소개한다기보다는 제 지식 저장 창고처럼 만들어놓으면 스스로 읽고 올리는 계기가 되지 않을까 해서 그렇게 하는 거예요. 제가 강박을 좀 느끼는 것 같긴 해요. 이 일이 지금은 너무 바쁘지만, 바쁘지 않을 때가 분명히 오겠죠. 그때를 대비해서 무언가를 의식적으로 준비해야 한다는 생각을 확실히 해요. 그런데 그게 뭔지 정확히는 모르겠어요.

인터뷰 준비를 많이 해서 인터뷰이들이 놀라는 경우가 많잖아요. 어떤 사람에 대해 사전 조사를 너무 많이 하다 보면 오히려 순수한 호기심이나 만나서 이야기를 듣고 싶은 의욕이 떨어지게 되는 경우는 없었나요?

그런 일은 한 번도 없었던 것 같아요. 제가 조사해서 아는 것도 사실 그 사람의 단면일 뿐이잖아요. 왜냐하면 제가 저 자신의 정보를 인터넷에서 볼 때의 느낌을 아니까요. 잘못된 정보도 많고 그때와 달라진 것도 많죠. 만남에 대비해서 그 사람의 단면들을 조각조각 수집해서 모으는 것뿐, 조각들이 진짜로 맞춰지는 건 직접 만나볼 때 같아요.

그렇다면 인터뷰가 어렵게 느껴지는 상황은 어떤 경우인가요? 그 사람의 단면들이 잘 맞춰지지 않는 느낌이 들 때도 있을 것 같아요.

딱히 없었어요. 왜냐하면 인터뷰는 진짜 분위기가 중요하거든요. 저 혼자 만드는 게 아닌 거 같아요. 제가 무슨 인터뷰의 신처럼 뛰어나게 잘하는 게 절대 아니에요. 모든 스태프들이 함께 경청하는 분위기가 출연자들을 편안하게 만드는 거죠. 저희 팀의 강점 가운데 하나가 바로 그거라고 생각해요. 밍키, 야니, 디아... 모든 스태프들이 한마음으로 이 사람의 이야기를 듣고, 거기에 정말 반응을 잘해주거든요. 저는 들러리 정도로 옆에서 첨언하듯 이분들의 얘기를 끌어낼 뿐이라고 생각을 해요. 대신 체력적으로 힘들긴 하죠.

우리니까, 지금이라서 가능한 것들

그럴 거 같아요. 함께 춤추거나 노래도 하니까요.

네, 그리고 출연하는 인원이 많을 때는 더
그래요. 오늘도 힘들었습니다.(웃음)

맞아요, 멤버들이랑 돌아가면서 한 번씩만 얘기 나눠도
시간이 훌쩍 갈 거예요. 본인의 몫이 적다는 이야기는 지
나치게 겸손한 표현 같지만, 그 좋은 분위기가 문득 영상
을 보면서 느껴지는 것 같아요. 재재 님이 인터뷰하고 있
을 때 뒤로 깔깔거리는 스태프들의 웃음소리가 들리잖아
요. 특히 여자 아이돌들이라면 또래 여성 스태프들이 재
밌어하며 들어주는 거랑, 나이 많은 아저씨들이 둘러싸고
고압적인 분위기로 뭔가 보여달라고 시킬 때가 정말 다를
것 같아요. 재재 님의 충실한 사전 조사와 진행력에 촬영
현장의 이런 편안한 분위기가 합쳐져서 탁월한 결과물을
내는 것 같아요.

맞아요. 그런데 그런 분위기가 출연자뿐
만 아니라 저 역시도 편하게 만들어줘요. 그래
서 저희 팀 친구들한테 제가 많이 기대요. 저라
고 해서 초면인 분들이랑 얘기하는 게 늘 쉽지
만은 않거든요. 만약 다른 환경에서 진행한다면
많은 분이 아는 〈문명특급〉의 재재가 분명히 안
나올 거예요. 팀원들한테 굉장히 의지하고 있습
니다.

> 66 인터뷰는 진짜 분위기가 99
> 중요하거든요. 저 혼자
> 만드는 게 아닌 거 같아요.

우리니까, 지금이라서 가능한 것들

재재

텐션을 한껏 끌어올린 상태로 방송을 하는데, 몸과 마음의 상태가 최상이 아닐 때는 없나요? 개인적으로 우울한 일이 있거나, 몸이 아플 때는 어떻게 해요?

그랬던 적은 없던 것 같아요.

방송 체질이라는 말이 재재 님을 위한 거였네요.

근데 확실히 촬영하고 나면 머리가 띵할 정도로 그럴 때가 있어요. 오늘 같은 경우도 그렇고요. 그런데 그냥 그 느낌이 좋은 것 같아요.

기를 빨렸다, 털렸다는 느낌이 아니라 에너지를 쏟아내고 기분 좋은 쪽에 가깝나요?

아니요. 기를 빨리고 털렸는데(웃음) 털린 게 그다지 나쁘진 않더라고요.

털림까지도 즐기는 경지일까요.

뭔가 일을 일답게 한 것 같고… 어휴, 이런 게 진짜 노예근성인데 말이죠.

삶의 균형을 위해서는 회사 일이 너무 큰 부분을 차지하게 해서는 안 된다고들 하잖아요.

회사를 나의 전부로 여기는 건 절대 아니에요. 그런데 지금 이 팀과 함께하는 시간이 소중한 것 같아요. 언제 바뀔지 모르는 팀이기 때문에

우리니까, 지금이라서 가능한 것들

요. 제가 언제까지 이 친구들이랑, 이런 게스트들을 초대해서, 이런 환경에서 일을 할 수 있을지 모르잖아요. 항상 그 점을 생각하면서 일하고 있기 때문에 그렇게 힘들지 않은 것 같습니다.

지금 이 팀이 잘하기 위해 조금 달라지기를 원하는 부분이 있나요?

고용 환경이죠. 아마 지금 이 팀이 오래가기 어려울 거예요. 계약 기간이 끝나는 사람들이 있으니까요. 앞으로 어떻게 될지 모르는 상황에서 일을 해야 하니 불안하죠. 우리와 함께하고 있는 인력들 가운데 분명히 1년 내로 한두 명은 빠져나가겠지, 예감하면서 일을 해야 한다는 게요. 남는 사람들에게도 큰 손실이고요.

팀 안에서도 이제 선배시잖아요. 후배들처럼 인턴이나 상근 프리랜서를 거쳐오기도 했고요. 그 친구들에게 뭔가 들려주고 싶은 이야기는 없나요?

없어요. 저희는 그렇게 서로의 인생에 개입하지 않습니다. 먼저 물어오기 전까지는 굳이 입을 안 열어요. 선배라고 실질적으로 해줄 수 있는 것도 없는데 괜히 감 놔라 배 놔라 하는 게 이상하잖아요. 취준생일 때나 그후에나 앞에서 선배가 무슨 얘기를 하면 제 입장에서는 달갑게

재재

들리지는 않았어요.(웃음) 그냥 내버려두는 게 훨씬 낫다고 봐요.

후배들에게 부담을 주지 않으려는 의식이 강한 것 같아요. 퇴근 시간 이후에는 연락하지 않는다든가 저녁을 따로 사 주지 않는다, 그런 식의 원칙을 세워두고 계신 걸 봤어요.

그런데 요즘에 퇴근 시간 이후로 연락을 좀 많이 하고 있네요? 일이 많아서… 하하, 미안 하게 생각합니다.

돌이켜보면 내가 후배일 때 싫었기 때문에, 선배들 모습을 똑같이 반복하지 않겠다고 생각하는 건가요?

그런 생각 때문은 아니고, 그게 당연하니 까요. 근데 저도 구성원들이 젊고 깨어 있는 조 직에서 일하면서 많이 배우고 있는 것 같아요. 대학생 때만 해도 어울려 놀면서 '우린 가족이 다', 이렇게 뭉치는 정서를 좋아했거든요. 그런 태도가 어떤 동료들에게는 부담이 되거나 누군 가를 소외시킬 수도 있겠구나, 그러면 안 되겠 구나, 하고 느껴요. 처음에는 사적으로도 친해 야 일도 잘할 수 있다고 생각했지만 지금은 공 사 구분을 확실히 해야 한다는 쪽이에요. 그래 서 저희는 팀원들끼리 사적으로 연락을 안 해 요. 저녁에 같이 술을 마신 적도 거의 없고요.

우리니까, 지금이라서 가능한 것들

회식 같은 것도 당연히 없겠네요.

> 점심 회식만 술 없이 해요. 그게 좋은 것 같아요. 딱 일만 같이하는 사이.

지금은 금주중이시지만 술을 좋아하시잖아요. 예를 들어 오늘 힘들게 같이 일한 회사 후배랑 술 한잔하며 피로를 풀기보다는 다른 친구한테 전화해서 따로 만나나요?

> 네, 그 후배가 먼저 조르기 전까지는 굳이 청하지 않아요. 집에 가서 혼자 마시는 게 맘 편하기도 하고요.

절대 귀찮게 하지 않는군요.

> 그냥 후배들과는 사적으로 별로 친해지고 싶지 않아요. 그래야지 일을 잘할 수 있는 것 같더라고요. 아, 친해지고 싶지 않다고 하면 상처받으려나? 그건 아니겠네요. 친해지고 싶지만 공사를 구분하려고 하죠.

90년생인 재재 님은 회사 안에서 '낀 세대'라는 표현이 영상에도 나오잖아요. 90년대 중후반 생들, 그러니까 20대 초중반 세대들과의 거리를 느끼는 순간이 있어요?

> 네, 엄청 많죠. 얼마 전에는 새로 들어온 인턴 쵸파라는 친구랑 얘기를 하던 중이었는데 '굽네를 원해~' 이 노래를 모른다는 거예요. 굽

네치킨 시엠송 아시죠?

그럼요. 소녀시대가 한 광고.

그거를 모르더라고요. 그 친구가 빠른 00
년생이거든요.

세상에, 00년생이랑 이제 일을 같이하는군요.(웃음)

'구구굽네를 원해~' 이걸 모른다고 해서
격세지감을 느꼈죠. 아마 2009년이나 2010년
광고일 텐데 너무 어릴 때라 그런지 기억을 못
하더라고요. 근데 당연한 거죠. 우리 세대에게
015B 얘기하는 거랑 똑같지 않을까요?

그런 문화 코드 외에 또 어떤 차이를 발견해요? 가치관이
나 사고방식, 대인관계 같은 게 진짜 다르구나 느낄 때도
있나요?

아예 가치관이나 사고방식, 대인관계를
공유하지 않으려고 해요. 딱 일만 해요. 그런 걸
왜 알아야 하죠?(웃음) 같이 일하는데 그 친구
사고방식을 왜 알아야 할까요?

알려고 들지 않아도 같이 일하다 보면 자연스럽게 드러나
지 않나요?

딱히 그런 걸 느낄 계기는 없었던 것 같아

우리니까, 지금이라서 가능한 것들

요. 굽네 정도의 차이 외에는 없었어요. 그런데 그 친구들은 저와의 차이를 느낄 수도 있겠죠.

〈숨듣명〉에서 발굴되는 노래들도 주로 2010년 즈음 곡들이잖아요. 〈마젤토브〉〈U R Man〉을 작사·작곡한 한상원 씨는 문득 인터뷰에서 그 시절을 회고하며 그때 경기가 좋았기 때문에 과한 시도들도 자유롭게 다 해볼 수 있었다고 말했지요. 아마 각자가 기억하는 2010년 즈음이 다 다를 것 같아요. 재재 님 기억 속의 그때는 어떤가요?

2009년에 재수를 하고, 2010년에는 대학교 1학년이 됐을 때예요. 제가 고등학교 때부터 아이돌 문화, K-POP이 전성기를 맞기 시작했고요. 저희 나이 또래는 학창 시절에 향유했던 아이돌 그룹 공연과 노래들을 통해서 그때를 추억하고 있는 것 같아요. 오늘도 트와이스 분들과 촬영을 했는데, 〈Cheer Up〉이 2016년 곡이거든요? 유튜브 댓글을 보면 거기서 또 그때를 추억하고 있는 사람들이 있어요. 나이 어린 친구들이 이 노래를 다시 들으며 '이때는 아무 걱정이 없었는데', 이런 댓글을 다는 거죠. 세대별로 그렇게 추억하는 시대가 있는 것 같아요. 90년대 생들에게는 그게 2010년 즈음이듯이요.

이제는 그 추억 되감기를 하는 기간이 점점 짧아지는 것 같기도 해요. 20년 전, 30년 전을 추억하는 레트로 문화가 유행했다면, 이제는 10년 전, 5년 전을 되돌아보며 '그때는 좋았지' 이렇게 말하는 식으로요. 과거라고 해서 마냥 좋기만 했을 리는 없는데, 그 시절의 자신에 대한 향수 같기도 해요.

　　　　네, 맞아요. 저의 2010년도 망나니처럼 놀 때였으니까요. 그런 이유로 이전을 그리워하는 사람들도 많은 것 같아요.

지금 재재 님은 동년배 내지는 조금 어린 세대들에게 또래의 문화를 공유하고 놀 수 있는 공간을 만들어주는 역할을 하고 있잖아요. 앞으로 조금씩 연차가 쌓이고 나이가 들어가면 조직이나 사회에서 자신의 역할도 바뀔 텐데, 미래에는 어떤 콘텐츠를 만들거나 무슨 일을 할지 생각도 해보나요?

　　　　미래에 어떤 일을 할 수 있을지는 생각을 안 하는데 그런 걸 느끼기는 해요. 저랑 밍키는 이미 고인 물이에요. 여기서는 저희 의견을 크게 피력하면 안 된다는…(웃음) 그런 것을 저도 많이 인지해요. 굽네치킨 노래를 모르는 어린 친구들이 들어오고 하니까요. 그런 걸 볼 때마다 좀더 입을 다물어야겠구나, 좀더 고집을 버려야겠구나 결심을 하죠.

우리니까, 지금이라서 가능한 것들

하지만 어떤 면에서는 작년의 나, 재작년의 나보다 점점 알게 되고 나아지는 부분이 있잖아요. 방송 경험이 쌓이면서 노하우가 생기기도 하겠죠. 어디까지는 노련함이고 어디서부터는 낡음인지 어떤 기준으로 판별할 수 있을까요?

아니요.(웃음) 그런 걸 누가 알까요? 그냥 그 기준을 모르니까 조심하는 거죠. 저도 나이 드는 걸 무조건 나쁘게 여기지는 않아요. 말씀하신 전문가의 노하우라는 것이 분명 있고, 저희가 〈숨듣명 콘서트〉를 할 수 있었던 데도 노하우를 많이 쌓아오신 분들 도움이 컸어요. 근데 저는 그것만 따로 갈 수 있다고 생각하지 않아요. 그것이 젊은?(웃음) 젊은이라고 하니까 이상한 기분이 드네요. 아무튼 젊은 친구들의 신선함과 시너지를 이룰 때 새로운 결과물이 잘 나올 수 있다고 생각해요.

세대 차에 대한 재재 님의 입장일 수도 있겠네요.

세대 차이는 줄일 수 없다고 생각하지만 적어도 일을 할 때는 합의점을 찾을 수 있지 않나 생각하고 있어요. 콘텐츠나 대상에 따라 합의점이 다르지 않을까요?

그렇다면 문득 콘텐츠를 만들면서 팀 회의를 할 때는 주로 들으려고 하시나요?

저는 들으려고 노력하는데 불쑥불쑥 제가 아는 걸 말하고 싶은 순간이 정말 많죠. 다시 한번 경계해야겠다고 느끼네요.

팀 안에서 한 가지 문제에 대해 의견이 갈릴 때는 젊은, 어린 친구들을 따라가요?

어린 친구들을 무조건 따른다기보다는 다수결로 결정하는 편이에요. 왜냐면 저나 밍키 PD의 의견도 중요하지 않은 건 아니니까요. 모두가 생각했을 때 최선의 결과를 끌어내려고 서로 노력하는 것 같아요.

직급이 높다든가, 더 오래 겪어봤다는 이유로 권위를 내세우지 않고 평등한 입장에서 서로 표를 던지는 거군요?

저희는 그렇게 하고 있다고 생각하는데 어린 친구들은 그렇게 생각 안 할 수도 있어요.

《정산회담》 패널이었던 송은이 씨가 회사를 계속 다니라고 얘기하면서 그랬잖아요. 스브스 뉴스에서 국장까지 올라가라, 《악마는 프라다를 입는다》의 메릴 스트립 같은 존재가 되라고요.

글쎄요. 아닌 것 같아요. 여기서는 안 될 것 같아요.

우리니까, 지금이라서 가능한 것들

그렇게까지 오래 조직에 남을 일은 없을까요? 지금 같이 일하는 팀의 멤버들이 얼마나 오래 유지되는지가 재재 님의 결정에는 중요한 것처럼 느껴져요.

모르겠어요. 맨날 말만 이렇게 하고 진득하게 남아 있는 것 보면 또 모르죠. 근데 저희는 이 팀이 계속 같이 가야 한다고는 당연히 생각을 안 하고 있어요. 아니, 생각을 안 하고 있다기보다는 각자 더 좋은 선택지가 있고 그걸 따라간다면 존중해줘야 한다고 생각하는 편이에요. 지금 함께 일하면서 우리 모두가 좋지만 언젠가 갈림길에 맞닥뜨린다면? 본인이 더 좋은 선택을 했다고 판단한다면 그걸 지지해줘야 한다고 생각을 하는 것 같아요.

그건 팀원의 한 사람이기도 한 재재 님 본인에게도 해당하는 얘기겠네요.

네, 맞아요.

아까 대본을 외우고 안무 연습도 해야 하는, 머리와 몸을 다 쓰는 사람이라는 얘기를 했잖아요. 그런데 인터뷰 준비를 하면서 비슷한 점들을 발견했어요. 이대 사학과를 나왔는데 학창 시절에는 육상부였다고 하더라고요. 운동과 공부를 다 잘했나 봐요.

제가 어릴 때부터 뭔가 하나를 특출나게

잘한다기보다 다방면으로 고루 잘했어요.(웃음) 그래서 그게 좀 고민이었죠. 뭐 하나가 빼어나기보다 체육이나 미술 다 조금씩 깔짝깔짝 잘하니까. 그런데 지금은 신기하게 잘 발현되고 있는 것 같아요, 그런 것들이.

지금 하는 일 안에서 잘 융합되는 건가요?

네, 이렇게 풀릴 수도 있구나, 싶다고 할까요. 학교 다닐 때는 그렇잖아요. 확실하게 잘하는 게 있어서 진로가 결정되는 게 바람직하고, 두루 소질 있는 건 소용없다는 소릴 듣고 자랐어요. 어떻게 보면 후려치기를 당한 것 같기도 하네요. 그런데 지금은 좋아졌어요. 어렸을 때는 별로라고 생각했던 저의 어떤 면들이요.

반에서는 어떤 유형의 친구였어요?

박쥐 같은 스타일.(웃음) 그냥 여기 섞였다가, 저기 섞였다가 그랬어요. 소위 노는 친구들이 있고, 공부를 잘하는 친구들이 있잖아요. 저는 어느 한 군데 속하기보다 다들 두루두루 알고 또 잘 지내는 사이였어요.

부모님이 교사셨다고 들었거든요. 그런 가정환경이 본인에게 어떤 영향을 줬다고 생각하세요?

우리니까, 지금이라서 가능한 것들

교사 가정의 특징이 뭐가 있죠?

제 친구들을 보면, 모범생이면서 작은 규칙을 어기고 싶어
하는 욕망이 조금씩 있는 것 같아요.

모르겠네요. 저는 그런 점은 딱히 없었고,
지금까지 빚 없이 살게 해줬다는 게 부모님의
직업에 대해 가장 감사하는 점이에요.

지금 일이 바쁘니까 큰 계획, 미래의 목표까지 세우기는
어려울 것 같아요. 그래도 본인이 바라보며 나아가는 방
향이 있나요?

정말 모르겠어요. 만나는 사람마다 물어
보고 싶기도 해요. 작가님, 제가 앞으로 뭘 하면
좋을까요?(웃음)

저에게도 의견을 물어보셨으니까 얘기하자면, 아예 〈문
명특급〉 팀이 다 같이 나와서 투자를 받고 독립하면 어떨
까요?

그건 어려울 거예요. 각자 생각이 다르거
든요. 회사와 상생하는 면도 확실하게 있고요.
일단은 지금 우리 자리에서 어떻게 하면 최상의
결과를 낼 수 있을까가 관심사 같아요. SBS에서
공중파 편성을 받기도 했으니까, 이 경험을 토
대로 또 뭘 할 수 있을까를 고민하고 있어요. 현

재재

재의 제작 환경 속에서나 지금의 제가 있을 수 있고요.

재재 님을 향해서 내 롤 모델이다, 언니처럼 되고 싶다고 하는 어린 친구들이 요즘 많아요. 그들에게는 어떤 얘기를 해주나요?

부담스럽다는 얘기를 해요. 롤 모델이 되고 싶지도 않고요.

그런 얘기를 하는 마음이 짐작되기도 할 거예요. 어린 여성들에게 한국 사회에서 주는 압박감이 크잖아요. 외모나 옷차림, 말투나 태도 같은 것들에 대해서요. 재재 님의 존재가 그런 전형을 깨뜨려서 자유롭게 확장시켜주는 역할을 하는 것 같아요.

이런 이야기를 들을 때마다 느끼는 게 있어요. '아, 우리나라 진짜 뭐 같구나.'(웃음) 물론 저도 그런 점을 중요하게 생각해요. 저처럼 전형적이지 않은 외양을 가진 여성이 미디어에 지속적으로 노출되면서 젊은 친구들에게 좋은 영향을 끼칠 수 있다는 걸 알아요. 그런데 이게 이렇게까지 주목을 받고, 이렇게까지 지속적으로 얘기를 할 일인가? 역설적으로 느끼고 있는 것 같아요. 숏컷, 빨간 머리, 비혼… 이런 것들이 계속 입에 오르는데 그만큼 이런 사람이 없었음을 방증하는 것 같으면서도 제 입장에서는 의아하기는 해요.

재재 님을 보면서 비슷한 분들이 늘어나고, 또 눈에 띄기 시작하면 점차 화제가 안 될지도 모르죠. 지금 재재 님 같은 캐릭터도 드물지만, 구성과 출연을 함께 하고 있는 역할 역시 독특해서 참고할 수 있는 선배가 없을 것 같아요. 의견을 구하거나 의지할 수 있는 데가 있나요?

확실히 그럴 곳이 없어요. 뭔가 결정을 앞두고 물어볼 데가 없죠. 그냥 주변 동료들이나 가족, 친구들에게 물어보는데 그 친구들도 아는 문제가 아니니까 무언가 해주려고는 하는데 실질적인 해답을 주진 못해요. 혼자서라도 해나가다 보면 어떻게든 되겠죠. 그렇게 생각하고 있습니다.

나중에 쉰 살쯤 됐을 때 어떤 모습이고 싶나요?

쉰 살쯤 됐을 때요? 음… 한량이고 싶네요. 대신 노후 대비는 완벽하게 되었으면 좋겠어요. (웃음)

일은 안 하고 싶나요?

모르겠어요. 일을 하더라도 이 정도의 강도는 아니어야겠죠.

재재

지금과 같은 투자의 단계가 아니니까?

　　　　　　수확의 단계가 돼야죠.

그때가 됐을 때 어떤 어른이고 싶어요?

　　　　　　그냥 남들에게 피해 끼치지 않는 사람이
면 좋겠어요. 옆에 같이 있어도 싫지는 않은? 그
렇다고 꼭 필요하지도 않고. 그 정도의 어른이
면 좋겠어요.

문득 초반에는 시사 문제를 많이 다루다가 지금은 숨듣명
이나 컴백하는 뮤지션, 개봉 영화 배우들 인터뷰 쪽이 강
화됐어요. 다시 시사 교양 콘텐츠를 만들고 싶다는 생각
은 안 드나요?

　　　　　　당연히 우리도 다른 거 하고 싶다고 얘기
를 해요. 그런데 작년과 올해까지 세운 목표가
있고, 그 경로대로 잘 가고 있는 것 같아요. 또
몸집을 키우고 나면 저희가 더 하고 싶은 걸 할
수 있는 환경이 되니까요. 그런 식으로 기회를
만들고 있다고 생각합니다.

몸집이라는 건 아무래도 구독자 수나 뷰수일까요?

　　　　　　그렇죠.

우리니까, 지금이라서 가능한 것들

숫자로 바로바로 성과가 평가되는 업계에 있다는 것이 좀 힘들진 않아요?

그게 오히려 더 시원해요. 정성 평가는 주관적인 거잖아요. 그냥 눈에 보이는 숫자대로 정량 평가를 받는 게 지금으로서는 나은 것 같아요.

정성 평가도 높다는 게, 문득 영상에 달리는 댓글을 보면 느껴질 거예요.

댓글도 보죠. 근데 너무 좋은 이야기만 달려요. 콘텐츠가 더 많은 분들한테 가닿으려면 악플도 달려야 하는데.

악플이 필요하다고 생각해요?

나훈아 씨가 그랬잖아요. 슈퍼스타는 까와 빠를 다 갖고 있어야 한다. 까가 있어야 빠들이 더 좋아해서 슈퍼스타가 된다. 좋아하는 사람들만 있으면? 그건 그냥 스타다.(웃음) 좋아해주시는 분들이 많아서 저희는 너무 감사한데, 팀원들과 상관없이 저는 그렇게 생각하고 있습니다. 악플이 더 많아지더라도 조금 더 다양한 연령대, 다양한 계층이 봤으면 좋겠다고요.

안 좋은 얘기를 남기는 사람들이 있으면 상처받지 않을까요?

상처받죠. 일부러 보지는 않으려고 하고요. 근데 어쨌든 다른 의견도 존재는 해야 하니까요.

상처를 받을지라도 채널의 성장을 위해서라면 악플도 필요하다?

네. 너무 많이는 말고 적당히요

멘탈이 강하시네요.

다행히 안 좋은 건 금방금방 잊어버려요. (웃음)

그러기가 쉽지 않은데, 체력과 정신력 양쪽 다 튼튼한 것 같아요.

아니에요. 체력은 이제 거지같이 됐죠. 지금 어지러워 죽겠어요.(웃음)

사람들이 보기에는 거침없는 자신감으로 충만한 재재 님에게도 본인만 신경 쓰는 콤플렉스가 있나요?

일단 저는 가족들한테 잘하지 못하는 것 같고, 생각보다 우유부단한 사람이에요. 귀도 얇고 소심한 면도 없지 않아 있어요. 꽂히면 사소한 것도 엄청 생각하고 걱정하거든요. 다른 분들과 마찬가지로 사소한 근심으로 밤에 잠을 못 이루곤 합니다. 그러다 아침 되면 잊어버리죠.

우리니까, 지금이라서 가능한 것들

재재

회사 가야 하니까?

네. 정신 차리고 출근해야죠.

이른바 '연반인'으로 살고 있잖아요. 연예인과 일반인의
삶 중에 하나만 선택할 수 있다면 어느 쪽이에요?

예전에는 이 질문에 대해 많이 생각했거
든요. 근데 요즘은 왜 그걸 선택해야 하는가 하
는 의문이 들어요. 왜 나눠놓아야 할까? 분명히
난 그 사이에 걸쳐서 잘살고 있는데. 물론 선택
을 해야 되는 시점이 오면 당연히 하겠죠. 지금
은 굳이 앞서 생각하고 싶지는 않아요. 그것 때
문에 걱정하는 시간이 오히려 아까운 것 같아요.

그렇죠. 연반인이라는 별명도 선택한 게 아니라 하고 있
는 일의 모양새에 이름을 붙인 거잖아요.

제가 연예인이 돼야지, 결정! 이렇게 연예
인이 되는 것도 아니잖아요. 그냥 거대한 물살
이 있고 나는 거기에 몸을 싣고 있을 뿐이에요.
때가 되어서 해야 한다면 하고, 아니면 그냥 이
렇게 있다가 미디어에 안 나가면서 나의 삶을
살아야겠다고 생각해요.

뉴미디어 업계가 앞으로는 어떻게 변할까요? 그런 흐름
도 보이나요?

우리니까, 지금이라서 가능한 것들

저희는 그런 생각 아무도 안 할 거예요.(웃음) 하나하나 만들기 급급하거든요. 플랫폼 전문가가 아니기 때문에 업계 전반에 대한 생각보다 콘텐츠 하나를 어떤 플랫폼을 통해 가장 많은 사람이 보게 할 수 있을까, 그런 생각만 하는 것 같아요. 물론 그걸 알고 있으면 좋겠지만. 그건 다른 전문가분들이 예측해주시겠죠? 우리는 물살 따라 잘 흘러가면 되지 않을까요.

살면서 가치관을 형성하는 데 큰 영향을 끼친 무언가가 있나요?

뭘까요. 생각을 해본 적이 없는 것 같네요. 누구나 그렇듯 어머니, 아버지가 계시고, 초등학교 때까지는 책 읽기를 되게 좋아했어요. 고전 명작이나 추리소설, 셜록 홈스도 되게 좋아했고요. 그런 것들을 읽으면서 망상을 많이 했어요. 그때 지금의 제가 많이 형성된 것 같아요. 그리고 아빠가 철학을 전공하셔서, 뜬구름 잡는 원론적인 얘기를 많이 해주셨어요. 그런 걸 들으면서 인문학 소양이 나도 모르게 좀 생기지 않았나 싶어요.

재재 님이 학교에서 사학을 전공했으니까 그때 배운 것들도 은연중에 남아 있겠죠.

(웃음) 배운 게 딱히 남아 있는 것 같지 않지만 대학 생활도 제 가치관에 많이 영향을 끼친 것 같긴 해요. 학교를 다니면서 점점 특유의 분위기에 자연스럽게 녹아들게 된 것 같아요. 평등하고 평화롭고 개성 넘치는 분위기요. 남녀공학인 다른 학교에 갔더라면 내가 습득하지 못했을 것들을 거기서 배웠고. 그러면서 나의 상식선이 많이 바뀌었던 것 같아요. 모교에 감사하게 생각하고 그때 만났던 친구들도 굉장히 좋아해요. 그만큼 상식적인 집단이 드물다는 걸 졸업하고 사회에 나와서 더 느끼는 것 같아요.

여학생들에게는 여대 가는 걸 추천하겠군요?

그럼요.

마지막 질문을 드릴게요. 만약 재재 님한테 전능한 힘이 생긴다면 세상을 어떻게 바꾸고 싶나요?

뭐든지 할 수 있는 힘인 거죠? 그러면 일단 회사들 '윗대가리'에 여성 임원들을 앉히겠어요.(웃음) 파격 채용을 할 거예요.

근데 본인은 임원 하기 싫다고 했잖아요?

네. 지금 같은 사회에서는 내가 굳이 거기까지 가고 싶지 않은 거죠. 근데 모두가 그렇게 되면 뭔가 바뀌지 않을까요?

결정권자의 자리에 여성들이 올라가면 많은 변화가 일어
날 수 있다고 생각하시는 거군요?

네. 물론 완전히 갈아엎겠다는 건 아니지
만, 지금은 상대적으로 여성들에게 기회가 너무
적으니까요. 우리 나이에서 바라보며 본받을 만
한 40~50대 선배들이 너무 없잖아요. 조직 속에
서 내 감정과 입장을 투영하면서 성장할 만한 대
상이 부족해요. 그런 분들이 지금보다 훨씬 늘어
나야 하지 않을까 하고 생각하고 있습니다.

그런데 재재 님을 롤 모델 삼는 어린 친구들은 부담스럽고.

네. 제가 롤 모델이 되고 싶지는 않아요.

나는 되고 싶지는 않지만 누군가 해줬으면 좋겠다는 건가
요?

네. 다들 그렇지 않나요? 나만 아니면 돼!
(웃음)

관리 직급으로 승진하려는 대신 실무만 오래 하고 싶어
하는 사람들이 여성들 중에 많긴 하죠.

힘든 걸 아니까요.(웃음)

결정권자인 여성들도 많아지고 그런 사람들이 더 잘할 수 있는 실무자들을 키워주면 좋을 것 같네요. 이제 집에 가면 뭐 하실 건가요?

내일 촬영 준비해야죠.

주말에 이렇게 연속해서 일하면 평일에 휴가를 쓸 수 있어요?

휴가는 사용할 수 있는데 일 때문에 못 쓰고 있죠. 그래서 평일 휴가가 많이 남았어요. 일정은 짜여 있고, 뭘 어떻게 하든 콘텐츠는 나와야 하고… 라디오에도 고정 게스트로 출연하고 있으니까요.

만약에 지금 1년의 안식년이 주어지면 뭐 하고 싶으세요?

여행 가야죠. 국내에서라도 차 빌려서 여기저기 다니면 얼마나 좋을까요. 어딘가 그냥 이 생활 공간이 아닌 다른 곳으로 갔다 오고 싶어요.

지금은 집, 촬영장, 방송국, 이런 공간만 오가나요?

너무 같은 장소들을 맴돌고 있죠. 제가 지루한 걸 못 견뎌 하는 편이거든요. 근데 또 한편 생각해보면 이렇게 일할 수 있다는 게 감사한 일이에요.(웃음) 언제 또 이렇게 일을 하겠어요.

우리니까, 지금이라서 가능한 것들

51년생인 저희 엄마가 매일 하시는 말씀과 같네요.(웃음) 본인이 그렇게 여길 수 있다면 다행이지만, 재재 님이나 팀원들이 건강을 챙겨가면서 너무 소진되지 않게 일을 할 수 있으면 좋겠네요. 번아웃은 진짜 무서운 거니까요.

감사합니다. 꼭 그렇게 돼야 할 텐데요.

우리니까, 지금이라서 가능한 것들

재재는 여러 질문에 대한 답변에서 '저희는'이라는 주어로 문장을 시작했다. 개인을 향해 물었지만 팀의 관점으로 생각하며 말하고 있었다. 무해하게 즐거운 인터뷰 콘텐츠를 만드는 힘에 대해 자신의 역량보다는 팀 전체가 만들어내는 분위기에 공을 돌렸다. 자기답게 일하며 성과를 낼 수 있게 해주는 이 팀의 환경이 영원하지 않다는 걸 알기 때문에 더 소중한 현재에 집중하며 달려간다.

인생의 화양연화는 놀거나 사랑할 때가 아닌 일하는 시간 속에도 찾아든다. 뜻이 통하는 동료들과 힘을 합쳐 멋진 것을 만들어내며 어려움을 나누면서도 서로의 성장을 경험하는 아름다운 날들은 드물게 허락되는 행운이기에, 오래오래 삶을 관통하는 추억이 된다. 재재와 〈문명특급〉 팀의 시간은 지금이다.

먼저 걸어가는 사람

이수정 범죄심리학자

**나의 우선순위는 정해져 있어요.
세상에 도움이 되는 일, 여성의 피해를
줄일 수 있는 방향이라면 무조건 해요.**

'스컬리 효과^{Scully Effect}'라는 말이 있다. 90년대 드라마 《X-파일》에서 법의학을 전공한 FBI 조사관으로 나온 다나 스컬리 박사의 캐릭터가 등장한 이후로 미국 여성들의 이공계 진출이 늘어났다는 연구에서 나온 말이다. 여성들에게 롤 모델이 얼마나 중요한지 말해주는 사례다. 더 다양한 직업군, 연령, 지위에 포진한 선배들을 볼 때 후배들은 더 멀리까지 꿈꿀 수 있다.

이수정 교수는 범죄심리학 전공자가 아니더라도 50대에 저렇게 활발하게 일하고 싶다는 꿈을 꾸게 해주는 선배다. 언론이든 국회든 가리지 않고 여성 대상 범죄에 대한 지식과 경험이 필요한 곳에 가서 목소리를 내면서 전문가로서 연대를 실천해온 사람이기도 하다. 잘못된 일에 잘못되었다고 말하며 같이 화내고, 옳지 않은 부분을 바꾸어야 한다고 말해주는 단호한 어른의 목소리는 많은 이들에게 용기를 준다. 앞서 가는 이의 뒷모습을 보며 우리는 혼자가 아님을 확인한다.

먼저 걸어가는 사람

황선우

뉴스에서 전문가 의견을 인용할 때 교수님 성함을 자주 뵈어요. 《그것이 알고 싶다》 같이 범죄를 다루는 프로그램은 물론이고 토론이나 강연, 조언에 이르기까지 정말 많은 요청을 받으실 텐데 그중에 어떤 일을 할지 고르고 결정하는 기준이 있으세요?

이수정

일단 돈이 아니라는 건 확실한 것 같아요. 유명해지고 싶어서도 아니고요. 처음 시작한 《그것이 알고 싶다》 이후로 방송 다큐멘터리나 뉴스 같은 언론 관련 일들을 해왔는데, 공공의 이익을 위해서 필요한 일이라고 판단해서였죠. '조금이라도 사회에 도움이 됐으면 좋겠다'라는 생각으로 결정해요. 대중 강연을 한 지는 3~4년 된 것 같아요. 학부형들이나 공무원들 교육도 많이 하는데 모두 성범죄의 심각성을 알려야겠다는 생각으로 하는 일들이에요. 그렇게 일을 고르다 보면 아무래도 제 전문 분야에서 여성으로서 느낀 바를 나눌 수 있는 기회가 많죠. 이렇게 젊은 여성 독자를 주요 대상으로 하는 인터뷰를 수락하는 것처럼 특정 연령대 특정 성별에게 도움이 되고 싶다는 생각이 하나의 기준이 되기도 해요.

2019년에 『여자 둘이 살고 있습니다』를 같이 쓴 김하나 작가와 함께 '아시아 여성 리더스 포럼'에서 강연한 적이 있어요. 그때 교수님이 저희보다 앞선 강연자셨고요.

하하, 우리 그럼 이미 구면이네요.

(웃음) 저희에게는 교수님과 같은 연단에 설 수 있다는 게 아주 기쁜 일이었어요. 다른 후배 여성들도 비슷한 마음일 거예요. 전혀 다른 분야에서 일하고 있더라도, 50대 여성 전문가가 활발하게 일하면서 여성 문제에 대해 발언해 주신다는 게 참 든든해요. 교수님을 롤 모델로 생각한다는 후배 여성들을 많이 만나시죠?

뭐 리더가 되어야겠다, 롤 모델이 되어야 겠다고 마음먹고 한 일은 전혀 아니고요. 그저 내 앞가림하며 살기 바빴죠. 한동안 전업주부로 살았지만 어떻게든 일을 해보려고 노력했어요. 그러다 보니 여기까지 왔지.

전업주부로 사신 때는 언제예요? 지금 계시는 경기대에 자리를 잡으시기 전인가요?

그렇죠. 박사 과정을 미국에서 하다가 남편이 취업하게 되면서 한국에 돌아왔어요. 그때는 아이들을 가족들에게 맡겨놓고 나 혼자 미국 학교로 돌아가서 박사 과정을 마칠 생각이었어요. 그런데 막상 귀국해보니까 부모님이 편찮으신 거예요. 그러다 결국 아버님은 돌아가셨고, 학교도 아직 안 들어간 아이 둘을 봐줄 사람이 없었어요. 더군다나 우리 둘째는 몸이 약해서 맨날 폐렴을 앓았거든요. 결국에는 선택을 해야 했는데, 아이들을 돌볼 사람이 나밖에 없더라고요. 남편은 돈을 벌어야 하니까. 내 선택이라는 게 결국 포기였지만.

그래서 논문을 마치러 미국으로 돌아가지 못하신 건가요?

그렇죠. 수료를 한 상태로 들어왔는데 결국 논문 쓰러 돌아갈 수가 없어서 박사 과정을 다 끝내지 못했어요. 너무 고민을 하다가 돌아온 지 1년 정도가 지나 지도 교수에게 이메일을 보냈어요. '나의 모든 포지션을 포기하겠다'라고.

어쩔 수 없이 결정을 내릴 때 참 뼈아프셨겠네요. 육아 때문에 경력이 단절된 여성들을 주변에서 많이 봤지만, 교수님도 그런 경우였을 줄은 몰랐어요.

94, 95년 즈음의 일이니까 당시엔 더 심했죠. 여성에게는 취업의 기회도 제한되어 있었고 대학에서도 여성 교수를 잘 뽑지 않았어요. 앞날이 막연한 상황이었죠. 이력서를 몇 군데 넣어봤는데 언제나 서류전형에서부터 떨어지더라고요. 군필자도 아니었고, 나이도 꽤 많이 먹

은 데다 아이가 둘이었으니까.

진로가 어떻게 될지 모르는 상황에서 소속 없이 지내신
거군요.

그렇죠. 30대 초반에 어린아이 둘을 데리
고 취업이 안 되어서 1년 반에서 2년 가까이 그
렇게 지냈어요. 6개월 후에 한국 대학에 다시 박
사 과정으로 들어갔는데, 그것 또한 고민이 왜
안 됐겠어요.

박사 과정에서는 지도 교수나 연구 주제가 아주 중요할
텐데, 논문만 남겨둔 상태에서 학교를 옮겨 다시 시작한
다니 막막하셨겠어요.

어려운 일이었죠. 게다가 그때는 박사 과
정 편입이라는 제도 자체가 없기도 해서 입학
시험을 다시 봐야 했어요. 저는 연대 출신인데,
연대 심리학과 박사 과정을 제2외국어 시험까
지 보고 들어갔어요, 일단 입학한 다음에 미국
에서 수강했던 학점을 인정받긴 했지만 그러기
까지 준비 과정은 참 힘들었죠. 이걸 해야 하나,
말아야 하나 고민은 이어지고, 아이들은 계속
아프고… 어려운 일들이 많았어요.

지금 교수님의 성공한 모습만 보는 사람들은 상상이 안 될 것 같아요.

상상을 못 하겠지만 그랬어요. 누구나 힘든 시절이 왜 없겠어요. 뭔가 거창한 목표가 있었던 것도 아니고, 누군가에게 롤 모델이 될 거란 생각 같은 걸 할 여유도 없었어요. 그냥 아이들 둘을 데리고 버거운 삶을 꾸려가는 30대 전업주부였지. 무엇이 되어보겠다는 생각은커녕 '어떻게 해서라도 하루하루를 무의미하지 않게 보내야겠다'는 결심만 겨우 했죠.

20년이 넘게 흘렀지만 요즘도 많은 여성들이 비슷한 고민에서 자유롭지 않은 것 같아요. 임신, 출산, 육아를 해내느라 자기 일을 놓치거나 밀려나지 않기 위해 버거워하면서 버티기도 하고요.

지금 돌이켜보면 나는 적절하지 않은 시점에 결혼을 하고 아이를 낳았다는 생각도 들어요. 경력이 안정된 상황에서 출산을 한 게 아니기 때문에 아이들을 포기하고 일을 계속 하느냐, 아니면 아이들을 택하고 주저앉느냐 고민해야 했죠. 그 시대에는 우리가 결혼하지 않는다는 선택지를 고려할 수 있는 분위기가 아니었어요. 자의 반 타의 반으로 떠밀려서라도 했었지. 그런데 지금 세대는 다르잖아요. 비혼을 포함해 많은 것을 스스로 선택하고 결정할 수 있는 기회가 열렸고, 그런 면에서는 여건이 좋아졌다는 생각이 들어요. 다만 경기가 훨씬 후퇴해서 생활이 척박해진 건 어려운 상황이죠. 우리가 대학을 졸업하던 당시보다 안정된 일자리를 얻을 기회들이 줄었으니까요.

'처장실에서 만나자'고 하셔서 건물을 찾아왔는데 직함이 취업지원처장이시더라고요. 일자리를 구하기 어려운 요즘 학생들의 고충을 현장에서 접하실 것 같아요.

　　　　　취업 기회가 줄어들다 못해 코로나 영향으로 구인 공고 자체가 거의 없는 상황까지 왔어요. 불안감에 시달리는 학부생들, 졸업생들을 보면 너무나 안타깝죠. 그렇지만 내 인생의 경험으로 봤을 때 해줄 수 있는 이야기는, 그럼에도 불구하고 시간은 지나가더라는 거예요. 나도 다 포기해야 할 것 같은 순간이 있었지만 그날 아침에 일어나면 오늘의 최선이 무엇인지를 생각했어요. 기회가 언제 올지 모르지만 준비가 되어 있어야 잡을 수 있지 않을까, 그런 준비가 뭘까 하는 고민과 노력을 계속했던 것 같아요.

돌이켜보면 교수님은 그 시기에 적절한 대안을 찾으신 거네요. 모교에 다시 입학해서 논문을 마친다는 플랜 B를

먼저 걸어가는 사람

택하셨으니까요.

그런데 내가 준비했던 기회와는 달랐던 것 같아요. 기회를 잡을 수 있을 만큼 준비가 되는 사람들은 많지 않다고 생각해요. 결국은 자기가 기회를 만드는 거지. 대안이라고는 해도, 다른 사람들은 길이라고 생각지도 못한 대안이었을 거예요. 박사를 하러 미국으로 돌아가거나, 포기하고 아이들을 키우는 게 보편적인 길이었겠죠. 근데 이도 저도 아닌 제3의 길을 도모한 건 저 개인의 판단이고 선택인 거죠. 다른 사람에게는 안 보이는 새로운 기회를 만들어야 하는 선택의 순간이 누구에게나 올 수 있어요. 어쩌면 지금 코로나 시대도 그런 과정의 하나인 것 같아요. 환경 변화가 더 많은 개인들에게 새로운 선택을 하도록 요구하는 거죠.

급속도로 변화하는 환경 속에서는 누구나 변해야 살아남을 수 있으니까요.

심지어 범죄자들도 마찬가지예요. 그들도 범죄 수익을 노려 어떤 선택을 하잖아요. 예를 들면 조주빈 같은 범죄자도 온라인 환경 변화와 기술을 빨리 이해한 셈이에요. 어린아이들에 대한 성매매 암시장이 있다는 걸 파악한 다음에 추적이 힘든 해외 계정 메신저인 텔레그램을 이용해 성 착취 범죄를 저질렀으니까요. 이렇게 반사회적인 인간들마저도 머리를 골똘히 쓰면서 제3의 혁신적인 수단을 발견해내고 있어요. 그래서 그런 범죄를 밝혀내고 처벌하기 위해서도 마찬가지로 속도를 내야 해요.

씁쓸하네요. 선량한 사람도 악한 사람도 변화하는 시대를 포착해 기회를 만드는 점은 마찬가지라는 게요.

젊은 사람들에게 그런 것들을 꼭 얘기해요. 불안을 느끼는 건 언제든 자연스러운 거예요. 오히려 불안에 휩싸여서 아무것도 못하는 상황이 인생을 망칠 수 있지. 불안한 가운데라도 계속 이것저것 시도해보고, 여러 가지를 도모하다 보면 언젠가 예상하지 못했던 기회를 만들 수 있을 거라 봐요.

그 기회가 취업이 아니라 제3의 길이 될 수도 있겠죠.

얼마든지 될 수 있죠. 내 제자 중에 음대 석사까지 하고 내 밑으로 와서 석사를 또 한 친구가 있어요.

전공을 상당히 늦게 바꾼 거네요?

그렇죠. 음악 전공으로 석사까지 한 친구가 다시 범죄심리학과 석사 과정에 진학할 때는 얼마나 고민이 많았겠어요. 그런데 그 친구가 열심히 코스를 끝내고는 유학을 가서, 지금은 미국 대학 정교수가 되어 테뉴어(종신 재직권)를 받았어요. 학부 전공에서 완전 180도 경로를 틀어 아주 훌륭한 학자가 되어 있죠. 결국 인생이라는 게 정해진 시점에 무슨 일을 하지 못했다고 해서 포기해야 되는 건 절대 아니라고 생각해요. 나 역시 중간에 한참 돌아왔지만 결국엔 내 자리를 찾은 경험이 있고, 방금 말한 그 친구를 보더라도 본인이 필요하다고 느꼈을 때 방향을 틀면 돼요. 다만 주저앉아 불안해하면서 포기하지만 않으면 된다는 게 저에게 중요한 깨달음이었어요. 누군가에게는 기회가 좀 빨리, 혹은 좀 늦게 오기도 하는 거죠.

특히 학교에 다닐 때나 사회 초년 시절에는 한두 살이 큰 차이로 여겨지잖아요. 지나고 보면 그때 방향을 잡느라 한두 해 늦어진다 해도 초조해하지 않아도 될 것 같아요.

그럼요. 또 한 가지, 자기가 뭘 원하는지를 정확히 아는 게 중요해요. 내가 하려는 일이 뭐냐, 결국 거기에 내 적성이 있는 거겠죠. 살아보니까 나는 연구하는 데 적성이 있는 것 같아. 흥미를 느끼고 동기 부여도 되어 있어서 계속 다양한 시도를 해요. 그러니까 이게 내 적성

이수정

먼저 걸어가는 사람

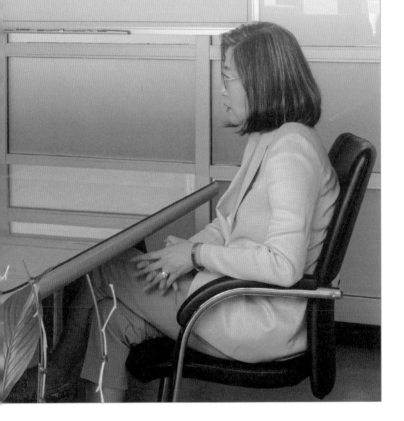

66 결국 인생이라는 게 정해진
시점에 무슨 일을 하지 못했다고
해서 포기해야 되는 건 절대
아니라고 생각해요. 99

이수정

이니 여기서 경력을 쌓아나가는 거죠. 연구 경력을 접어버리고 정치권으로 갈 수도 있겠지만, 그게 과연 나의 적성에 적합할까? 아닌 것 같다는 거지.

교수님이 궁극적으로는 정치를 하실 거라고 예상하는 사람들도 많아요.

정치는 내 적성이 아니에요. 나는 집단으로 이편 저편을 나눠 싸우는 것을 싫어하고, 그런 편파적인 행위를 상상만 해도 부당하다는 느낌이 들어요. 현상을 연구하고 제안하는 역할까지가 나에게 잘 맞기 때문에 계속 그 일을 해온 거예요. 언론 활동을 한 이유? 그건 공익에 보탬이 되고 싶기도 하고, 연구를 더 잘하고 싶어서 그런 활동을 한 거죠. 연구 기회도 아무에게나 다 열리는 게 아니더라고. 사회적으로 인지도가 있으면 공공기관에서 함부로 거절을 못 해요. 나도 처음에는 거절을 무지하게 많이 당했어요.

특히나 범죄자에 대한 공적인 자료와 통계에 접근해야 하는 분야의 연구를 하고 계시니 더 그렇겠어요. 초기에 교도소를 다니실 때는 재소자 면회도 어려웠다고 들었어요.

범죄자 연구를 위해 면담이 필요한데 만나지 못하게 하더라고요. 여자가 무슨 범죄자를 만나냐는 거죠. 어떻게든 내가 연구를 포기하지 않겠다는 간절한 생각이 있었기 때문에 돌파구를 만들 수 있었어요. 거기에 날개를 달아준 게 어쩌면 언론 활동이었고. 지금은 내가 뭔가 하려고 할 때 예전보다 훨씬 쉬워졌죠. 더 높은 사람들과 직접 연결이 되고, 원하면 통화도 할 수 있고, 그들이 나를 무시하지도 않아요. 사회에 도움이 되는 일들임에 틀림없어서 해온 건데, 하다 보니 내가 연구의 기회를 쉽게 잡을 수 있는 위치까지 왔단 말이죠. 결국에는 도달하고 싶은 목표를 설정하고 한 번도 방향을 바꿔본 적은 없는 것 같아요.

언론 인터뷰를 많이 하신 게 하고 계신 업무 분야에서 영향력을 키워오신 과정이기도 하네요. 여자들은 대외적으로 얼굴이나 이름을 드러내는 일을 두려워하는 경우가 많은데, 다시 생각해보게 돼요. 일하면서 목표를 수정하지 않으신 이유는 가장 좋아하고 잘할 수 있는 일이기 때문인가요?

　　　　　잘하고, 그게 의미가 있다고 생각하기 때문에.

학자로서 사회에 도움을 줄 수 있는 일을 하고 싶어서 대외 활동을 해오셨는데, 결과적으로 연구에도 도움이 되었

다고 하셨어요. 결국 목표는 둘이 아니라 하나였던 셈이
네요.

그렇죠. 처음 내가 설정한 방향 자체가 사회에 도움이 되는 연구를 하고 싶었던 거니까요. 기초과학이나 심리학 안에서도 순수학문 분야를 공부하는 사람들 입장에서는 어쩌면 내가 하는 연구들이 과하게 응용 목적을 띠고 있다거나 연구의 질이 떨어진다고 생각할 수도 있어요. 그런데 나는 그 주제를 꼭 연구해야 한다고 생각했어요.

이유가 뭘까요?

그래야 제도를 어떻게 바꾸라고 제안할 수가 있으니까요. 처음에는 그런 비판을 받을 때마다 내가 잘못하고 있나 생각을 많이 했어요. 자신이 연구의 효용에 대해 깊이 알지 못했기 때문이에요. 그런데 지금은 이런 연구가 왜 필요한지, 어떻게 쓰이는지 내가 경험해서 정확히 알고 있어요. 그러니 기초과학을 하는 사람들이 나의 연구를 비판하더라도 이제는 방어할 수 있는 논리가 충분히 있죠.

교수님께서 연구를 바탕으로 꾸준히 목소리를 내오신 주제들이 최근 실질적인 성과를 거두는 걸 보고 있어요. 스

토킹 방지법도 그렇고, 미성년자 의제 강간 연령이 13세
에서 16세로 상향된 것도 그렇고요.

실제로 어떤 법률이 만들어질 때 이런 연구 자료가 꼭 필요한 요건이 되기도 해요. 저는 이제 연구가 어떻게 쓰일지 예상하고 설계를 할 수 있는 위치까지 왔어요. 예를 들어 여성 인명 피해를 줄이려 한다면 스토킹에 대한 연구가 꼭 필요해요. 그렇다면 기초과학자들은 실험심리학적인 연구를 해야 한다고 생각할 거예요. 임상병리적으로 스토커들의 정신병리를 관찰하고 측정하는 방식이죠. 하지만 제가 보기에 그런 연구는 실제로 적용하기에는 시사점이 축소되어 있기 때문에, 그보다 열린 실험 설계를 하는 경우가 더 많아요. 연구 기준으로 보면 순수성이 떨어지죠. 여러 가지 결과를 대안적으로 설명할 수 있는 방해 요인들이 많거든요. 그러나 나는 그편이 훨씬 더 실제 현실에 가깝다고 생각해요.

연구의 주제나 방법에 있어서 실무적인 필요를 기준으로
판단하시는 거군요.

그런 답을 구하기까지 나도 시간이 굉장히 오래 걸렸죠. 그런데 이제 더이상은 회의하면서 시간을 보낼 필요가 없어요. 알기 때문에.

이수정

지금 내가 하는 일이 무엇을 위해 하는 일인지 이제 알아요. 뭐가 되기 위해서 온 게 아니라 그냥 내가 던지는 질문에 스스로 답을 찾다 보니 온 거예요.

방법론적으로 범죄자들을 만나서 연구를 하면서 범죄심리학으로 전공을 정하게 되셨다고 들었어요.

그렇죠. 내 전공은 연구방법론이에요. 연구방법론을 훈련받으면 대상을 누구로 잡든지 간에 연구가 가능하죠. 박사 논문은 조현병 환자를 대상으로 해서 썼고 이후에 대상자가 범죄자로 옮겨 갔어요. 대상자를 바꿨던 데에는 경기대학교라는 특수한 조건이 영향을 미쳤어요. 전국에서 유일하게 교정학과가 있는 곳인데, 1999년 여기에 채용되면서 법무부 프로젝트에 참여하게 됐죠. 재범 위험성을 바탕으로 재소자를 분류하는 절차를 개발하는 프로젝트였고, 그 후로는 계속 이 분야에서만 같은 주제로 연구를 해왔어요. 만약 다른 대학에 자리가 나서 심리학과 교수를 했다면 나는 지금 이런 위치에 있지 않을 거예요. 아마도 실험심리학 연구를 하는 중년의 기초과학자가 됐겠죠.

돌아볼 때 교수님의 경력을 결정한 계기는 무엇일까요?
우연이 큰 역할을 했을까요, 끌어주신 누군가 은사님이
계셨나요?

그게 바로 적성이라고 생각하게 되는 지점 같아요. 사람들마다 내가 어디에서 가장 빛을 발하고 가치가 있다고 느끼는가를 아마 본인만은 알 거예요. 그런 것을 심리학 용어로는 자기효능감self-efficacy이라고 하죠. 예를 들어 여성 단체에 속한 활동가는 여성 인권을 높이는 운동에 헌신하면서 자신의 가치를 느낄 거예요. 나 같은 경우에는 광장보다는 연구실이 어울리는 사람이에요. 조금이라도 도움이 되는 연구를 내고 정책에 반영되도록 어떻게든 제안해보는 게 나의 적성에 훨씬 더 부합하다 느끼죠. 그런 적성은 이미 어릴 때 어느 정도 결정된다고 생각해요. 나는 고등학교 때부터 사회에서 활용될 수 있는 학문 쪽에 관심을 두었던 것 같아요. 당시에는 대학에 지원할 때 1지망부터 3지망까지 쓰게 되어 있었거든요. 1지망은 심리학과였지만 2지망은 사회사업학과였어요.

지금의 사회복지학과인가요?

네, 사회복지학과의 전신이었죠. 신학대학에 있었고 나는 개신교인도 아닌 천주교인인데

먼저 걸어가는 사람

도 활용도가 높은 공부를 해보고 싶다는 생각을 했어요.

사회와의 접점이 있는 전공에 끌리셨나봐요.

그렇죠. 사회문제에 관심은 있었지만 그게 또 사회과학 이론 쪽은 아니었어요. 사람들에게 실제로 도움이 되는 일을 해보고 싶다고 막연하게 생각했던 것 같아요. 대학교 졸업한 지 30년도 넘은 지금 생각해보면 그때 처음 먹었던 마음을 이렇게 풀어내고 있나보다 싶죠.

요즘은 범죄에 대한 일반인들의 이해도가 높은 시대예요. 범죄 수사를 다룬 국내외 드라마가 흔하고, 프로파일러라는 직업도 자주 등장하죠. 그런데 교수님이 범죄자 연구를 시작했던 20년 전에는 기피하는 분야 아니었나요?

그거는 경기대학교라는 환경 때문에 어쩔 수 없었다니까. 나도 울며 겨자 먹기로 시작했지. 나라고 언제 그렇게 범죄자를 만나봤겠어요? 경험이 없었지만 가릴 처지가 아니었어요. 어쨌든 나를 뽑아준 경기대학교에서 일을 맡았으니까. 교정학을 연구하는 분들은 있었지만, 범죄자를 직접 만나서 개인정보를 다룰 수 있는 연구자는 없던 시기에 '네가 해라', 이렇게 된 거죠. 직장에서 그런 요구를 받지 않았다면 내가 이렇게 힘든 연구 주제를 다루려고 했을까? 절대 그러지 않았겠죠.

회사에서도 자기 능력치보다 약간 높은 걸 요구하는 프로젝트에 투입될 때 급속도로 성장하는 것 같아요. 교수님도 어쩔 수 없이 시작하셨다고 했지만 결과적으로 특수한 전문 분야를 만드셨고요.

그렇게 된 거죠. 만약에 내가 연구방법론을 전공하지 않은 사람이었으면 그런 요구를 했다 쳐도 맡겠다고 할 수 있었을까? 아닐 것 같아요. 내가 할 수 있는 일을 기반으로 해서 새로운 분야에도 도전할 수 있는 거죠.

본인이 어느 정도 준비가 되어 있어야 기회를 잡을 수 있다는, 아까 하신 말씀과도 통하네요.

그리고 자기 앞에 당장 주어지는 기회는 금광처럼 보이지 않을 수도 있어요. 오히려 여건이 척박할지도 모르죠. 내가 만약에 서울대 연고대에 교수로 갔으면 범죄심리학을 했을까? 절대 안 했을 거예요.

하하, 그러네요. 'BBC가 선정한 올해의 여성'도 안 되셨을 거예요.

그러니까 누가 알았겠어요. 어쩔 수 없는

선택이라 뛰어들었는데 20년 후에 그게 전화위복이 될 줄. 그러니까 알 수 없는 일이에요. 내가 계획하지도 못한 일이고. 운이 좋았던 것 같기도 하고, 어쩌면 운명이라는 게 있나 싶기도 해요. 나는 열심히 성실하게 정해진 그 길을 따라 걸어간 것뿐 아닐까 생각도 해봐요.

계획을 세우지 않는다고 하셨는데 지금도 마찬가지신가요?

지금도 마찬가지죠. 대신 주어진 뭔가를 놓치는 사람은 되지 않으려고 해요. 여전히 무엇이 필요하다고 하면 앞뒤 가리지 않고 무조건 뛰어드는 입장이죠. 지금도 어떤 결과 하나를 기다리고 있는데 될지 안 될지 몰라요. 그런데 이게 꼭 돼야 한다고 생각을 하기 때문에 뛰어들었어요.

기다리고 계신 건 무엇인가요?

경찰청 공개 입찰이에요. 아동학대에 연관된, 경찰의 조기 개입 시스템을 촉진할 수 있는 과제 공고가 나왔거든요. 지금 아동학대 문제가 너무 심각해요. 치사 사건이 점점 늘어나는데 이대로 놔뒀다가는 계속 아이들이 죽어나갈 게 뻔하죠. 경찰의 역할이 너무 중요한데, 이 과제는

경찰이 사건화를 많이 할 수 있도록 근거가 될
만한 지침을 마련하는 데 필요한 연구예요.

중요한 기회 같아요. 그런데 앞뒤를 가리지 않는다는 말
씀의 맥락을 설명해주세요.

지원금이 너무 적으니까요. 연구를 제대
로 수행하기에는 터무니없이 적은 액수예요. 미
국 같으면 아마 열 배 되는 연구비를 지정할 만
한 과제인데 우리나라는 적은 예산으로 굉장히
다각도의 분석을 요구하지. 하지만 이 연구가 정
말 필요하다고 느끼는 나 같은 사람들이 그럼에
도 불구하고 지원하는 거지. 그게 너무 중요하다
는 걸 아니까 절박해요. 우리 대학원생들을 위해
필요한 일이고, 궁극적으로는 한국의 아동학대
사건을 줄이기 위해서도 필요한 연구 과제고.

그렇게 지원금이 적은 사업을 받아 오면 학교에서 뭐라고
하지는 않나요?

산학협력단에서는 무슨 과제든지 일단 갖
고 들어오는 걸 좋아해요. 학교에서는 무조건 과
제를 따 오길 원하죠. 문제는 수행하는 연구자들
이 자기 돈을 써가면서 해야 한다는 거예요. 그
걸 왜 하느냐? 공식적으로 데이터에 접근할 수
있는 권한이 주어지거든. 아동학대 가해자나 피

해자, 아동보호 전문 기관 실무자들과 면담할 기회도 경찰청 보증으로 확보할 수 있어요. 과제를 수행하는 곳이 공공기관이기 때문이죠. 그 권한을 활용해서 자료를 확보하면 양질의 논문을 써서 SSCI(사회과학 분야 학술 논문 인용 지수)에 등재되는 수준의 학술 저널에 실릴 수도 있어요. 좋은 연구가 지속되는 시스템을 구축할 수 있는 거죠. 그리고 열심히 결과를 내놓으면 언젠가는 아동학대 처벌법이나 아동복지법을 입법할 때 주요한 근거 자료가 될 수도 있고요. 그렇기 때문에 이런 일들을 계속하는 거죠.

과제를 수행하면서 데이터에 접근하는 게 연구 질을 확보하는 데 중요하겠네요.

데이터, 결국은 연구 대상에 접근하는 게 정말 중요한 일이죠. 예전에는 그런 기회가 민간에게는 잘 개방되지 않았어요. 심지어 필요성조차 느끼지 못했던 시절도 있었지. 다행히 민간 연구자들이 참여하면서 서서히 개선된 법 절차가 무지하게 많아요. 내가 가담한 것만 해도 다양하죠. 전자발찌를 착용하는 범죄자의 선택 기준, 해바라기센터(성폭력, 가정폭력 피해 여성과 아동에 대해 365일 24시간 지원하는 기관) 운영에 있어서 진술 분석 전문가들이 의견서를 내게 만드는 과정 등을 같이 만들었어요. 장애인들의 성폭력 피해가 사건화되는 건수를 보면 나아지는 게 확연히 보여요. 내 기억으로 2008년도에는 다섯 건도 안됐어요. 그때라고 장애인들이 성폭력 피해를 안 당했겠어요? 다만 사건화가 안 됐던 거야. 왜냐하면 장애인 성폭력 피해자들의 경우 신빙성 유지가 안 된다는 이유로 진술을 인정받기 어려웠거든요. 피해자의 말에 일관성이 없고, 합의도 쉽게 해주는 데다 당시에는 친고죄도 없었고요. 지금은 절차가 개선돼서 장애인이 피해자인 성폭력 사건이 한 해에도 수백 건 유죄 판결을 받고 있어요. 이렇게 변화들이 눈에 보이니까 멈출 수가 없는 거죠. 이것보다 더 중요한 일이 나한테는 없어요. 국회의원들이 맨날 하는 싸움박질은 나한테 중요한 문제가 아니야.

정치를 내 길이 아니다, 관심이 없다고 여러 번 말씀하시지만 사실 교수님의 선택을 정치적으로 해석하는 사람들이 많아요. 이번에 국민의힘 성폭력 대책 특별위원회에 합류하셨다는 기사에 다른 정당 지지자들이 몰려와 악플을 달기도 하고요.

　　　　그것은 그들의 해석이기 때문에 나한테는 별로 중요하지 않아요. 왜냐면 내가 지금까지 해온 일들이 댓글 하나에 타격을 받을 리 없고, 앞으로 내가 하려는 일도 별반 영향을 받지 않을 것이기 때문에. 누가 욕을 하든지 말든지 그건 그들 사정이죠. 그런 데 휘말려서 낭비할 에너지가 없어요.

일하기도 바쁜데 악플에 마음 쓸 시간이 어딨냐는 말씀으로 들려요.(웃음)

　　　　　일하기도 너무 바빠요.(웃음) 할 일이 너무 많아.

여성 문제에 관심 없는 사람들이 그런 얘기를 하고 있다는 생각이 들었어요. 여성이나 아동 청소년 대상 폭력과 범죄에 대해 꾸준히 문제의식을 가져온 사람이라면 그동안 교수님의 활동과 발언을 보아오면서 정파보다 중요한 본인의 기준이 있다는 걸 알 거예요. 여성의 생명을 가장 큰 가치로 삼기 때문에 이 당에 자문할 수도 있고 저 당이랑 회의도 하신 것 같거든요.

　　　　　나는 왕따가 싫어요. 어렸을 때도 왕따 피해 경험이 있고, 개인이든 집단이든 누가 누구를 왕따시키는 분위기 자체가 싫어요. 그러니까 나한테는 어느 당에서 제안이 왔건 마다해야 할 이유가 없다고 생각했어요. 그 제안의 내용이 중요한 거죠. 여러 법률 사이의 빈틈, 우리 사회에서 놓치고 있는 부분을 지적하고 제안해서 더 낫게 만들 수 있는 기회를 주겠다는데 왜 마다하죠? 성폭력 대책이라는 목표를 보고 가면 되죠.

권력형 성범죄가 계속 불거져서 문제가 되고 있는 시점이기 때문에 정당 자체적으로 성폭력대책위를 만들 필요가 있어 보이기도 해요.

이번에 연구실을 정리하다 보니까 여기저기 쌓아둔 짐들 중에서 17대 국회 토론집이 있더라고요. 굉장히 많은 민주당 의원들이 토론회가 있다고 나를 부를 때 가서 발표하고 사회도 봤어요. 그중의 한 분이 지금 21대 국회 김상희 부의장이시고. 17대부터 21대 국회까지 가리지 않고 일을 해왔는데 민주당에 도움을 줄 때는 아무 말이 없고 국민의힘 일을 하면 욕을 하나요? 이해가 잘 안 되지만 그러거나 말거나 신경 쓰지 않아요. 처음에 얘기했던 것처럼 나한테 중요한 제안을 했을 때 받아들이는 우선순위는 정해져 있어요. 세상에 도움이 되는 일, 여성의 피해를 줄일 수 있는 방향의 일이라면 무조건 해요.

그래서 교수님의 행보가 저에게는 일관되게 느껴져요.

내가 뭘 가졌겠어요. 난 내 몸뚱이 하나밖에 없어. 매우 부적절한 흐름이 있을 때 내 몸을 던져 부딪칠 수 있고 파괴력을 만들 수 있다면 난 할 거예요. 이번에도 그래서 선택했어요. 피해자를 피해자라고 부르지 못하는 세상이 되면 안 되잖아요.

'피해 호소인' 같은 말은 정말 부적절했어요. 명백한 2차 가해이기도 하고요.

도저히 용납이 안 됐어요. 범인이 검거되지 않은 사건이라 해도 피해가 발생했으면 피해자가 맞죠. 지난 20년 동안 내 분야에서 해온 노력이 뭉개지는 느낌까지 들었어요. 그러던 차에 거절할 이유가 없는 제안을 받아들였더니 난리가 난 거예요. 내가 어디 소속된 당원도 아니고, 딱히 정치색이 있는 사람도 아닌데 이런 결과를 어떻게 예상했겠어요. 파장이 이렇게 퍼져나가는 걸 보니 오히려 적절한 시점에 돌을 던졌다는 생각이 들었어요.

50대 이상 남성 정치인들에게 성인지 감수성을 높이는 교육이 너무 필요해요. 여성, 특히 어린 여성을 함께 일하는 동료로 대할 줄 모른다는 생각이 들어요.

세대 간의 차이가 커요. 좌우의 문제가 아니고.

젊은 여성 의원의 원피스 옷차림이 격식에 어긋난다고 뭐라고 할 자격이 있는지 의문이에요. 자기들은 국회에 앉아서 누드 사진 검색해서 보고 그러잖아요.

맞아요. 내가 성폭력특위에 가서 제일 먼저 한 일이 뭐냐면, 이번에 당 이름을 바꾸면서 홈페이지를 새로 만들더라고요. 거기에 성폭력 예방 교육 동영상을 올려달라고 요구하고 관련 콘텐츠 만드는 일부터 했어요. 지속적인 예방 교육을 약속했는데 코로나 때문에 온라인으로 한 거죠. 좋은 취지로 필요한 교육을 하는데 이게 민주당 홈페이지에 올라가면 의미 있고 국민의힘 홈페이지에 올라가면 안 된다는 규칙이 있나요? 어떻게든 전달되는 게 중요하죠.

어느 날 갑자기 성범죄가 많아진 게 아니잖아요. 이전에는 쉬쉬하고 넘어가던 문제를 지금의 젊은 여성들은 더이상 참지 않아요. 용감하게 공론화하죠.

그렇죠. 예전에는 진짜… 일상적으로 일어났던 일들이에요. 여성들이 분노하는 것은 당연하지만, 절망할 필요는 없다고 나는 얘기해요. 적어도 성범죄를 범죄 취급조차 하지 않던 시대는 지났으니까요. 법이 점차 바뀌어서 이제는 신고하면 경찰이 조사를 하고. 처벌도 강해져서 징역형을 받잖아요. 그러니까 세상이 좋은 방향으로 변화하고 있다는 건 믿었으면 좋겠어요. 여성 인권 침해를 바로잡는 방향으로 변화해왔고 앞으로는 훨씬 더 나아질 거예요. 그것만은 사실이라고 내가 얘기해 줄 수 있어. 틀림없이 옳은 방향으로 가고 있다고.

방향은 맞더라도 속도가 너무 느리게 느껴져요.

물론 우리는 아직도 원하는 게 많지. 공공 장소에서 자유롭게 화장실도 못 가는 게 말이 돼요? 나도 참 불편한데 젊은 사람들은 얼마나 더 그렇겠어요. 직장에서 똑같이 일하는데 여자라는 이유 때문에 할 수 없는 일이 많다는 것도 말이 안 되죠. 그런 불평등이 여전히 있지만, 극복하는 방향으로 열심히 나아가고 있다는 점만은 분명해요.

야당과 같이 일하시는 경험은 어떠세요? 뜻이 맞고 잘 통하는 사람들이 있나요?

그럼요. 야당 안에도 시민사회단체 출신 여성 의원들을 비롯해서 여성 인권 증진을 위해서 노력하는 사람들이 분명 있어요. 그렇기 때문에 성폭력대책위원회도 만들 수 있었던 거죠. 그들을 위해서도 목소리를 보태주면 조금이라도 도움이 될 거라 생각해요. 더 나은 법안이 꼭

이수정

민주당에서만 나와야 하는 게 아니잖아요. 정의당이든 국민의힘이든 여러 정당에서 공통의 의제들을 활발하게 꺼내놓아야 국회 법사위에서 입법될 가능성이 훨씬 더 높아요. 민주당에서 이미 열심히 입법 활동을 하고 있는 여성 의원들은 그들대로, 그리고 아직까지 진도가 많이 떨어지는 이쪽은 이쪽대로, 어디서든 좋은 입법 안들이 많이 나오면 결국에는 국민들에게 조금이라도 도움이 되는 거잖아요. 네 편 내 편 무슨 줄다리기 경쟁도 아니고 양쪽으로 딱 갈라서 밀리면 큰일나는 것처럼 굴 일이 아니죠.

진영이 나뉘어 있고 이쪽은 옳은 말 저쪽은 틀린 말만 하는 게 아니잖아요. 일을 잘해나가기 위해서는 사안에 따라서 여기랑 손잡을 수도 있고, 저 진영 안에도 다양한 목소리가 있다는 걸 알아야 하는 것 같아요.

그래서 나는 이해가 잘 안 돼요. 결국은 힘없는 사람들, 약한 여성들, 소수자들에게 도움이 되는 제도만 만들면 되는 거잖아요. 어느 길을 택하든 서울로 가는 게 중요하죠.

앞서 인터뷰했던 정의당 장혜영 의원이 그런 얘기를 했어요. 말하기 좋아하는 사람들은 말하게 두고 자기 일을 하겠다고요. 교수님도 그래주시면 좋겠어요. 아까 공직자들의 권력형 성범죄가 세대 문제이기도 하다는 말씀을 하셨는데요. 교수님 자신도 혹시 기성세대로서 젊은 학생들을 지도하시면서 경계하는 부분이 있으신가요?

많이 신경 쓰죠. 나는 언제나 연구팀을 운영해야 되니까. 지금도 열 명 남짓 되는 대학원생의 연구팀 세 개가 돌아가고 있어요. 내 제자들은 수업만 듣는 게 아니라 연구에도 참여해야 해서 업무 강도가 높아요. 전국의 보호관찰소나 교도소를 쫓아가야 하는 일도 생겨서 부담이 종종 발생하죠. 그러면 내가 나서서 애들한테 이거 해라 저거 해라 정리를 하면 될까요? 그게 될 리가 없지. 젊은 사람들이 그걸 수용하지 않아요. 권위주의적으로 생각하고 운영하면 연구팀이 돌아갈 수가 없어요, 요즘은.

그러면 어떤 방식으로 업무를 분담하거나 팀을 독려하세요?

내가 가장 많은 시간을 할애해서 노력하는 건, 이걸 왜 하는가에 대해 팀원들과 지속적으로 공유하는 일이에요. 우리가 돈도 안 되는 이 척박한 일에 왜 노력을 쏟아붓는지, 또 일이 제대로 되면 어떤 파급 효과가 있는지에 대해서 계속 학생들과 얘기하죠. 파급 효과가 우리의 성과로 돌아오기도 하지만, 그렇지 않다 해도 한국 사회에 어떤 도움이 되는지 구성원들이 아는 것이 중요해요.

학생들이 자발적으로 노력하게 만드는 거군요?

그렇죠. 동기화가 되면 아무래도 좋은 결과물이 나와요. 지난 2018년도 여름에도 그런 경험을 했어요. 랜덤 채팅 앱을 전부 다 뒤져서 아동 청소년이 성매매 시장에서 어떻게 암거래되는지 캐는 일을 했거든요. 그때 무지하게 열심히 수행했던 연구팀 학생들은 이제 졸업을 했는데 각계각층에 진출해서 일을 잘하고 있어요. 학교를 떠나 현장에 나가서도 누구보다 동기화된 구성원이 될 수 있죠. 나와 같이 보냈던 2년 동안 굉장히 힘들지만 의미 있는 경험을 했을 거라 생각해요. 같은 방향을 보고 나아간다는 점에서요.

졸업한 제자분들은 어떤 분야에서 일하시나요?

경찰이나 시민단체, 공공기관 등 다양한 분야에서 일해요. 오늘 아침에도 졸업한 지 10년도 더 된 제자에게 연락이 왔어요. 공익 목적으로 경찰청과 찍은 동영상에서 제 얼굴을 오랜만에 봤다며 카톡을 보냈더라고요. 디지털 성범죄 관련된 피해자 지원 홍보 영상이었어요. 그 친구는 상담사를 거쳐서 경찰 피해자 전문 요원으로 일하다가 일정 기간 근무한 후에 지금은 학교폭력 전담 경찰관이 됐어요. 나와 같이 했던 일들이 결국은 진로를 설정하는 데 영향을 준 거죠. 내가 일하는 모습이 제자들에게는 자신이 어떤 방향으로 가고 있는지를 계속 상기시키는 것 같아요. 그런 점이 나에게는 돈으로 환산될 수 없는 큰 보람으로 느껴져요. 그리고 함께해 온 노력들이 학생들 인생에만 영향을 준 게 아니라 나를 지금 이 위치에 오게 만들기도 했죠. 사람들이 나한테 관심을 갖는 이유도 그런 것 아닐까요? 만약에 내가 명예를 좇고 금전적 이득을 추구하는 인생을 살아왔다면 아무도 내 목소리를 듣지 않을 거예요.

랜덤 채팅 앱에 대해 잘 몰랐는데 어떻게 청소년 성 매수의 현장이 되고 있는지 교수님을 통해 관심을 갖게 됐어요. 연구하면서도 정신적으로 많이 힘드실 것 같아요. 인간성의 추한 면을 목격할 때 흔히 인류애가 사라진다고들 하잖아요.

나 혼자만 그런 건 아니고 나의 많은 제자들, 정말 용감한 여성들이 학교에서나 사회에서 척박한 환경에 놓여 일하고 있어요. 특히 성 착취 영상 연구를 담당한 친구는 진짜 끔찍한 여름방학을 보냈지. 최고로 더웠던 2018년 여름에

그렇게 많은 남성 성기들을 본 거야.(웃음)

(웃음) 고생이 많으셨네요.

그 친구도 지금은 졸업을 했어요. 얼마 전 졸업식에 어머니 모시고 와서 같이 사진도 찍었죠. '탁틴내일'이라고 아동 청소년 성범죄 피해를 지원하는 NGO 단체가 있는데 지금은 거기 가서 랜덤 채팅 앱의 문제를 열심히 고발하고 있어요. 세상에 꼭 필요한 일을 하고 있죠.

교수님 전공으로 지원하는 제자들은 여학생들이 많은가요? 여학생들에게 주로 애정을 갖고 말씀하는 것 같아요.

여학생도 많고 남학생도 있어요. 그런데 같은 여성이라서 그런지 내가 여학생들을 동기화시키는 데 훨씬 능력을 발휘하는 것 같아. 내 밑으로 오는 남성들은 이미 양성 평등의 가치관을 가지고 있어요. 굉장히 열린 친구들이 와서 연구 능력을 획득하고 훌륭한 역량을 발휘하죠. 남학생들 역시 다양한 기관으로 진출해서 잘하고 있어요.

연구에 대한 자기 효능감만큼이나 제자들을 길러내는 보람을 중요하게 여기시는 것 같아요. 양쪽을 다 충족시켜 주는 교수라는 직업이 교수님의 소명 같네요.

먼저 걸어가는 사람

이수정

그렇죠. 일단은 내가 괜찮은 연구자가 되어야 제자들이 열심히 배우고 따라오겠죠. 양심적이고 열심히 하는 연구자가 아니면 자신이 가르치는 친구들도 제대로 성장하지 못한다고 생각해요. 나는 대학원생들에게 계속 문제를 던져줘요. 이 사회의 부조리를 어떻게 생각하느냐, 현실이 이렇게 척박한데 해결하려면 어떻게 해야 할까, 계속 궁금증과 문제의식을 불러일으키는 거죠. 그게 바로 학생들이 동기화되는 이유예요.

계속 제자들과 접하기 때문에 교수님이 영향을 받아 업데이트를 하는 부분도 있으실 것 같아요.

그렇죠. 내 입장에서 젊은 사람들한테 배우는 게 굉장히 많지. 어쩌면 그렇기 때문에 젊은 친구들에게 무엇이 위기인지 50대 중에서는 그나마 빨리 알 수도 있을 거예요. 그런 입장을 잘 활용해서 직무를 수행해보려고 해요. 성폭력대책위에 가면서 나한테는 다양한 제안을 할 수 있는 기회가 생겼으니까요.

어떤 방식으로 일을 진행하고 계신가요?

현재 입법의 빈틈을 메우기 위해서 우선 주제별로 조사를 하는 중이에요. 성폭력, 아동학대, 스토킹, 가정폭력, 피해자 지원. 이렇게 다섯 개 주제를 선정해 우리 석박사 과정을 밟는 학생 서른 명을 나눴어요. 어떤 법조항을 바꾸면 가장 큰 변화를 유발할 수 있을지 찾아보고 토론하는 거죠. 전일제 학생, 경찰, 법원 조사관, 보호관찰관… 배경이 서로 다른 다양한 사람들이 같이 노력하고 있어요.

그중에 실마리가 풀려가고 있는 부분도 있을까요?

우선 눈에 띄는 건 가정폭력이나 아동학대 사건이 일어났을 때 시행되는 임시 조치예요. 접근 금지 명령 등이 많이 내려지는데, 문제는 가해자들이 안 지킨다는 점이거든요.

그렇죠. 가정폭력으로 접근 금지 명령을 받은 전남편에게 살해당한 여성의 사례가 있었잖아요. 친딸들이 아버지에 대한 사형 청원을 청와대 사이트에 올렸던 기억이 나요.

그런 사례는 너무 많아요. 지속적 괴롭힘, 스토킹은 벌금형을 받잖아. 더 괴롭히는 게 목적인 자들은 8만원짜리 벌금 정도는 우습게 생각하죠. 그걸 어겼을 때 이 사람들을 어떻게 처벌할 수 있는가, 그걸 다 같이 무지하게 열심히 찾고 있어요. 또 하나 바꿔보고 싶어서 조사 중인 문제는 가정법원에 대한 거예요. 우리나라는 가정폭력 사건도 법원에서 다 보호 처분을 하거든요. 아니, 폭력적인 가정을 보호해서 뭐 할 거야. 가정을 유지하는 데만 초점을 맞추면 진짜 약자들을 보호할 수 없어요. 아동을 학대하는 부모에게 징역형을 내리지 않으니 학대가 계속되다가 아이들이 죽는단 말이에요. 가정법원 재판부에서도 형사 처벌이 가능해야 하지 않을까, 그렇게 되도록 조직을 바꾸려면 어떤 법이 달라져야 하나, 그런 걸 찾아보고 공부하는 중이죠.

아까 말씀하신 것처럼 범죄심리학은 사회와의 접촉면이 넓은 공부네요.

'아동학대를 받으면 정신질환자가 된다', 그런 연구도 좋지만, 그걸 가지고 뭘 할 수 있을까요? 아동학대가 멈춰지나요? 지금 희생되는 아이들이 없도록 법과 제도를 보완해야죠. 우리는 심리학을 하되, 써먹을 수 있는 심리학을 하겠다는 얘기예요. 근데 이건 절대 나 혼자서는 할 수 없는 일이에요. 그러니까 문제의식을 가진 학생들과 같이 머리를 짜내서 연구 주제를 파고들어 가는 거죠.

아까 취업지원처장으로 일하시면서 코로나 상황에서 더 힘들어진 학생들을 많이 본다는 얘기를 해주셨잖아요. 동시에 여성 대상 범죄가 늘어나는데 사법 처벌은 너무 헐거워서 국가가 나를 보호해주지 않는다는 신호를 계속해서 받는 것 같기도 해요. 지금 젊은 여성들은 물리적, 정신적으로 삶의 영역이 축소되는 경험을 하고 있지 않나 싶기도 해요.

무지 많이 느끼지. 정말 그럴 거예요. 근데 혼자 있다 보면 상황이 나아지지는 않고 더 힘든 것 같아요. 막연한 불안감이 심해지면 덫에 갇힌 것처럼 무엇도 해보지 못하는 상태가 되잖아요. 쉽지 않겠지만 어딘가 본인이 뿌리내릴 자리와 환경을 선택하면 좋을 것 같아요. 희망을 가지고 뭔가 해보려면 어딘가에 소속되어 시간과 노력을 들여 헌신하는 과정이 꼭 필요해요. 우리 대학원생들 가운데도 젊은 비혼 여성들이 많아요. 그 친구들도 지금 사회에 대한 불안과 절망을 느낄 텐데 이렇게 동료들과 활발하게 토론하면서 분명 나아지는 부분이 있을 거예요. 우리는 대학원이라는 환경으로 서로 연결돼 있는데 자신이 참여하는 공간이 NGO 단체일 수도 있고 비슷한 흥미를 가진 개인들의 모임일 수도 있어요. 그런 것들을 계속 도모하는 게, 나중에 환경이 좋아져서 어떤 기회가 주어질 때 빨리 변신하는 데 유익한 준비 과정이 될 수도 있겠죠.

혼자서가 아니라 다른 사람들과 함께 해결하는 태도가 중요하겠군요.

　　　　그렇죠. 그런데 지금은 오프라인에서는 서로 접근하기 쉽지 않잖아요. 대신 온라인에서 뜻을 함께 하는 사람들을 만날 수 있고 연결될 수 있는 기회들이 점점 많아진다고 봐요. 내가 하고 있는 네이버 오디오 클립도 마찬가지라고 생각해요. 처음 시작한 건 코로나 이전이었지만.

《이수정 이다혜의 범죄 영화 프로파일》 말씀이시죠? 오디오 클립 팀의 제안에 대해서 범죄를 엔터테인먼트로 소비하는 매체라면 관심 없고, 여성이나 아동 같은 피해자 관점에서 다룬다면 해볼 의향이 있다고 말씀하셨다고 들었어요.

　　　　네. 그때 왜 하겠다고 했냐면 내가 망막 박리 때문에 눈 수술을 했을 때였어요. 읽고 쓰는 것보다 입으로 말하는 게 그나마 편할 때라서 오디오 프로그램을 시작했던 거지. 처음에는 누가 이걸 듣나 상상을 못 했지. 그런데 시간이 지나며 회차가 쌓이고 코로나 사태가 터지기도 해서 듣는 사람들이 많아졌어요. 요새는 댓글에 꽤 여러 가지 얘기들이 올라와요. 성폭력 피해자들이 그 프로그램을 들으며 용기를 얻는다는 이야기도 하고, 같이 분노하는 사람들의 얘기들도 많죠. 수만 명의 구독자들이 이렇게 성범죄 문제에 관심을 가지다가 뭔가 해볼 수도 있을 거예요. 일정한 기간 동안 이런 프로그램을 지속적으로 듣는 사람들이라면…

관심사와 지향점을 공유하는 사람들끼리 힘을 합쳐 무언가를 이루어갈 수 있겠네요.

그렇죠. 그들에게 공통분모가 있는 거니까. 궁극적으로는 연대가 중요하다고 자주 말하는데, '우리가 피해자를 지원하는 뭔가를 해보자' 하는 생각을 실행으로 옮기면서 실제로 어떤 연대가 이루어질 수 있어요. 내가 살아보니까 뭔가 행동하는 데 꼭 정부 지원금이 있어야 하는 건 아니더라고. 결국은 동기가 중요하고 의지가 중요하고 뜻을 같이하는 사람이 중요하지. 뭔가 해봐야겠다고 생각하는 순간에 조금이라도 생각을 공유할 수 있는 사람들이 있으면 큰 힘이 되거든요. 제자들이 나한테 그런 존재인 것처럼.

무력감에 빠지거나 지치지 않기 위해서는 혼자가 아니라는 걸 항상 생각해야 할 것 같아요. 기꺼이 돕기도 하고, 도움을 요청하기도 하면서요.

내가 보기에 여성들의 강점은 파벌 싸움을 위해 무리 짓거나 사리사욕을 위해 힘을 얻

이수정

으려 하지는 않는다는 점 같아요. 일을 하는 어떤 원동력이 파워를 획득하기 위해서는 아닐 때가 많아요.

하지만 조직 안에서 일하다 보면 가끔은 여자들에게 필요하기도 한 것 같아요. 힘을 획득하기 위해 일을 하는 자세 말이죠.

성 차이를 연구하는 심리학자들은 여성들이 그렇지 않다고 얘기해요. 가족이나 공동체를 위해서 헌신하는 성향이 여성들의 DNA에 훨씬 더 많다고 주장하지. 난 그런 점이 여자들의 고등한 면이라고 생각해요. 그런 힘이 모일 때 사회를 위해서 순기능을 발휘할 수 있으리라고 생각하고. 왜냐하면 나도 그렇게 해왔으니까.

세상이 조금씩 더 나은 방향으로 가고 있다는 교수님의 믿음은 여성들에 대한 믿음이기도 하네요.

같은 방향을 보는 사람들이 같이 힘을 길러나가고 열심히 움직이면 좀더 나은 세상이 되지 않을까, 그런 생각을 하게 돼요. 굳이 무슨 정당을 통하지 않더라도요.

흐릿하고 불안정한 시기를 통과할 때일수록 타인의 삶이 유독 선명해 보인다. 지금 아주 단단한 존재감을 갖고 있는 누군가의 지난날도 안정적으로 탄탄하게 다져져온 것만은 아니라는 당연한 사실을 잊게 된다. 척박한 땅을 헤치고 밟아 길을 만들어갈 때의 모습은 좀처럼 드러나지 않는다.

이수정 교수는 무엇이 되겠다는 계획이나 포부가 있어서가 아니라, 하루하루 최선을 고민하며 스스로 던지는 질문에 답을 찾다 보니 여기까지 온 거라고 말한다. 포기할 뻔한 시기도 있었으나 다만 어떤 기회가 주어질 때 그걸 놓치지 않는 사람이 되려 애써왔다고 털어놓는다. 그리고 자신이 살아온 시간을 통해 볼 때 세상은 틀림없이 나아지고 있다고 확신한다. 경력을 쌓아오는 동안 내내 자신을 성장시키는 동시에 사회에 보탬이 되는 선택을 하고 실행에 옮겨온 사람의 말이기에 믿게 된다. 같은 방향을 보며 나아가고 싶어진다.

큰 그림의 일부인 사람에게, 전체 그림은 한 눈에 파악되지 않는다. 간신히 걸음을 옮길 때 각자의 눈에 들어오는 건 절박함에 쫓긴 내 발끝 뿐일 때가 많다. 하지만 그런 시간들이 쌓여 돌아볼 때 어느새 길이 되어 있다. 뒤를 따라 걸어오는 사람들이 있다.

이수정

에필로그

인터뷰 일을 꽤 오래 해오고 있지만, 인터뷰이와의 만남이 매번 귀한 선물처럼 여겨집니다. 잘 알지 못하는 사람 앞에 앉아 서로 조금씩 신뢰를 쌓아가며 진실한 이야기를 털어놓게 되는 것은 일하며 만나는 작은 기적 중 하나라고 생각합니다. 질문과 답을 따라 함께 깊숙한 회고나 머나먼 전망까지 나아가 보는 대화의 경험은 인터뷰가 열어 보이는 소중한 세계입니다.

이메일 한 통으로 흔쾌한 인연이 시작되고 삶의 소중한 몇 시간을 함께할 수 있었던 건 '젊은 여성들에게 소중한 영감과 참조점이 될 수 있는 이야기를 들려달라'라는 제안의 말이 인터뷰이들의 마음을 움직인 결과가 아닐까 짐작합니다. 아홉 명의 멋진 여성들이 구축해온 세계를 대면하고 밀도 높은 대화를 나눈 시간은 일과 삶에 대한 저의 시각도 넓혀주었습니다. 인터뷰 뒤에 남은 내면의 파장을 들여다보고 정리한 문장들이 말미마다 들어간 마무리 글이 되었습니다. 앞으로도 시간을 두고, 쉽게 사라지지 않을 그 물결의 무늬를 천천히 따라가 보려 합니다.

카카오페이지 일반도서 팀의 이수현 팀장이 없었다면 '멋언니'는 세상과 만나지 못했을 것입니다. 애초에 거절할 수 없는 제안으로 멋진 기획을 제시했고, 함께 좋은 콘텐츠를 고민했으며, 자꾸만 위로 향하는 눈높이를 끌어내리는 법 없이 최대한 구현할 수 있는 방법을 찾아준 실행가이자 협업 상대였습니다. 제목을 고민하고 있을 때, 그와 주고받던 메시지에서 아이디어를 얻어 '멋있으면 다 언니'라는 문구를 선택하기도 했습니다. 텍스처 온 텍스처의 포토그래퍼 정멜멜은 처음 이 프로젝트를 구상할 때부터 반드시 함께해야 한다고 생각한 파트너입니다. 가을 오후의 볕을 응축해놓은 것처럼 따뜻한 시선으로 인물의 정수를 이끌어내는 이 사진가의 초상 작업에 품고 있던 저만의 오랜 팬심은, 함께 일하면서 깊은 신뢰와 동료애로 숙성해갔습니다. 두 사람이 저에게는 든든한 동료였고, 자랑스러운 팀이었고, 바로 멋언니였습니다. 유선사 정유선 대표, 이봄 출판사 고미영 대표는 지면으로 다듬고 묶는 과정에서 꼼꼼하게 출판 전문가의 수고를 기울여주셨습니다. "서로 좋아하면 일이 잘돼요. 그리고 어떤 일을 하더라도 영혼을 담아 하는 사람을 보면 믿을 수 있고 영감을 받아요." 김보라 감독의 이야기가 무슨 뜻인지 마음 깊이 공감할 수 있다는 것이 일하는 사람으로서 제가 누려온 큰 행운입니다.

에필로그

인터뷰이들이 이 기획의 출발점이었다면 적극적으로 자신을 투영하며 의미를 읽어낸 독자들은 인터뷰를 완성시킨 종착지였습니다. 짧지 않은 인터뷰를 독해하는 방식이 읽는 이마다 다르다는 것, 각기 밑줄을 그으며 힘을, 영감을, 위로를 얻었다고 말하는 대목이 서로 다르다는 점이 새삼 신기하고도 아름다웠습니다. 이제 책으로 묶여 나오는 아홉 명의 이야기가 더 많은 사람들에게 가 닿기를, 긴 호흡으로 더 오래 사랑받기를 바라봅니다. 자기 길을 뚜벅뚜벅 걸어가는 인터뷰이들을 보면서 가슴 한구석이 따뜻하게 단단해지는 기분을 느끼셨다면, 여러분이 누군가에게는 바로 그런 멋언니가 될 수 있으리라 믿습니다. 당신이 용기를 내어 직면하는 현실의 고민, 다르게 시도해보는 실행이 주변 사람에게 영향을 줄 테니까요. 서로의 존재를 확인하면서 우리는 더 멀리 그리고 오래 나아갈 수 있습니다. 그 길에서 언젠가 만나게 될 여러분 각자의 이야기를 기다리겠습니다.

멋있으면 다 언니

초판 1쇄 인쇄 2021년 5월 3일
초판 1쇄 발행 2021년 5월 17일

지은이 황선우
펴낸이 고미영

출판 총괄 고미영 정유선
기획 ㈜카카오엔터테인먼트 이수현
편집 성유경 이채연 박기효
사진 정멜멜
디자인 위앤드(정승현)
마케팅 총괄 백윤진 채진아 유희수
온라인마케팅 유선사(정유선 오혜림)
홍보 김희숙 김상만 함유지 김현지
　　　이소정 이미희 박지원
제작 강신은 김동욱 임현식
제작처 영신사

펴낸곳 ㈜이봄
출판등록 2014년 7월 6일 제406-2014-000064호
주소 10881 경기도 파주시 회동길 455-3
전자우편 yibom@yibombook.com
팩스 031-955-8855
전화 031-8071-8671(마케팅)
　　　031-955-9981~3(편집)

ISBN 979-11-90582-44-5　03810

 springtenten 　 **yibom_publishers**